LE DERNIER, POUR LA ROUTE

HERVÉ CHABALIER

LE DERNIER, POUR LA ROUTE

Chronique d'un divorce avec l'alcool

ROBERT LAFFONT

ISBN 2-266-15680-2

À Maylis et Marie
dans l'au-delà

À Carole et Lucas
ici et maintenant

« Les gens, il conviendrait de ne les connaître que disponibles
À certaines heures pâles de la nuit
Près d'une machine à sous avec des problèmes d'homme simplement
Des problèmes de mélancolie
Alors on boit un verre en regardant loin derrière la glace du comptoir
Et l'on se dit qu'il est bien tard ...

Richard ! encore un p'tit pour la route ?
Richard ! encore un p'tit pour la route ?

Hé ! m'sieur Richard, un dernier pour la route ! »

Léo Ferré, *Richard*

10 octobre

J'ai toujours aimé le train, pour son rythme, sa musique, ses rencontres, son humanité...

Tortillard de nuit. Gare de Lyon (Paris), gare de Langogne (Lozère). Dix heures dans la fumée, la bière, les rots des permissionnaires au temps du service militaire obligatoire. Compartiments deuxième classe, odeurs âcres, rencontres troublantes. Une fois, vers deux heures du matin aux alentours de Saint-Germain-les-Fossés, la fille d'à côté qui se lâche enfin, ferme les yeux, pose la tête, accepte ma main qui explore son corps ; les lèvres d'abord, du bout des doigts, la paume qui descend, s'arrête au bout des seins ; la bouche, la langue, ma braguette qui gonfle ; sa culotte que j'écarte. Elle qui mouille et gémit en silence, moi qui explose et jouis en apnée. Wagon discret. Sommeil profond. Bien. Au matin, au réveil le long des gorges de l'Allier, juste deux oranges, tendresse, laissées par ma madone furtive, inconnue et déjà débarquée. J'avais dix-huit ans, je faisais mes études d'histoire à la Sorbonne. La vie me semblait romantique, et sans limites ; ces allers-retours dans mon pays natal, beau, pauvre, enclavé, arriéré, tripal, me ramenaient dans le ventre de ma terre, de ma mère et auprès de mon arbre où je naquis rond, chieur et heureux.

Omnibus de l'aventure. Abidjan (Côte d'Ivoire), Bouaké. Douze heures de grosse chaleur, de grosse fatigue. J'avais treize ans. Compartiments ouverts, banquettes en bois. L'odeur des peaux, de la sueur. Des Africains en maillot de corps et des *moussos* en boubou de pagne, une bassine d'émail sur la tête, un bébé dans le dos, un autre dans les bras, pendu au téton noir d'un sein flasque. Ma mère qui pleure, submergée, anéantie par cette descente dans la négritude, parmi les pintades, versions poulets-bicyclettes qui souillent les couloirs, les chèvres qui tirent sur leur corde, les pelures de bananes et d'oranges qui embourbent le sol. Je suis ravi. Muet, époustouflé, mais ravi. Le fameux Abidjan-Bobo-Dioulasso se balance, me balance le premier grand frisson : celui de l'aventure. C'est ici, du côté d'Agboville, en traversant les bananeraies de la colonisation finissante, aux côtés d'un Baoulé qui se désaltère au vin de palme, que j'ai été frappé, inoculé pour toujours par ce virus incurable, celui qui fera de moi un gauchiste, un contestataire, un reporter de guerre, un goulu, un ambitieux, un insatiable. Nous étions en 1958. De Gaulle commençait à décoloniser, avec ses nègres-blancs bien élevés, le Sénégalais Senghor et l'Ivoirien Houphouët, promus quarante-cinq ans plus tard sages d'une Afrique qui continue sa quête pour la dignité, la vraie : manger, se soigner, décider, exister. Un formidable leurre, on disait « la Communauté franco-africaine ». Dans les marchés, les rues, les haut-parleurs vissés sur des 403 breaks gueulaient sur un air de meringué : « Le gouvernement nous invite à voter, pour créer la Communauté. Faudra dire oui ou bien faudra dire non. Mais quand on se marie, ce qu'il faut dire c'est oui. » Taratatère taratatère.

Train du néant. Varsovie-Auschwitz, convoi spécial parce que affrété pour Jacques Chaban-Delmas, Premier ministre de la République, inventeur d'une éphémère nouvelle société et pour l'heure, en cette nuit et ce petit matin de novembre 1970, ce jour pèlerin sur les terres de Pologne, marquées pour l'éternité par l'horreur nazie, résistant vêtu de son imperméable vert olive. En chemin de fer, vers le camp de la mort. J'avais vingt-six ans. Reporter radio pour RTL et pour la première fois chargé de couvrir un événement franco... international. Appliqué, perfectionniste comme toujours, j'avais déjà préparé le papier qu'il me faudrait écrire sur Auschwitz. Je le relisais, le corrigeais, le ciselais dans le wagon avec la meute – une vingtaine de confrères – venue ici pour rendre compte, comme moi. Chacun avec son style, son cœur, son métier. Et puis, à l'aube, il gelait, les grilles se sont ouvertes, le train a pénétré dans le calme assourdissant des camps. Jamais je n'ai ressenti, même aux plus sanglants, aux plus dégueulasses, aux plus dramatiques de mes reportages de guerre, un si grand effroi et une aussi forte appartenance à l'humanité. Un incroyable tournis de compassion, de culpabilité, de fraternité, de honte, d'amour m'a chaviré. J'ai jeté mon papier « prêt à porter ». J'ai bu une gorgée de la bouteille de vodka enfermée dans mon sac et j'ai écrit, ma plume guidée par la détresse et le trop-plein d'émotion, par l'espoir aussi.

Paris-Genève-Nyon : le TGV de la dernière chance. Six heures, pullman, ce jeudi 10 octobre. J'ai cinquante-sept ans, ma vie a filé si vite, si pleine. Un destin droit et chaotique à la fois.

Le temps est venu aujourd'hui d'extirper le malin, cet ami démoniaque qui m'a tant soutenu pour mieux me perdre. Ce sera lui ou moi. Ma mort ou ma renaissance.

Il me faut l'exorciser. J'ai besoin d'aide. Je le sens. Il est fort, il cajole, il envoûte, il finira par me tuer. Là où je vais, on dit qu'ils savent le combattre. J'ai hâte et j'ai peur. Cinq semaines pour tenter d'en sortir. Ils me l'ont dit au téléphone : c'est le tarif pour une cure rédemptrice. Ils vont me laver le foie, le cerveau, l'humeur, le cœur. Que restera-t-il de mon âme ? Oui, j'ai peur, dans ce wagon aseptisé de première classe, non-fumeurs, qui file vers le Léman.

Au bout de la ligne doit commencer une nouvelle aventure. Mon aventure. Je vais me « regarder le dedans », comme disent les Suisses. Et cette randonnée intérieure, intime, égocentrique, que j'espère salvatrice, me tord d'angoisse. J'ai soif... donc je bois. Depuis tôt ce matin. Quinze minutes avant l'arrivée du taxi qui doit me conduire à la gare, je suis attablé au petit bistro, angle avenue Mozart et rue de l'Assomption, à Paris, dans le 16e. À cent cinquante-deux pas de chez moi, exactement. Je les ai comptés. Souvent. Le cantalou qui tient le troquet me connaît de mieux en mieux. Depuis deux mois, je pratique le « starter » : un café serré, un riesling, puis un autre. Plus besoin de commander, il connaît la dose. Mon corps aussi. Deux blancs pour apaiser mes bouffées d'angoisse matinales, et ce tremblement des mains que je cache sous la table. Dessus, j'ai posé *Libération* et *Le Parisien*. Le miracle s'opère chaque jour, une coulée descend dans mon organisme. Je respire mieux. L'alcool ne me fait pas faux-bond. Il est là, il prend ma place à l'abandon. Il me gouverne. Il barre. Il va me soutenir en m'enfonçant. Jusqu'au soir, jusqu'au lit.

10 octobre à 7 h 30, le manque – il s'agit bien de cela – me paraît plus léger, comme une dernière douleur. Je pars en guerre. J'attaque ma dépendance. Même si je n'y crois pas complètement, l'occasion est trop belle (le départ au front !) pour ne pas fêter l'événement : « Exceptionnellement, j'en prendrai un troisième. »

Le garçon s'en fout. Il sert, c'est tout. Café, calva, demi, la panoplie des zincs d'avant le métro, le bureau, le pointage.

Cet alcool-là, celui de l'aube, est silencieux, médical, comme subi, incontournable, indispensable. Personne ne regarde personne. Les yeux au fond des verres. Nulle part.

Gare de Lyon, un nouveau quart de blanc. Je fais mes provisions de substance, de produit. La peur de manquer par anticipation. Il y a toujours une excuse pour boire : trop mal, trop bien, et pour finir, trop plein. Paré pour l'inconnu. Le TGV glisse donc vers la Suisse. Sa voiture-bar aussi. Nyon, canton de Vaud. En face de la gare, de l'autre côté de la rue, le pub me fait de l'œil. Il n'est pas bien beau, plutôt sombre, il me semble magnifique. Chaque pays a ses mots pour ses doses. Ici, on ne parle pas de verre, mais de déci, de décilitres : « Un ou deux ? » Va pour deux. On ne compte pas, on mesure. Les barriques, les fûts, les bouteilles, les godets, les ballons, combien de décilitres ai-je absorbés ces quatre dernières années ? Entre deux et trois litres par jour, soit de vingt à trente décilitres quotidiennement ou presque. Du blanc, du rosé, du rouge, plutôt de qualité. Il y a des multiplications qu'il vaut mieux ne pas tenter, sous peine de culpabiliser davantage et de noyer sa honte.

Un éclair de lucidité ; un flash retour à la réalité d'une vie que je maîtrise un peu moins à chaque tour de cadran. Dois-je y aller ? Ne suis-je pas ici, au bord du Léman gris et calme pour faire face, refaire surface, trouver les moyens et la force de poser le verre ? Je me le répète, je me l'enfonce dans le crâne, « j'arrête de boire ». Combien de matins, bouffi devant le miroir de ma salle de bains, la tripe éclatée, la gerbe hésitante, la tête dans la cuvette, la bouche en carton, ai-je pris cette résolution ? Sous la douche aussi, « j'arrête de boire », « j'arrête de boire aujourd'hui ». Pas de réveil sans vœu pieux ! À force de ne jamais tenir ma promesse, j'ai fini par ne plus y croire vraiment. Le pire, c'est cela, se trahir soi-même, chaque jour, ne plus se respecter, savoir que l'on se ment, et s'en accommoder.

Quelle force, quel instinct de survie me conduisent ce jeudi, devant les grilles de la Métairie, clinique de luxe, vieille d'une centaine d'années, aux jolis pavillons, très côte normande, répartis dans un vaste parc arboré et propret ? J'arrête le taxi, un Indien, avant le portail du domaine. Les châtaigniers sont ocre, le gazon très vert, les montagnes du Jura se fondent dans les nuages. Un écureuil court, grimpe sur un chêne. Je flotte, juste comme il faut, porté par les derniers décis. Le règlement de la Métairie, lu dans le train, mentionne que, durant la première semaine de cure, les patients sont soumis à un « black-out » total : pas de téléphone, pas de courrier, pas de sorties. Comment s'appelle une quarantaine qui dure huit jours ? Depuis la Mercedes blanche, je passe deux appels sur le portable ; l'un à Bulle, mon épouse, l'autre à Nathalie, ma meilleure amie. Les deux, à leur manière, ont vécu et subi l'aggravation de mon alcoolisme ces dernières années. Jamais dupes, jamais fouettardes, jamais connes. Les alcooliques ont de la chance, paraît-il, j'ai au moins eu cette chance-là, de les avoir, de le savoir. Deux coups de fil juste pour dire : « J'y vais, ça y est », juste pour entendre : « Courage, tu vas y arriver. »

Enfermement volontaire. Le traitement commence à l'accueil. Sourire, propreté, certes. Et si Martin, l'infirmier qui m'accueille, se montre courtois, il m'écroue pourtant dans le velours. Première étape, premier bureau, je remets mon argent liquide, mes cartes de crédit, mon chéquier, à une hôtesse. Je signe un reçu. Après la première semaine, comme dans une banque, les retraits sont autorisés. Formulaires à remplir, sur une table acajou. En Suisse comme ailleurs, l'administration ouvre les parapluies. Assurance, montant du premier acompte, personnes à prévenir en cas de problèmes, décharges multiples, déclaration de volontariat : je peux quitter le traitement quand je veux, à n'importe quel moment, après en avoir informé le médecin responsable.

Deuxième étape : au bout du couloir où trône, incongrue, une cabine de téléphone rouge importée de Londres, une porte, percée d'un énorme judas, placardée d'un avertissement : « Retenez la porte en la fermant » et ornée d'une plaque de cuivre : « Jura ». J'entre dans mon pavillon. Ici sont traitées les maladies de la dépendance – alcoolos dépendants, pharmacos dépendants, toxicos dépendants. Martin m'observe et me jauge : « Est-il bourré ? Est-il flippé ? Est-il inquiet ? Est-il fragile ? » Je m'installe dans le bureau des infirmiers. Alcootest, analyses d'urine, pouls, tension. Petit sourire :

— Vous avez bu aujourd'hui.

Il ne m'interroge pas, il constate.

— Oui, trois verres de vin blanc.

— Des grands verres alors.

— Je suis à combien ?

— 0,7. Vous avez bu hier soir ?

— J'ai enterré ma vie de buveur.

Ce petit sourire, qui dit « à moi on me la fait pas ». Tout le reste est OK. Pas de tension, pas d'excitants, pas de speed, pas de coke, pas de hasch, pouls de sportif, poids – non je ne veux pas le savoir ! J'ai toujours eu la phobie des balances. Normal, je souffre – c'est bien le mot, tant cela m'a obsédé depuis mes trente ans – d'une « surcharge pondérale » (langage médical) autrement dit, je suis trop gros et l'alcool n'a rien arrangé. Au moins dix kilos de trop, du gras quoi. En termes journalistiques, si j'en crois les quelques portraits qui ont été faits de moi dans la presse, ça donnait au début : « léger embonpoint », plus tard « la silhouette forte », puis après « un homme replet », et je ne dois qu'à la gentillesse de mes confrères de ne pas avoir lu ce qui démangeait leur plume, « rondouillard ». Bref, un corps XXL que j'ai fini par détester. Voilà quelques lustres que je refuse en grosse autruche de connaître mon poids. Entre autres.

Martin, qui a senti mon raidissement, fait diversion. Il me demande : « Quel temps à Paris ? » Lui doit s'y rendre le week-end prochain pour participer à un demi-marathon dans la capitale. Il est Français, s'emmerde un peu en Suisse, mais il y a du boulot et des avantages. « Allez, une petite photo. — Ah non ! » Polaroid sorti. Clic-clac. Avant-après je suppose. Comme en chirurgie esthétique : « Voyez dans quel état vous étiez, voyez comment vous êtes maintenant. Quel miracle ! » Le procédé m'a toujours paru suspect. Il est imparable dans l'instant, mais les véritables changements se jugent sur la distance. Je refuse de regarder mon portrait.

Passons aux choses sérieuses : la fouille. Une soignante, Valérie, nous a rejoints. Il faut un témoin, des fois que... Poches retournées, sac bandoulière vidé, médicaments confisqués jusqu'à ce que le médecin les examine. La règle. Pas d'aspirine, aucun sirop. Les antidépresseurs : selon leur composition. Je prends trois cachets d'Efexor chaque jour depuis que la maladie de mon fils a changé sa vie et, incidemment, celle de ma femme, la mienne, celle de quelques proches. C'est lourd. Je n'ai pas envie d'en parler maintenant, pas tout de suite, pas à Martin que je connais à peine. Raconter, il faudra bien, mais plus tard. Révoltant. Inadmissible. Injuste. Triste. Le séisme qu'a provoqué cette putain de maladie orpheline, il faudra bien l'affronter.

La fouille des bagages doit se poursuivre, mais dans ma chambre. Deuxième étage, porte n° 9. Sous les combles. Une pièce vaste, deux Velux, une armoire, une commode, et... deux lits ! Je ne suis pas surpris. Cette cohabitation imposée, obligatoire, a failli me faire renoncer à la cure lorsque j'ai reçu à Paris le prospectus de la Métairie. C'est dans le règlement. Partager mes nuits avec un inconnu, me déshabiller, me coucher, le sommeil, les ronflements, mes rêves et mes cauchemars, les draps qui crissent, et côté droit et côté gauche, trop chaud, trop froid, trop agité. Qui peut prétendre que l'alcool anesthésie les nuits ? On s'endort comme une masse, sûr, mais trois ou quatre heures plus tard, on tourne et on retourne. L'angoisse, drôle de berceuse. Avec ceux que l'on aime, partager ces tourments nocturnes, c'est déjà pas glorieux, alors avec un inconnu... La nuit, je suis à poil, et pas que physiquement. Sans mise en scène, sans apprêts, ni faux-fuyants ni comédie. À l'état brut la nuit ! « Comme tu dors, tu es. » Pas d'intrusion. Martin a capté mon embarras. Ce doit être un classique : « Tu sais, ton voisin il est comme toi, il a la même maladie, les mêmes problèmes, les mêmes interrogations. Et puis il vit à la Métairie depuis dix jours, son sevrage est terminé, il applique le programme, il t'aidera. » Cohabitation thérapeutique. Au moins, la salle de bains et les chiottes sont de l'autre côté du couloir...

Bagages examinés, inspectés un à un, vêtements palpés, livres ouverts, dos dessus, pages dessous, chaussettes retournées. Pros, les infirmiers... Mais puisque je viens volontairement, pourquoi tricherais-je ? Une barrette de shit, un gramme de poudre ? des tranquillisants ? pourquoi ? Il paraît que les dépendants, presque malgré eux, se sentent rassurés s'ils ont un produit à portée, une bouée de sauvetage, une poire pour la soif. Martin affirme que certains curistes ne sont pas si volontaires que ça. Ils viennent sous la pression de leur famille, de leur employeur, d'une petite amie. Ils acceptent le traitement pour faire plaisir aux autres, mais dans le fond ils n'ont pas véritablement envie de se soigner, alors ils continuent de tricher. Ceux-là ne réussissent que très rarement. Ils n'admettent pas avant tout qu'ils sont ici exclusivement pour eux.

Personne ne m'a forcé, quelques-uns m'ont conseillé, beaucoup m'ont aimé. Mais c'est pour moi que je suis là.

« Je vous présente Hervé, il vient de Paris. » Eux répondent en chœur : « Bonjour Hervé ! » Eux, ce sont mes nouveaux compagnons, une dizaine d'hommes et de femmes groupés sous un préau, cigarette au bec, sourire de convenance. Round d'observation. Voilà longtemps que je n'ai pas tenu le rôle du petit nouveau. Depuis mes nombreux lycées ? Depuis mon arrivée à

RTL, chaperonné par un rédacteur en chef d'exception, Jean-Pierre Farkas ? Depuis mon embauche au *Nouvel Observateur*, guidé et materné par deux confrères rencontrés dans l'engagement militant, Claude Angeli et René Backman ? J'ai grandi, mûri, vécu – ô combien ! – et pourtant je retrouve la même timidité, une retenue étrange de petit garçon. Comme si trente ans passés à me frotter avec les acteurs et les victimes des soubresauts, des révolutions, des manipulations qui ont nourri les grands – et les moins grands – titres de la presse ne m'avaient pas aguerri.

Anonyme donc, sans carte de presse, sans fonction, sans pouvoir, sans repères, dépouillé dans ce parc du pavillon Jura que je parcours pour me donner une contenance, faussement attentif au craquement des graviers sous mes pas, tournant en rond pour faire diversion et attendant le premier mot, le premier signe, le geste du premier contact.

« Mais vous n'avez donc rien pour soigner les alcoolos à Paris ? » Elle aurait pu dire n'importe quoi, cette femme de quarante ans à l'accent suisse prononcé, au visage pulpeux et bienveillant. Bienvenue, m'a-t-elle signifié par ce sarcasme. Soledad, de nationalité espagnole (comme je l'apprendrai très vite), ex-comptable, ex-tenancière de bistro, mère de famille tendre et dodue, vivant à la frontière franco-suisse, en traitement pour décrocher du verre, mais aussi des médicaments, les « benzos » terme encore mystérieux pour moi, mais qui englobe toutes ces pilules, calmantes, excitantes, anxiolytiques, énergétiques qui accrochent tout autant que l'alcool. Alcoolo et pharmaco-dépendante, donc.

Le petit groupe vient me serrer la main, quelques-uns se sont enveloppés dans des couvertures, à la texture grossière, rêche – l'humidité et la fraîcheur s'imprègnent avec le déclin du soleil –, de couleur marron, toutes identiques, modèle déposé pour pensionnat. Les prénoms s'entrechoquent, je ne les retiens pas. Il me faudra du temps. Comme toujours, je peine à imprimer les identités. Ce n'est pas du désintérêt, mais je mobilise toute mon attention aux regards, au port des têtes, aux mouvements des lèvres. Je reconnais les gens, des années après, même lorsque je ne les ai que brièvement croisés, mais je suis incapable de leur donner un nom. J'en ai souvent pâti.

Le tutoiement est obligatoire entre patients, avec les infirmiers et les thérapeutes aussi, qui sont presque tous, me dit-on, d'anciens alcooliques ou d'ex-toxicomanes. Seul le médecin chef chargé de l'unité a droit au vouvoiement. « Pourquoi ? » Haussement d'épaules, tout le monde s'en fiche.

— Tu as eu droit à la fouille, c'était qui ?

— Martin et une autre.

— Tu as du bol, Myriam n'est pas de service, elle t'aurait fait enlever les chaussettes et les chaussures.

— Tu verras, la première semaine, c'est la plus dure, après ça va. C'est bien ici. T'en fais pas. Mais c'est strict. Très strict. Tu verras. La bouffe est lourde. Tu verras. Le soir on s'emmerde. Tu verras. La télé y en a pas et on s'en fout. Tu verras. Entre nous on se marre bien. Tu verras.

« Tu verras, tu verras, tu verras. » Où suis-je tombé ? Ils ont entre quarante et soixante ans pourtant, les collégiens de la Métairie !

Fermée la parenthèse pour le petit nouveau, informé de l'essentiel. À moi de me démerder maintenant. Eux ont repris leurs palabres. Le français – avec et sans accent –, l'anglais, l'espagnol, l'allemand se mélangent, ça sent le voyage, le « CSP+ », le fonctionnaire international, la richesse culturelle (mais pas seulement), le jet-lag. Si tout le monde ici est alcoolique, tous les alcooliques dans le monde ne sont pas comme ici.

Martin est venu me chercher pour me conduire chez Sékera. Eva Sékera, la toubib, la vouvoyée. La grande prêtresse, la charmante. Elle porte une jupe à mi-mollets – la longueur que je déteste –, ses mots sont suaves, son visage doux. Originaire de Prague, désormais Suisse « avec passeport », elle dégage une ferme amabilité, de celle que l'on réserve à des malades qui sont aussi des clients. Elle connaît mon dossier, mes états d'armes, devine mes états d'âme. Elle me rassure : « Vous êtes structuré, vous avez un travail, une famille, des amis, vous exercez des responsabilités. C'est un bon départ ! Le travail que vous ferez ici a toute chance de réussir. Nous affichons un taux de réussite de 60 à 70 % – enfin, la première année. Sept patients sur dix qui suivent notre programme sont abstinents pendant au moins une année ; trois rechutent et suivent une nouvelle cure. Les autres ? Ils disparaissent... L'essentiel dépend de vous. » J'ai payé pour voir : 4 500 francs suisses (3 050 euros) la semaine, gîte et couvert compris.

Déterminé, je le suis. Sceptique aussi. J'ai si souvent bataillé pour arrêter, j'ai toujours échoué. Même après deux sevrages secs, l'envie de boire a ces dernières années toujours eu raison de ma détermination. Ce combat-là, j'en suis enfin convaincu, ne se mène pas seul. Voilà deux ans, le Pr Gayet, chirurgien gastro réputé, que je consultais pour des problèmes de déglutition et de hernie hiatale, m'avait affirmé : « Jamais on ne peut arrêter seul l'alcool, j'en suis persuadé. » J'étais venu lui parler de mon œsophage, sans piper mot de mon problème d'alcool. Ses paroles sont restées gravées dans mon disque dur.

Dix-sept heures. Comme l'indique l'emploi du temps affiché sur l'un des murs d'entrée du Jura, un groupe thérapeutique se tient depuis une demi-heure. Martin m'encourage à y aller : « Tu vas t'habituer. »

Une salle de réunion, minimaliste, une quinzaine de chaises en cercle, occupées par les curistes, un infirmier et le thérapeute. Trois fenêtres sur le petit parc, double vitrage, pas pour le bruit mais pour le froid l'hiver ; placardés au mur, des panneaux où sont inscrits des préceptes, des conseils, des maximes, tous incompréhensibles pour moi – pour l'instant. « Vivre et laisser vivre », « Je », « L'important d'abord », « Agir autrement ». Sur un grand tableau titré « Les douze étapes du rétablissement », j'attrape quelques mots : « impuissants devant l'alcool », « perdre les maîtrises de nos vies », « puissance supérieure », « Dieu, tel que nous le concevons », « inventaire moral de nous-même », « nature exacte de nos torts », « faire amende honorable », « la prière et la méditation »... Je suis abasourdi, mes fesses ne décollent pas de ma chaise, je pèse une tonne, je flippe.

Je lis encore : « La prière : mon Dieu, donnez-moi la sérénité d'accepter les choses que je ne peux changer, le courage de changer les choses que je peux et la sagesse d'en connaître la différence. » Une secte ! Je suis tombé dans une secte ! Je te le dis, je te le dis. Mais non, c'est reconnu d'utilité publique. L'établissement a une excellente réputation. Deux médecins suisses m'ont affirmé qu'il s'agissait de la clinique la plus sérieuse. Pas de panique.

Du calme. Ils ont 70 % de réussite.

Ça se bouscule dans le cortex. Il est urgent d'attendre.

J'ai donc débarqué en pleine thérapie de groupe. Un pour tous, tous pour un. Ils se racontent, s'écoutent, parlent de tout, de leur vie, de la vie, pour comprendre son alcool, sa pratique de buveur, son expérience de licheur. Ils sont douze. Tous dans la même galère. Ils font corps. Ils ne se jugent pas, surtout pas, ils se supportent, se soutiennent, s'écoutent, rebondissent, prolongent. C'est donc cela la thérapie de groupe. Je connais un peu. Les sujets de société à la télé en montrent souvent. Vais-je pouvoir entrer dans ce système, moi qui préfère me mettre à l'écart et parle avec parcimonie ? Le psy m'informe que nous sommes dans une session « récit de vie ». Chacun s'y soumet, une fois pendant son séjour, après quelques jours de programme et évaluation par le comité des soignants. Il s'agit de se raconter à travers le prisme de sa maladie. « Maladie ? maladie ? quelle maladie ? » « La maladie alcoolique. Tu comprendras plus tard. » Boire c'est pour moi un plaisir, un besoin, une faiblesse, voire un vice, mais une maladie !

Elle se présente : « Nina, alcoolique dépendante. » Tous ici la connaissent, mais c'est la règle. Il faut le dire, affirmer son état, prononcer clairement « alcoolique », il faut que ce soit gravé au plus profond de notre conscience. C'est notre statut, nous devons l'assumer. Nina suit le programme depuis quinze jours. Cheveux courts, monture de lunettes épaisse, corpulente, discours maîtrisé. Nina se livre au groupe. Sa franchise, son impudeur n'étonnent personne. Elle déroule, elle assure, tous s'imprègnent de ses paroles. J'ai du mal à me concentrer. Elle parle des bars. Enfin je ne sais plus. De l'alcool à Paris, à Chambéry, à Divonne, de l'alcool à Évian – ça fait drôle ces deux mots ensemble ! Chacun devra écrire et lire publiquement une lettre à son intention, pas une lettre diplomatique, non, une lettre d'un feuillet maximum pour lui faire savoir ce que nous pensons d'elle. Et Nina doit se fendre d'une lettre adressée à elle-même. « Lecture lundi prochain. » Ça commence mal, j'ai écouté moyen, et je n'écris plus à grand monde depuis longtemps. Sur le fameux emploi du temps, il y a des plages « entretiens et écrits ». Plusieurs heures par jour. J'ai compris. En plus, dans cette cure, il faut bosser !

Tout ce remue-ménage a une première vertu : je ne pense pas à l'alcool et il ne pense pas à moi. Aucune envie de boire. Cette débauche de nouveautés, d'extravagances a dressé un barrage devant la petite flamme qui normalement me brûle toutes les deux ou trois heures, me rappelle à l'ordre éthylique et me contraint à chercher le verre comme un chien renifleur, la truffe au vent, imbibée d'éthanol.

La réunion se termine, je suis groggy. Un dernier uppercut : bras dessus, bras dessous, épaules bien tenues, une ronde s'est formée, une chaîne dont je deviens l'un des maillons. L'heure de la prière a sonné. « Mon Dieu, donnez-moi la sérénité... » Je baisse la tête, j'élude, incapable de prononcer cette supplique. Je ne suis pas le seul à ignorer le texte. Le mouvement des lèvres d'au moins trois patients est désynchronisé et trahit un refus devant l'obstacle. Les incantations n'ont jamais été mon fort. Même à l'époque de mes dix ans, lorsque, en vacances dans le petit village d'Auroux (Lozère), je servais la messe, parce que cela se faisait, que j'aimais la soutane carmin, les surplis de dentelle et le vin de messe sifflé en douce dans la sacristie, même dans cette période où la religion m'importait peu, mais où le décorum et le spectacle flattaient ma vanité de garnement, même en ce temps-là je n'ai jamais pu donner la réplique au curé qui d'ailleurs s'en contrefichait et se satisfaisait de mes borborygmes interactifs. Et si le bon abbé décida très vite de se passer de mes services, c'est après avoir par trois fois supporté mes maladresses dans le transport des saints accessoires, évangile enluminé, goupillon cuivré, encensoir argenté et hochet de clochettes. Je finis même par m'étaler un jour de grand-messe devant l'autel, mes pieds trébuchant sur le tissu élimé d'une aube trop longue pour mes pattes trop courtes.

La prière se termine par un « bonnes vingt-quatre heures » appuyé de tapes sur l'épaule et, j'imagine, censé resserrer le groupe, le mobiliser, le regonfler à la manière des sportifs avant le coup d'envoi.

Mouvement sous le préau, briquet, cigarette, détente apéritive, l'heure du dîner : 18 h 30. Horaires d'hôpital. Pierre vient vers moi. Un solide gaillard, la cinquantaine physique, la barbe taillée à fleur de peau, bonne gueule d'aventurier, calvitie hésitante – pas pour longtemps –, corpulence énergique. Un nerveux qui se bride, les muscles tendus, les cernes reconnaissants. Un montagnard, du Haut-Commissariat aux réfugiés. « Je suis ton voisin de lit. » Je le sens bien, Pierre ; il était de ceux qui remuaient les lèvres dans le vide ! Il me dit que tous les lundis les thérapeutes désignent un chef de groupe. Ses fonctions se limitent à faire respecter les horaires au petit troupeau. Signe de son pouvoir : une clochette. Son tintement annonce le début des séances et sonne l'heure du déjeuner et du dîner.

« Grelin, grelin », le curé de Cucugnan n'y aurait pas mis plus d'empressement. Aller à table, quitter l'unité des Maladies de la dépendance, oublier le programme, se mêler à d'autres personnes, malades aussi certes, mais pas d'alcoolisme, constitue à n'en pas douter une escapade, un appel libertaire, une oxygénation. Instant donc magnifique et magnifié. En rang serré les « alcoolos » traversent le long couloir, pénètrent avec un air de défi du genre « les alcooliques c'est à part, c'est spécial », dans un immense salon, désuet, encaustiqué, triste et cossu, occupé par des personnes essentiellement âgées, au teint glabre, au regard éteint, à l'immobilité suspecte, aux chuchotements anémiés. C'est déprimant, et eux le sont, déprimés. Vieux et dépressifs. La Métairie les soigne. Spécialité : « Dépression du troisième âge ». Dans ce salon palliatif, le passage du Jura prend des allures de bourrasque, un tourbillon trop bruyant et trop jubilatoire, conforme à l'image exubérante des buveurs. Un alcoolo, c'est gai, non ? C'est jovial, enjoué, rigolard, excessif, non ? Hors Jura, nous entretenons le cliché. La détresse, le désespoir, l'impuissance, le mal-être, c'est de l'autre côté, dans notre pavillon. Entre nous. Entre initiés.

Nappes jaunes sur les tables, grandes baies sur le parc, personnel féminin et complice. Une serveuse est portugaise, l'autre espagnole.

« Alimentation équilibrée », dit la brochure. Trente minutes plus tard, le chef se lève, signe du départ et du retour au bercail. Ruée vers le préau et vers l'incontournable clope.

À 21 heures, j'en ai marre. Envie d'être seul. Le luxe absolu ici. L'infirmier de nuit, un étudiant en médecine australien, lui aussi marathonien (c'est un élevage ou bien ?), joue sur son ordinateur. « Je veux aller me coucher. » Il regarde sa montre : « Pas avant 22 heures pour les médics. » J'insiste. Il cède, privilège de bizuth. Il consulte ma fiche. La toubib me laisse mes antidépresseurs, y ajoute une pincée de Seresta pour le sevrage et une goutte de tranquillisant pour le sommeil. Dans le hall, le téléphone sonne, Soledad décroche : « C'est pour Charlotte. »

Pour moi, ce sera une semaine sans appels, je dois l'intégrer... comme tout le reste, comme cette journée étrange où j'ai assimilé des mots et des formules, sans parvenir à les tricoter en discernant plus qu'en ne comprenant leur finalité. « À nous deux la Métairie », donc.

Excitation de l'inconnu, ici comme ailleurs, lorsque je débarquais, reporter, dans une ville totalement étrangère. J'ai adoré ça. « À nous deux Beyrouth, Managua, Belfast, Mogadiscio, Bangkok. À nous deux l'impossible guérilla du Dhofar au Yémen ou d'Érythrée. À nous deux même le bois de Boulogne. » J'ai tellement aimé faire mon métier, foncer, comprendre de l'intérieur, se fondre sans perdre son âme, et transmettre par la voix, la plume, l'image, pour faire connaître.

Sous la couette, et c'est tant mieux parce qu'il me faudra faire mon lit chaque matin, et que les draps, ça prend du temps, ça casse les reins et c'est jamais au carré, j'entame la lecture d'un scénario. Deviendra-t-il un long métrage ? Mon premier long métrage de cinéma ? La question finit par me paraître incongrue dans mon nouveau monde. Je n'ai pas bu, je n'ai pas envie de boire, la vie n'est pas une opérette et demain sera un autre jour. Rideau. Je n'entendrai même pas Pierre rentrer.

11 octobre

La liste est longue, mais pas exhaustive. À la question qui ouvre chaque première réunion de la journée, « comment te sens-tu aujourd'hui ? », il faut choisir sur un tableau le qualificatif le plus adapté à son état du matin : « épuisé, confus, euphorique, coupable, méfiant, en colère, hystérique, frustré, triste, confiant, gêné, heureux, rancunier, dégoûté, angoissé, furieux, honteux, prudent, suffisant, démoralisé, bouleversé, rêveur, esseulé, amoureux, jaloux, blasé, époustouflé, anxieux, effrayé, timide ». Prise de température émotionnelle autant que résultat des événements et des pensées de la veille et de la nuit. Le « comment te sens-tu aujourd'hui ? » nous plonge dès 9 heures du matin dans une introspection destinée à nous rappeler que nous sommes ici pour arrêter de boire en accomplissant un travail sur nous-même.

« Prudent », parce que je n'ai vraiment pas en main toutes les billes sur la méthode et les pratiques de la Métairie. Je me sens prudent. Je dis donc « prudent ». C'est ma tête qui parle et non mes tripes. J'y vais sur la pointe des pieds. Marc, le thérapeute de service, la trentaine, svelte, le cheveu ras, le regard bleu métallique, me demande comment s'est passée la nuit.

— Par étapes. Trop de décaféiné. Trop d'eau. La vessie trop sollicitée. Pierre qui ronfle – je me retourne vers lui qui rigole. « Tiens, j'ai un spray "douce nuit", je t'en passe si tu en veux, ça lubrifie les cordes vocales ! » Et pour finir, alors que le jour commençait à percer les Velux de la chambre, l'arrivée de l'infirmière pour la prise de sang. Sans parler de mes rêves pas méchants mais complètement baroques.

— Effets de manque ?

— Pas du tout.

Je n'ai ni transpiré, ni tremblé, ni guerroyé avec le boulet d'angoisse qui chaque matin m'oppresse. L'effet Seresta, ajouté à une bonne dose d'autosuggestion : « Je suis ici donc je vais mieux, je suis ici donc je vais mieux. »

Ma voisine de cercle, Charlotte, une Parisienne, maigre, sèche, comme le sont certains alcooliques, fumeuse compulsive, la chevelure en « mauvais état », ainsi que l'on dit chez les sportifs d'une pelouse impraticable, les nerfs en pelote, le débit haché, à la limite de l'audible, prend le tour : « Je me sens très inquiète. » Charlotte a peur. Elle a fait son temps : sa cure se termine dans trois jours et pourtant elle flippe. Elle n'a pas confiance, elle doute de ses forces pour affronter l'extérieur. Charlotte va, dès demain, accomplir comme tous les patients en dernière partie de séjour une sortie de vingt-quatre heures, du samedi 17 heures au dimanche 17 heures. Totalement libre : pour elle qui n'habite pas la région, coucher en ville, à Nyon, à l'hôtel, dîner et déjeuner au restaurant. Je mesure mal l'importance de l'épreuve. Charlotte a passé six semaines dans un milieu surprotégé, réglé, ses seuls compagnons ont été des alcooliques comme elle, ses seules astreintes le règlement de la Métairie, son unique référence le programme. Quitter cette bulle la panique. Sous notre toit, toutes les énergies, tous les discours, tous les conseils, tous les actes tendent vers un seul objectif : l'abstinence. À soixante-cinq ans, Charlotte ne s'est jamais sentie aussi seule. Son mari ne viendra même pas la chercher. Il l'a prévenue : « Débrouille-toi. » Il en a marre, le cher époux, des frasques éthyliques de Charlotte. Vingt ans d'ivresse, ça tue l'amour. Il ne sacrifiera pas sa partie de chasse. Ah ! ça non ! À elle de lui prouver qu'elle a enfin changé. Lui a d'autres cailles à fouetter. Charlotte tremble. Le groupe soudé : « Pense à toi, ton rétablissement d'abord. Le reste, ça viendra. Courage. » Je me garde bien d'intervenir. De quel droit ? Je ne sais rien. Je remarque la mobilisation du groupe, sa sincérité. La réussite ou l'échec de Charlotte devient l'affaire de tous. L'avenir de Charlotte sera un bon ou un mauvais présage pour les autres. La solidarité est réelle, profonde, grave. Ça me plaît.

Sujet du jour : le déni. Refuser de voir la réalité de son alcoolisme. Se voiler la face, minimiser. « Non, je ne suis pas alcoolique, d'accord je bois pas mal, mais faut pas exagérer. » Marc, le thérapeute, affirme que ce comportement est commun à tous les alcooliques, à tous les dépendants même. Le cancer, le diabète, l'asthme, l'infarctus, la dépression, voilà des maladies présentables, qui s'en cache ? La dépression c'est limite quand même, mais l'alcoolisme ! Le mot évoque clochard, dépravé, vicieux, amoral. Alcoolique rythme avec bas-fonds, cochon, poltron, pochtron. Qui a envie de se déclarer alcoolique ? Et même dans notre service, pourtant répertorié comme centre antialcoolique, beaucoup de nouveaux venus mettent du temps à admettre puis à accepter qu'ils le sont. Marc l'affirme, la norme veut qu'on ait simplement « un problème avec l'alcool ». « Problème » qui s'explique par une profusion de circonstances atténuantes : « Si ma femme était plus sympa ; mon boulot plus intéressant ; de toute façon tout le monde boit ; ça ne m'empêche pas de vivre normalement ; j'arrête quand je veux ; je ne suis jamais saoul... »

— J'ai bu à cause de ma dépression, soutient André, qui n'a pas sucé que des glaçons.

— Tu ne buvais pas avant ?

— Ben si, normalement, apéritif et vin à midi, le soir, parfois des extra, en virée, pour fêter, comme tout le monde quoi.

— Donc tu n'as pas découvert l'alcool avec la dépression ?

— Enfin non, mais je n'ai jamais été agressif, j'ai pas roulé dans les escaliers.

Marc propose un test :

— Voici cinq critères qui indiquent la dépendance. Il suffit d'en avoir trois pour être malade alcoolique.

1. L'alcool est une préoccupation. J'y pense régulièrement, même au travail.

2. Avec le temps j'ai dû consommer plus pour connaître les mêmes effets.

3. J'ai continué à boire malgré les « pertes de maîtrise ». Comprenez par là des situations graves, normalement traumatisantes, liées à une trop forte absorption : retrait du permis pour conduite en état d'ivresse, perte de mémoire, black-out total – « Qu'est-ce que j'ai fait hier soir ? Où ai-je garé ma voiture, avec qui étais-je ? D'où viennent ces bleus sur mon corps, et ces égratignures ? Pourquoi je me réveille sur le canapé, dans l'escalier, sur le palier ou dans ma voiture ? »

4. J'utilise le produit dans un but autre que le plaisir de savourer l'alcool : pour vaincre ma timidité, pour m'aider à vivre, pour dissiper mes angoisses.

5. Je suis incapable de contrôler la quantité. Le verre appelle le verre. Je bois par compulsion.

Bingo ! J'ai les cinq. Simple confirmation. Le déni, je ne le pratique plus depuis deux ans. Bien sûr je n'ai pas clamé mon incapacité à me dépêtrer de la bibine. À des amis très proches, j'ai confié « avoir des problèmes avec l'alcool ». Le terme alcoolique, si infamant aux yeux des ignorants, des culs serrés, des jésuites, des tartuffes, de la majorité silencieuse, je l'ai occulté, caché, incapable d'en donner une explication recevable. Si je me savais alcoolique, pour les autres j'aimais bien boire. Je comprends mieux, en réfléchissant sur le déni, l'obstination du programme à exiger que nous nous présentions comme alcooliques. « Hervé, alcoolique », donc. D'autres ajoutent des bémols révélateurs d'une acceptation pas complètement acceptée, « alcoolique dépendant » ou « malade alcoolique. »

Inutile de se draper dans ces stratagèmes à trois balles, la pure vérité est que l'alcoolique est dépendant de sa substance adorée. Point. Il m'aurait fallu bien de l'aveuglement, pire, de la malhonnêteté vis-à-vis de moi-même pour ne pas ratifier l'évidence : boire le matin, organiser mon agenda de sorte à dégager les heures indispensables à ma soif, déjeuner toujours, pas pour la bouffe mais pour le vin, se relever la nuit, le sommeil interrompu par le manque, direction la cuisine, objectif bouteille. Cet enfer-là, ma prison privée, il me faudra donc le décrire, le détailler devant tous les curistes, le faire entendre. Thérapie de groupe égale exercice masochiste, appel de phares dans le brouillard.

À quoi servirait de simuler, de dissimuler ? J'ai suffisamment donné dans le genre. Au savoir-vivre j'ai ajouté, bâti, le « savoir-ivre », en public, en représentation, en affaires. Édifice fragile, toujours à la limite de l'effondrement, avec le risque, quelquefois excitant, de mettre ma réputation en capilotade. Pour ne pas sombrer, il m'a fallu une énergie décuplée dans un corps fatigué, un cerveau anémique. Le souci du paraître, de l'image. Ce sursaut de dignité, de respect pour les autres, pour moi, m'a sauvé de l'abîme, d'une déchéance affichée. Ligne jaune franchie mais dans la discrétion. J'ai appris à toréer mon éthylisme, je n'ai pas toujours fait illusion.

Hélène, une bourgeoise de Neuchâtel, femme au foyer après avoir été pendant quinze ans la secrétaire de son mari, semble-t-il tyrannique, muette sur sa chaise, totalement inhibée à force de s'être fait rembarrer par son maître, arrivée à la Métairie deux jours avant moi, doit s'exprimer sur le déni. C'est son tour. « J'ai le cafard, je ne suis pas bien, je regrette mon confort. Je ne sais pas pourquoi je suis ici. » Hélène n'a cessé de gémir, de s'apitoyer depuis que sa famille l'a conduite au Jura. Elle n'a pas su dire non. Elle n'a jamais su dire non. Sa soumission, elle l'a acceptée en échange d'une vie comme elle en rêvait : cuisine intégrée, salon en cuir, robinets dorés, draps de soie et rideaux lourds, petits plats, brushing hebdomadaire, pots de crèmes raffermissantes, rajeunissantes, antirides, look dame chic, hôtesse attentive qui sait recevoir, lectrice assidue de la version helvète de *Cosmo*. À soixante-deux ans, la ménopause mal négociée, elle a perdu de sa sveltesse mais cache adroitement ses bourrelets. Coquette et bien mise. Poitrine généreuse, assumée. La gorge furtivement dévoilée, Hélène n'a pas renoncé à séduire. Par goût, ou parce qu'elle a été bien dressée. Une bonne épouse, dans son milieu, doit bien présenter. Devanture réussie : fringues de marque, perlouses et diamants. Mais sa détresse et son angoisse provoquent dans notre salle des ondes si dures que personne ne trouve les mots pour la rassurer, l'attirer vers nous, l'aider à ressentir un filet de chaleureuse compassion. Elle est paumée, épouvantée.

— Mais pourquoi m'ont-ils conduite ici ?

Marc :

— Mais tu buvais régulièrement.

— Jamais avant 5 heures.

— À midi, au dîner ?

— Comme mon mari.

— Seule ?

— Je suis toujours seule. Ma fille, mes trois petits-enfants viennent à la maison de temps en temps...

— Ces derniers mois aussi, ta fille t'en laissait la garde ?... Autant qu'avant ?

— Un peu moins.

— Tu prends des somnifères, des anxiolytiques, des excitants ?

— Oui.

— Depuis quand ?

— Plusieurs années.

— Tous les jours ?

— Oui, oui, c'est le médecin qui me les prescrit... Mais le verre de whisky, je vous assure (Hélène peine à tutoyer), jamais avant 5 heures, je le sais, je regardais ma montre.

Ah ! la montre ! la béquille de l'alcoolique. Avant de ne plus pouvoir du tout contrôler, je n'arrêtais pas de regarder les aiguilles du cadran de mes Swatch.

Elles sont les gardiennes d'écluses... Ouverture midi, puis 11 heures, puis 10 heures, puis écluse abandonnée. *No limits*, ouverture en permanence. En me fixant une heure à respecter, j'avais le sentiment de contrôler ma consommation. Mais je n'arrêtais pas d'y penser, à cette putain de montre qui n'avançait pas. « Elle doit être en retard. »

Hélène est en plein déni. Elle veut partir, elle ne comprend pas. À nouveau le groupe prend le relais :

— Attends quelques jours, reste, nous aussi on voulait se casser. On va t'aider. Reste, ça vaut le coup.

Hélène n'a pas été dressée pour résister. Son habitude du renoncement cette fois va peut-être lui donner un coup de main.

— Bon, je vais essayer. Mais je ne peux même pas téléphoner.

Hélène n'a plus que nous.

Le salon-salle à petit déjeuner du Jura est notre domaine. Vingt mètres carrés d'un si mauvais goût qu'il en devient sublime. Une grande table ovale entourée de huit chaises bas de gamme. En son centre une énorme plante rouge. Deux canapés et six fauteuils bergères vert bronze, une table basse, trois étagères minuscules où sont posés une dizaine d'albums *Tintin* en français et en italien, une rangée de bouquins dont l'éclectisme des titres montre qu'ils ont été abandonnés par d'anciens curistes : *Les Montagnards de la nuit*, *La Bicyclette bleue*, *La Filière bulgare* (SAS), *L'Amour du colonel Chang* (SAS), *Les Évadés de la Grande Ourse*, et trois ouvrages en allemand, dont j'imagine au graphisme des couvertures qu'il s'agit de romans. Un grand radiateur.

Le plus ringard des exposants du faubourg Saint-Antoine n'oserait proposer un tel aménagement. Au mur, des dessins, œuvres autodidactes de patients reconnaissants. Heureusement, sur l'un des côtés de ce capharnaüm, une verrière, immense, donne sur le parc, le gravier, le gazon, les hêtres, les chênes, les marronniers, la démarche tranquille d'un chat gris, l'immobilité d'un autre, roux, qui épie un merle, les trottinements désinvoltes mais très occasionnels d'un couple d'écureuils. La verrière est notre écran géant.

La nuit est venue. Mes compagnons sont partis. Destination Genève, en minibus. Une fois par semaine, les curistes autorisés à sortir se rendent à l'Ancre, où se retrouvent pour manger et dormir les sans-domicile, les sans-amour, les sans-amis, les sans-fric qui ne savent plus où ni à qui se raccrocher dans cette ville, grande par sa notoriété, sa richesse, ses montres et ses bijoux, ses banques surtout.

Discrètement traversée par des limousines, des serviettes de cuir, des complets d'alpaga, Genève compte donc aussi quelques laissés-pour-compte, des Arabes sans concession pétrolière, des Noirs sans mine de diamants ni de nickel, des Blancs sans portefeuille ni Palm Pilot. Leur errance est d'autant plus éperdue que l'eldorado auquel ils aspiraient les a rejetés avec la brutalité et la morgue de ceux qui regardent exclusivement les lignes de crédit, les mouvements de leurs capitaux, le cash flow, le Dow Jones, le Nikkeï, le CAC 40... L'Ancre abrite des fraternités d'alcooliques (AA) et de toxicos (NA).

Le retour du groupe est annoncé pour 22 heures, je m'installe sur la grande table du salon et réponds au premier questionnaire – mon premier travail écrit. Cet exercice est destiné à me faire « prendre conscience des conséquences de ma consommation d'alcool ». Répondre à chacune des interrogations paraît simple, rien que je n'aie déjà analysé. Mais la succession de ces demandes, brèves, énoncées sans détour ni fioritures, directes quoi, visant toujours juste, me permet de réaliser l'ampleur des dégâts. Il faut passer à la caisse mon gars..

La note de mon alcoolisme est salée. Bref échantillon. Il suffit de répondre par oui ou par non à soixante questions. Les trois dernières : « Fais-tu passer ta consommation avant d'autres choses importantes ? » : oui ; « Continues-tu à consommer malgré tes promesses d'arrêter ? » : oui ; « Te préoccupes-tu de tes possibilités de consommer en cas de voyage ou de déplacement ? » : oui, oui et encore oui. Soixante oui à mon actif ! Soixante oui de même acabit. Une rafale de oui. Une mitraillette de oui. Arrêtez le massacre ! Oui, oui, j'avoue. J'ai perdu la maîtrise de ma vie. Mes tortionnaires n'ont eu qu'à poser les bonnes questions pour que je me balance. Oui, oui, continuez à me foutre le nez dans ma vinasse. S'il faut en passer par là, je dirai tout. J'ai quelquefois répondu non, sans être tout à fait sûr de dire la vérité : je le perds ou je ne le perds pas mon sang-froid quand je consomme ? je bois pour diminuer ma timidité ? Oui. Je garde ou non à la maison, au travail ou ailleurs une réserve secrète pour planquer des bouteilles ? Je reste la plume en l'air, la tête en marmelade, la conscience en berne.

Ils parlent fort et rient ; ils viennent de prendre leur bouffée d'oxygène. Pierre, Jean-Marie, Soledad, Kris, Sandra et les autres semblent ragaillardis. Rien ne vaut une petite balade, même en minibus, même chez les alcooliques anonymes. Je les écoute, ils parlent de partage, de quatrième étape, de septième tradition, des gagnants, de dix-septième anniversaire. Des expressions, des rites, un vocabulaire propres à ces groupes d'alcooliques anonymes que je ne connais pas et pour lesquels je ressens de mauvaises vibrations, sans trop savoir pourquoi. J'associe à ces deux initiales « AA » des images de tristesse, d'échec, d'ennui, de dénuement, impressions ressenties en regardant un ou deux reportages télé qui leur étaient consacrés. Je tais mes réserves, non par crainte de gâcher leur joie – qui est moins liée à la réunion AA qu'aux vrais espressos et au changement d'air qu'ils peuvent y consommer – mais par intuition. Et s'ils allaient me prendre pour un péremptoire, un qui sait tout, un prétentieux ? Avant de monter au second, chambre 9, je remplis sans conviction la feuille quotidienne, un formulaire où je dois, comme tous les pensionnaires, de manière lapidaire, inscrire les « événements de la journée », les « pensées liées à ces événements » et les « émotions ressenties ensuite ».

Sous la couette, je retrouve *Le Tigre de papier* : le bouquin de Rolin me replonge dans l'engagement, le romantisme et l'amateurisme de mes vingt-cinq ans. Il a su prendre la bonne distance. Les décors me parlent, pas le militantisme Mao. Je n'ai jamais apprécié la dévotion des maoïstes pour le Grand Timonier, leur manière de vouloir décalquer le *Petit Livre rouge*, leur adhésion à Staline. J'ai respecté leur engagement total, ce passage à l'acte qui a fait de certains d'entre eux des établis. Missionnaires chez les prolos, eux d'origine souvent très bourgeoise et de formation très intellectuelle, en manque de reconnaissance prolétarienne, qui allèrent jusqu'au bout de leur conviction au mieux, de leur folie au pire, passant de l'agit-prop au terrorisme. Rolin ne se la raconte pas. Le pire c'est bien de devenir le pied nickelé de sa propre idéologie.

Sur ces réflexions de fin de journée, comme on dirait de fin de repas, d'un alcoolique décidé à se rétablir, qui n'a pas eu soif pendant vingt-quatre heures, ni pensé, en dehors d'un bref retour sur la cause du peuple, à la vie d'avant, je continue, aux côtés de Rolin, racontant à la fille de son meilleur ami les années Mao, à tourner sur le périphérique pour me bercer les yeux.

12 octobre

Un merle siffle, le ciel bleuit, les feuilles brillent, le week-end, côté météo, s'annonce sans ratés. Aujourd'hui, avertit le panneau de la semaine, c'est Art thérapie. Petite salle dans une dépendance du bâtiment central, trois fenêtres, une bouffée de lumière, des pinceaux, des fusains, peinture à l'huile, peinture à l'eau, chevalets et feuilles à dessin, crayons de couleur, tout y est pour qu'éclose notre inspiration. Une heure pour libérer notre créativité. Peu importe le talent. Il faut s'exprimer par le dessin, les couleurs, les traits, les pâtés ; on nous affuble de vieux tabliers de cuisine. Quel tableau nous composons involontairement : godiches, limite gogols ! Rire assuré, infantilisation mal assumée. Gêne généralisée. Je gribouille à l'aquarelle, Pierre colorie avec application en tirant la langue. « T'voir ta gueule à la récré. » Régression réussie. « C'est pas le but ! » « Alors c'est quoi le but ? » « Vous libérer, vibrer, provoquer des émotions ». Ana l'infirmière en chef ne demande pas ce que l'on a voulu représenter, mais ce que chacun a ressenti. « Rien, sinon que je suis nul, incapable, l'art thérapie c'est pas mon truc. » En écoutant les commentaires sur le travail de mes camarades qui n'en sont pas à leur première croûte, je comprends que celui-ci utilise des couleurs plus vives que la semaine dernière, l'autre des pastels plus harmonieux. Que Kris persiste dans la plus totale confusion. Sandra, qui a dû être une superbe jeune femme, Suissesse versant italien – elle vit à Lugano –, semble être la seule à s'éclater. Elle tient le pinceau le petit doigt levé. Elle est l'élégance. Des ballerines en chevreau, un pantalon en cuir noir qui moule ses longues jambes, des lunettes fines et rectangulaires qui protègent le bleu indigo de ses yeux. *Que bella*, Sandra ! En retour son sourire remercie mais indique qu'elle n'a plus grand-chose à faire de ces compliments dont elle a dû être submergée sans qu'ils lui apportent rien d'important. Hélène est encore en panne. Elle feuillette un vieux numéro de *Maison et Jardin* pour trouver des idées, en fait elle ne pense qu'à son prochain rendez-vous à 11 heures chez le coiffeur. La Métairie, si elle n'assure aucun service religieux, même le dimanche, propose à ses clients une fois par semaine une partie de frisettes. Hélène, en mal de repères, va enfin retrouver un objet familier, le bigoudi, et un geste rassurant, le coup de peigne, ainsi qu'une fragrance réconfortante, un nuage de laque. Les chemins du rétablissement semblent parfois impénétrables.

À l'heure de l'apéro – du décaféiné dans des mugs –, c'est pétanque. L'occasion pour moi d'observer Kris entre deux tirs « estrassés » (version méditerranéenne du complètement loupé). C'est une fille libérée comme dit la chanson. Jeans, tee-shirt ample, seins lourds qui ballottent à chacun de ses pas, de ses gestes, tétons qui tentent des percées désordonnées sous le coton blanc, coiffure pétard, corps, bras, mains, jambes, pieds en mouvement perpétuel. Elle s'étire trop souvent, rit trop fort, ratisse de ses doigts écartés ses cheveux blonds, courts et brouillons. Ses yeux bleus, brillants, expriment de la curiosité, feignent de l'intérêt pour l'autre. Elle est – c'est flagrant – du genre agitée du bocal. Et si elle n'a pas, à l'évidence, été élevée dans un caniveau, je ne suis pas sûr, à regarder gesticuler son sans-gêne, qu'elle soit pour autant bien élevée. Nordique, Française par sa mère, Viking par son père, elle a quarante-cinq ans, quelques jolis diplômes dont je n'ai pas bien compris l'objet et a séjourné à maintes reprises en Amérique latine en tant que consultante internationale. Elle compte trois maris à son tableau de chasse, bien plus d'aventures, aucun enfant et quelques kilos en trop, depuis peu semble-t-il, sinon elle porterait un pantalon plus grand qui ne la contraindrait pas à défaire son bouton de ceinture dès qu'elle s'assoit. Le genre de femme sensuelle dont les formes généreuses donnent envie d'ouvrir grands les bras ; son exubérance éveille d'abord l'intérêt, elle a le contact facile, celui qu'on acquiert à coups de miles intercontinentaux. Son style « boutique scandinave » ne résiste pas longtemps à sa véritable nature, embuée et baroque, très sérieusement perturbée par les alternances de joie et de tristesse, toujours accompagnée de rires claironnants et de larmes abondantes, accessoires dramatiques, si familiers qu'elle ne se sépare jamais d'une boîte de mouchoirs en papier. Pierre, bouliste adroit qui vient de réussir le carreau fatidique – Jean-Marie et moi embrasserons Fanny (impossible de ne pas penser aux fesses confortables de notre Suédoise) –, a surpris l'attention que je porte à Kris. Il en rit, plutôt il en ricane. « Elle est total chtarbée, maniaco-dépressive typique. » Possible, alcoolique sûrement. Mais en bonne alcoolo, elle affirme ne pas l'être comme les autres. Sa maladie, son besoin irrésistible de vodka ne se manifeste que durant les quinze jours qui précèdent l'apparition de ses règles. Elle souffre, me dit-elle, d'un syndrome prémenstruel. Elle ne sait pas par quelle mécanique physiologique son cycle, « très régulier d'ailleurs », comporte ce passage obligé d'ivrognerie. Mais c'est ainsi. « Et je t'assure, Hervé, en dehors de ces quinze jours, je ne bois pas. » Pierre se retourne pour ne pas s'esclaffer. Il semble bien que cette histoire racontée tout à trac, Kris la sert à chaque nouveau. D'ailleurs, elle a calculé ses dates de séjour à la Métairie pour pouvoir affronter dans le cadre de la cure cette période périodique qui engendre, bizarrerie de sa féminité, une dépendance à la bibine. Moi qui ne suis pourtant pas bégueule, je reste un peu estomaqué par cet étalage que j'attribue d'abord à la décontraction légendaire des filles du Grand Nord, mais cela ne suffit pas. Il y a plus. Et c'est là une des particularités du lieu, je le sens ; quels que soient nos origines, nos parcours, les chemins tortueux, douloureux, longs ou rapides qui nous ont conduits dans cette propriété cossue, voisine du Léman, dont les arbres se parent de tweed, dominés par les ocres profonds au rythme des heures qui portent l'automne aux portes de l'hiver, nous sommes tous ici dans le plus grand des dénuements, face à cette vérité si longtemps cachée, minimisée, ignorée, travestie, occultée, excusée : nous sommes impuissants devant l'alcool. Je l'affirme. Certains de mes compagnons hésitent encore à l'admettre complètement. Mais c'est d'abord cela qui nous a tous réunis, nous dont les vies n'étaient pas destinées à se croiser ; le ciment de notre groupe prend parce que nous partageons une incapacité à dominer, au mieux, à gérer, au pire, l'alcool. Et cela nous rapproche, nous débarrasse de l'accessoire, nous pouvons tout nous dire puisque nous affrontons le même ennemi et luttons pour le même objectif : sauver notre peau.

Transhumance de fin d'après-midi pour rejoindre « la Ferme ». Une dépendance du domaine, qui a dû, dans le temps, abriter quelques animaux. Le bâtiment est entouré de serres vides, aux vitres sales. Dans une salle minimaliste et lugubre, des rangées de chaises inconfortables en arc de cercle autour d'une table où va officier le « modérateur ». Je suis chez les Alcooliques anonymes, Fraternité du renouveau, groupe de la ville de Nyon, dont le siège se trouve – ça tombe bien – au sein même de la Métairie.

Assister à des réunions des AA fait partie du programme. Deux par semaine, ici, à Genève, et du côté de Lausanne. Les slogans, les pancartes, les tableaux sont les mêmes qu'au Jura. La filiation entre notre thérapie et les méthodes des AA est évidente. Je l'ignorais. Dans le choix très hasardeux de la Métairie pour me désintoxiquer, ce voisinage avec les AA m'aurait sûrement dissuadé si j'en avais eu connaissance. Je cherchais un endroit nouveau, des méthodes modernes, et pour moi les AA trimbalent une image surannée, poussiéreuse, gentillette, naïve, pour tout dire un peu concon. Moi avec les AA ? Une cure d'accord, mais branchée !

Bref, je me retrouve dans la nasse, avec un mauvais a priori. J'ai chaussé les lunettes du mec qui ne veut laisser passer que les rayons négatifs. Un règlement est lu en ouverture de réunion : les AA ne sont liés à aucun groupe de pensée, il suffit de vouloir arrêter de boire pour en faire partie, il n'existe aucune hiérarchie, le mouvement s'autofinance. Je découvre l'existence des douze étapes qui permettent un véritable rétablissement, une vie d'abstinence et, plus tard, de sobriété.

J'ai déjà appris au Jura la différence entre ces deux termes : abstinence c'est ne plus boire d'alcool, sobriété c'est mieux, le nirvana quoi, l'état rêvé, celui où l'alcool a totalement disparu de tes pensées. *Le Petit Robert*, qui dans la bibliothèque de notre salon verdâtre sert davantage au Scrabble qu'à la sémantique, dit : « Abstinence : privation volontaire de certains aliments ou boissons... » ; « Sobriété : comportement d'une personne qui boit et mange avec modération. » Bref, l'abstinence implique le combat, la sobriété décrit un état naturel. Je suis au pied de la montagne, la grimpette pour atteindre le sommet sera difficile, je le sens.

Cette assemblée d'alcooliques se voulant anonymes (pour cacher leur maladie ? pour que rien d'autre que le problème – ni le statut social ni la fonction – n'interfère ?) représente un premier obstacle. Autant dans notre petit groupe, la promiscuité aidant, le tutoiement me semble naturel, autant il me paraît forcé, obéissant à un rituel superficiel lorsqu'une cinquantaine de personnes – que je ne connais pas en plus ! – l'adopte. Bienheureux les anglophones qui ont résolu le problème par un *You* magique. Cérémonial bien rodé : introduction d'un thème de discussion – ce soir, l'orgueil – puis succession de partages (ceux qui veulent prennent la parole pour s'exprimer sur l'orgueil ou sur tout autre chose en rapport avec leur alcoolisme), mais jamais de débat. Pour intervenir il faut décliner son non-état civil. « Pierre. Alcoolique. Bonsoir les amis. Je vais bien aujourd'hui. » Après cinquante minutes de témoignages, auxquels j'accorde peu d'attention, le modérateur annonce l'heure de la septième tradition.

Les AA s'autofinancent, un chapeau passe, les francs suisses sortent des poches. L'heure de la prière de la sérénité (la même qu'au Jura) a sonné, une chaîne se forme, chacun prend la main de son voisin. Je ressens un malaise. Peut-être le thème de discussion, l'orgueil, m'était-il mystérieusement destiné. Y a du boulot.

13 octobre

Très beau temps. J'écris dehors, je bois du café, beaucoup. Je lis. La radio a annoncé l'attentat de Bali. Je n'ai pas envie d'y penser, ni d'imaginer des images qui ne me manquent pas. Je préfère ranger dans un placard de ma tête ce que m'évoquent le terrorisme, les kamikazes, l'islamisme, les tumultes de la planète. Je dois barrer la route à toutes ces émotions, ces réflexions, ces considérations. Moi d'abord. Rien qui puisse me fragiliser, m'exciter et déclencher l'envie, le besoin de boire. Le Seresta que je continue à prendre fait son office ; Bali, personne n'en parle au Jura. Tous, et moi avec, nous nous efforçons de concentrer notre énergie sur nous-même.

Le soleil. Une chaise longue. Faire le vide, je n'ai jamais su. Ai-je seulement essayé ? Que se passe-t-il à Paris ? à Capa ? Aussitôt je balaie ma tête ; je me découvre une énergie féroce pour écarter toutes les pensées qui remettraient en route mon petit vélo. Je veux être dans une bulle aseptisée, désinfectée de toutes ces contraintes et ces charges qui voûtent mon dos et plient mes épaules. Je suis ici pour arrêter de turbiner. Et si je dois réfléchir ce n'est qu'à moi, en profondeur, en épaisseur, sans que rien vienne polluer ce trou que je perce, à travers toutes les couches de sédiments, qui à force de me faire avancer en surface, m'ont plombé à l'intérieur. Il est temps que je tente de redresser cet édifice tordu, aux structures déséquilibrées, aux colonnes penchées, à toutes ces failles, ces lézardes, ces fissures colmatées à grandes truelles d'alcool. Retrouver un centre de gravité, gravement.

Mes camarades reçoivent des visites. Leurs épouses, un copain. Kris radieuse aux côtés de son dernier boyfriend, les bras chargés de fleurs, Jean-Marie avec sa sœur, Gunther avec sa seconde femme et son troisième fils, Sandra la sublime avec son vieux mari, Pierre face à son épouse, une Argentine au caractère fort et au scepticisme extrême. Pas commode. Pierre doit la persuader que sa quatrième cure sera la bonne. Je détestais les dimanches, j'aime bien celui-là. Je ne m'ennuie pas. Je ne me torture pas les méninges pour savoir si je perds mon temps, ce que je pourrais inventer pour assouvir ce sentiment permanent d'insatisfaction : que faire pour être rempli, rassasié, repu, tranquille, calme, apaisé ? À cette exigence toujours plus implacable, plus goulue, indéfiniment inatteignable – mon tonneau des Danaïdes – je n'avais plus qu'une réponse, le verre. Un baume sur mes impatiences, à peine arrivé quelque part et déjà sur le départ. Toujours après, jamais pendant. Cette vie-là, je suis venu m'en défaire ici. Je l'espère. Être bien dans mes pompes sans qu'elles soient à bascule !

À l'heure du dîner, la table des alcoolos ne se gondole plus ce dimanche soir. La nouvelle a fauché, coupé net, les fleurs écloses dans l'après-midi, la joie des permissionnaires, le plaisir des visites. Tête basse, fourchette lourde, appétit en berne, visage de deuil. Oui,

Martine est revenue, elle a flippé, a tenté de se suicider, une ambulance l'a ramenée. Le pavillon Léman, celui réservé aux dépressifs incontrôlables, l'a accueillie. Martine, je n'ai fait que l'entrevoir, elle quittait la cure, en principe sortie d'affaire, le jour même de mon arrivée. La détresse se lisait dans ses yeux, grands, exorbités, si tristes. En croisant ses trente ans, alors qu'elle embrassait, la larme à l'œil, ceux qui allaient devenir mes compagnons de cure, je lui avais simplement serré la main en guise de bonjour et d'au revoir. Elle m'avait chuchoté : « Courage. » Et Martine, à peine rentrée chez elle, a été laminée par une énorme bouffée d'angoisse. Elle n'a même pas connu l'éclair de la rédemption, la lumière pâlotte de la convalescence, elle n'a pas supporté, elle a voulu disparaître. Comment ? Personne ne le sait vraiment. D'ailleurs on s'en fout. Martine est revenue et chacun de mes compagnons a pris ce fiasco en pleine poire. À cet instant, ils sont tous des Martine, le nez dans leur assiette, le cœur dans les genoux. Cet échec les tétanise, si elle a échoué, pourquoi pas eux ? Je commence à comprendre la dynamique de groupe. Pourquoi elle ? Pourquoi pas eux ? Pourquoi pas moi, donc ? Autour de la nappe de coton jaune jonquille, chaque regard furtif résonne d'un terrible : « À qui le tour, qui sera le prochain à rester sur le bord du chemin ? »

La compassion pour Martine, c'est de l'autocompassion. Les situations de drame me plaisent... J'ai lu voici quelques mois dans un de ces bouquins qui, paraît-il, aident à se remettre la tête à l'endroit, que les alcooliques souffrent communément de multiples dépendances. Leur cerveau repose, à la vérité, sur un maelström de dépendances. Il en existe une qui, contrairement à la cigarette, à l'héroïne, à la cocaïne, à l'opium, au Valium, au hasch, aux barbituriques, au sexe, est politiquement correcte, tolérée, mieux : flattée ; c'est la dépendance au drame. Au fond, j'ai toujours aimé le drame. Il m'en donne encore plus, me conduit tel un automate au goulot de la bouteille. Côté drames, j'ai été largement servi. Soit que je les subisse directement, soit que je les partage. Mes drames personnels, je ne les ai pas choisis, ils ne m'ont pas quitté depuis mes quatorze ans, les autres je les ai recherchés à travers mon métier de reporter, de correspondant de guerre surtout. Je n'ai jamais été en manque, les shoots à l'adrénaline ont toujours été au rendez-vous ; dans le drame, j'ai cru me transcender, oser, m'exposer, donner de moi l'image de l'homme, du frère, du père, du mari, de l'ami, du pro, qui assure. Le drame m'a fourni la panoplie du héros, il a sublimé mes émotions profondes, il m'a lui aussi poussé vers le verre. Lorsque je ferai, devant le groupe, le récit de mon parcours lié à l'alcool, il ne faudra pas occulter le drame. Trop de sentiment tue le sentiment pourtant. Ça n'empêche pas la sincérité.

14 octobre

Réveil. La bonne humeur me rend visite. J'ai la pêche. Ça va mieux qu'un lundi comme on dit dans les bistros au petit matin, et mieux qu'hier soir. La rechute de Martine, ce mot abyssal : suicide... j'y ai repensé. Pour moi, suicide et solitude, ça va ensemble. Cela m'a longtemps paru être un mot de la ville, un mal citadin. Je me veux de la campagne, de ces pays rudes comme leur climat ; les gens peuvent être rêches et « rebroussiers » – pas commode en occitan –, mais il suffit qu'un volet tarde à s'ouvrir le matin pour qu'aussitôt un des voisins frappe à la porte. Le mot « communauté » prend ici son plein sens.

On y perd en intimité, on y gagne en solidarité. La solitude est possible, volontaire, jamais accidentelle.

Seuls le grouillement de la ville, son trop-plein de tout, son trop-plein de rien, multitude muette qui crie tant, son « chacun sa merde », me paraissaient diaboliquement en harmonie avec le mot « suicide », le degré infini du désespoir. Mais l'épidémie de suicides paysans depuis une quinzaine d'années, tous ces « a mis fin à ses jours » liés à l'endettement, à la perte de sa fierté, m'ont pris à contre-pied. Dans le béton ou dans la glèbe, le mystère profond de l'homme demeure. Les deux suicides dont je me souviens avec le plus d'intensité, de gravité aussi datent des années 1990. Les deux concernaient des journalistes, grands seigneurs, grands viveurs. Le premier s'est pendu avec élégance, dans une chambre de l'hôtel Raphaël – chic et chèque –, qui n'abrite donc pas que marivaudages, l'autre s'est jeté du balcon familial. Plongeon de la mort. Du septième étage au rez-de-jardin. Les deux buvaient beaucoup, aimaient les femmes et couraient les psys ; ils vivaient sur un grand huit, alternant délires et frimes, consommant sans modération psychotropes et alcool. C'étaient des copains, ils étaient entourés d'amis. Ils étaient pourtant seuls. Pourquoi ? Nous savions qu'ils finiraient dans le mur. Le dernier. Personne n'a pu les retenir à la vie. J'ai souvent pensé à eux dans ma dégringolade.

Ces trois dernières années, mon parcours devenait un calque du leur. J'ai eu la chance de m'en rendre compte.

J'ai plusieurs fois énuméré toutes nos similitudes : le métier, l'ambition, la réussite, des vies personnelles perturbées, des amours tourmentées, l'emprise de l'alcool... et cet enlisement qu'après eux je subissais. Leur mort m'aura-t-elle apporté le salut ? J'ai eu une part de leur vie, je ne veux pas de leur destin.

Si, je vous l'assure, j'ai la niaque ce matin ! Mon corps n'est plus un fardeau : pas de courbatures ni de tripe agressive, aucun tremblement. J'ai toujours une sale gueule, bien boursouflée, mais mon front ne luit plus de transpiration. Le sevrage physique se termine ; normal, j'entame mon cinquième jour d'abstinence.

Sous le préau, Gunther lance des croûtons aux oiseaux qui plongent depuis le mur d'enceinte, effectuent un *kiss landing*, piquent le pain et s'envolent égoïstement. Gunther – c'est son numéro préféré – déploie toute une stratégie pour amener les étourneaux au plus près de ses pieds. Lorsqu'il réussit, il se retourne vers nous, groupés autour de la table, coiffé d'un nuage de fumée, et affiche un superbe sourire qui donne vie à un visage toujours impassible. Discrétion étrangement déchirée par un spasme de rire. Nous y allons d'un « bravo Gunther » et nous pouffons. La scène est digne d'une cour d'hôpital psychiatrique.

Grelin, grelin. Le programme indique : « À 8 h 30 groupe méditation, animé par le chef de groupe. » J'ai compris depuis le premier jour que cette réunion voulue par les thérapeutes, autogérée et censée nous permettre de débattre entre nous des problèmes du quotidien, compte pour du beurre. Une formalité d'autant plus expéditive que Soledad, notre cheftaine à son vingt-cinquième jour de rétablissement, concentrée sur une autre de ses dépendances, la cigarette, ne pense qu'à en terminer au plus tôt pour aller s'en griller une – ou deux – petite avant le début des hostilités. Le programme dit : « Choisir la pensée du jour et l'écrire au tableau. » Soledad qui ne renie rien de ses origines a choisi un proverbe espagnol : « Par la rue du plus tard, on arrive à la place du jamais. »

Quelqu'un veut-il s'exprimer sur la pensée du jour ? « Bof... prruh... » « Bon, on continue. »

« Y a-t-il des problèmes dans le groupe ? » Là, tout bascule. L'assemblée de potaches en mal de mauvaises blagues se fige. Dans un soubresaut vocal, Charlotte lâche : « Hier, j'ai bu. » Silence. Long silence. Pierre tente un « c'est vraiment courageux de l'avouer ». Terrible phrase de consolation. Elle me paraît insipide, limite déplacée, totalement à côté. Compassion, que de conneries dit-on en ton nom ! Charlotte a bu hier. Après Martine, Charlotte. Une claque aller-retour. Bien plus, un crochet au foie doublé d'un uppercut au menton. Le groupe titube. Charlotte hier a bu. A bu Charlotte hier. En vingt-quatre heures, deux au tapis. J'ai dû me tromper d'adresse. Tir au pigeon sur le Léman. Joli titre pour roman noir. Charlotte a bu hier. Charlotte nous regarde. Nous regardons Charlotte qui hier a bu. C'est comme ça. Elle a bu, point barre. Charlotte qui a bu finit sa cure aujourd'hui, après six semaines de thérapie. Elle gagnait aux points, elle perd par KO.

Il faisait beau, hier dimanche, à l'époque de son abstinence... Charlotte a pris la vedette qui, de l'embarcadère de Nyon, mène en France juste en face, de l'autre côté du Léman, à Yvoire, dont on lui a vanté le charme, les vieilles pierres, les boutiques d'art, les ruelles fleuries, coquet comme en Alsace et propret comme en Suisse. Plein de restaurants, de la fondue « mais pas pour toi, à cause du vin blanc », des perches, « ça oui », des authentiques du lac, pêchées par les rares marins d'eau douce qui n'ont pas encore troqué leurs lignes pour un comptoir d'« artisanat d'art ».

Charmant Yvoire. Plein soleil, cap à l'est. Quinze minutes pour les portes de l'enfer. Charlotte libre, pour ses vingt-quatre heures. Seule. Charlotte en terrasse, le Léman est bleu, le garçon sympa. Qu'est-ce qu'elle va commander, Charlotte ? Elle ne sait pas. Elle respire. Elle oublie. De la caisse à outils que lui a fournie la Métairie pendant tout ce temps, il ne sort rien. Pas même cette première clef, livrée dès l'arrivée : « Toujours décider ce que l'on va boire avant d'entrer dans un bar. » Charlotte est trop bien. L'alcool plaisir pointe son nez ; ce verre si bienvenu pour parachever un moment de bonheur. Charlotte dit : « Un whisky. » Non, ce n'est pas elle qui l'a dit. C'est venu tout seul. Sans y penser. Charlotte a bu, assise dans un fauteuil en teck, les yeux fermés, le visage tendu vers le soleil, et sa première gorgée a eu raison de six semaines de souffrance, d'abstinence, de travail sur elle-même. Formidable chaleur : les lèvres puis le palais, la gorge ensuite et l'œsophage, le ventre et tout le corps, la tête enfin. Ça fait chaud, pense Charlotte qui a bu. « C'était foutu, alors j'ai continué. » « Des perches accompagnées d'un blanc du pays. » Charlotte parle comme une amoureuse délaissée qui a vu – merci Brel –, rejaillir le feu d'un ancien volcan. Il n'était pas si vieux. Six semaines seulement. Charlotte a bu. Les infirmiers le savaient depuis la veille au soir. En rentrant d'Yvoire elle a soufflé dans l'alcootest. Ils n'ont rien dit. Secret médical. Charlotte qui s'en va, seule, pour Paris, nous plante là, défaits, mortifiés.

Soledad se secoue. Il faut boucler la *check list* malgré tout. « Y a-t-il un anniversaire aujourd'hui ? » Anniversaire d'abstinence bien sûr. Balayée la joie de Sandra qui se préparait à annoncer ses quinze jours sans une goutte d'alcool ; Sandra a préféré se taire, par délicatesse... Pour ne pas enfoncer encore Charlotte qui se noie.

« Une minute de silence pour ceux qui souffrent à l'extérieur comme à l'intérieur de cette salle. » Méditation. Pensées pour Charlotte et comme tous les jours pour Lucas, mon fils, qui a pris sa maladie à bras-le-corps, avec une lucidité terrifiante, un égocentrisme salutaire, dansant avec elle, impuissant à se détacher de cette maîtresse méchante, ignoble, sadique, exigeante, exclusive, qui provoque tant de dégâts collatéraux et se repaît de la souffrance des proches. Pauvre Lucas qui sait tout ça et n'y peut rien, esclave de ses impulsions, de ses obsessions, de son cerveau brillantissime mais zébré par ces décharges répétées et maléfiques. Les médecins, les spécialistes, disent qu'il s'agit du syndrome de Gilles de La Tourette.

La voici donc. Janet. Je l'attendais. « Janet sera ta thérapeute, mais elle n'arrive que lundi. » Janet ; cheveux noirs tirés, enfermés dans un chignon, la peau caramélisée par le soleil, le visage plissé par les ultraviolets, chic décontracté, ample pull et pantalon sombre, femme de marques, jambes croisées, yeux laser, de ceux qui percent les coffres-forts les plus blindés de la pensée, la cinquantaine acérée, un joli sourire qui peut disparaître d'un coup, fauché par le couperet de la sévérité. Le genre « je t'aime bien mais on n'est pas là pour rigoler ». Les curistes qui la connaissent m'ont prévenu : « Elle est formidable, mais elle ne lâche jamais, elle ne laisse rien passer. » Janet m'a tout de suite fait penser à Françoise Giroud. Physiquement elle lui ressemble avec vingt ans de moins, et le portrait psychologique que l'on en fait laisse deviner un caractère tout aussi trempé. Vais-je donc davantage l'admirer que l'aimer ?

Janet est canadienne, anglophone, pratiquant un français impeccable. Elle vit en Suisse depuis plus de vingt ans, habite à Genève le quartier le plus chic, celui de Logny. Mère de deux enfants et épouse d'un architecte renommé, Janet est devenue thérapeute après quelques études, mais surtout après des années d'alcoolisme. Elle n'hésite pas en réunion à évoquer sa propre expérience. Ceux du Jura m'ont donc appris qu'elle avait connu plusieurs rechutes, fait subir à ses proches une vie impossible. Ivre, elle était violente avec sa fille. Totalement saoule elle s'était retrouvée entièrement nue, à quatre pattes sur le dallage de sa maison, devant son enfant encore jeune, terrifiée par la scène et les divagations de sa mère, conduite cette fois aux portes de la folie. Si ce souvenir horrible continue de hanter Janet, de la culpabiliser, il a eu au moins le mérite de provoquer le traumatisme, le choc indispensable à la prise de conscience de son alcoolisme. Ce jour-là, Janet avait touché « son fond ». Le programme adopté à la Métairie a été mis au point aux États-Unis dans le Minnesota. Il affirme que tout malade alcoolique ne peut espérer s'en sortir tant qu'il n'a pas touché le fond, son fond. La profondeur de ce puits dans lequel nous dégringolons d'abord par paliers pour finir en chute libre, nous, les malades alcooliques, varie selon ce que nous trimbalons, la nature des sédiments émotionnels qui couche après couche ont fortifié notre fragilité. Ce fond devient un déclic, un tremplin, qu'il faut saisir. Cet instant, une seconde, où l'on se dit une fois encore, une fois de plus, qu'une rupture réelle avec l'alcool va se produire.

Pourquoi, un jour du mois d'août de cette année 2002 (je n'ai pas retenu la date exacte), allongé sur l'herbe devant la Régordane, la maison de famille de Lozère que mon père fit construire il y a trente-cinq ans, lézardant, le corps livré aux rayons du soleil, comme j'aime tant le faire, pourquoi toutes affaires cessantes, alors que rien de particulier ne semblait justifier un tel empressement – j'avais bu dès le matin comme tous les jours depuis six mois mais ni plus ni moins –, me suis-je d'un coup levé pour aller chercher mon téléphone, composer le numéro de Capa et demander à parler à Nathalie Leyendecker ?

Je devais impérativement trouver un établissement pour suivre une cure de désintoxication. Évidemment, il fallait que le grand orchestre joue, que j'aille à l'étranger « pour provoquer une véritable rupture » et dans un endroit plutôt classe : « Pas une thalasso, tu vois, mais enfin quelque chose dans le genre, pour soigner l'alcoolisme, enfin tu vois. »

Nathalie, l'une de mes deux collaboratrices les plus proches, voyait très bien... trop bien ! Elle connaît par cœur mes forces, mes faiblesses, mes délires, mes flips. Elle et Babette Beuvain, la DG de Capa avec laquelle je travaille depuis vingt ans, ont toujours su contenir mes incohérences, mes foucades, mes dérapages et cacher mes fragilités pour tirer le meilleur profit, valoriser au mieux mes aptitudes : ne pas défaillir à l'exigence de qualité, au respect de l'éthique et à l'esprit d'ouverture dont mes amis veulent bien me gratifier. Dans cette affaire d'alcool, Nathalie tente de m'aider depuis au moins deux ans, non pas en me faisant la leçon ou en s'érigeant comme un cerbère gardien du temple – ma santé, l'avenir de Capa, mon malheur, mon bonheur et toute cette panoplie que des gens bien intentionnés mais complètement ignorants du caractère des alcooliques, de leur fonctionnement et des particularités de leur maladie, déversent, alternant la menace et la compassion, sans se douter qu'ils ne seront pas entendus, parce que c'est juste pas possible – mais en me disant, pour faire court : « Aime-toi, fais-toi du bien. » Il se trouve que Nathalie connaît bien l'alcoolisme pour avoir soutenu, dans tous les sens du terme, un père totalement aliéné dans notre société, si décalé et si loin de ses règles qu'il n'avait trouvé des compagnons que dans l'alcool et l'amour immense de sa fille. Nathalie a donc tout connu du parcours du combattant alcoolique. Celui de son père s'est terminé dans la solitude d'une chambre qui gardera secrètes, sinon les raisons de sa mort – l'alcoolisme l'avait laminé –, au moins les circonstances de celle-ci.

Depuis longtemps, donc, en parfaite codépendante du malheur des autres, en saint-bernard qui a le chic pour s'intéresser et s'attacher aux victimes de l'addiction, Nathalie tente à sa manière, aimante, informée et expérimentée de m'éviter de m'écraser contre le mur. Elle n'est pas la seule, elle est la plus active.

— Essaie la Suisse.

— Pourquoi ?

— Ils ont toujours des tas de programmes pour les désintoxications.

— Bon, alors je cherche à Suisse, alcoolisme. Mais qu'est-ce qui t'arrive ? C'est quoi cette décision ?

— Ça ne peut plus durer.

— Tu le dis souvent.

— Cette fois c'est différent.

— Pourquoi c'est différent ?

J'y ai réfléchi, beaucoup, depuis deux mois. Je crois qu'il s'est produit un court-circuit au plus profond de ma personnalité, de mon intimité, de mon histoire.

Mon père est mort, deux mois plus tôt, en juin, de fatigue. À quatre-vingt-trois ans, ce sportif de haut niveau, prof de gym, est parti. Son corps fatigué, ses envies émoussées ; l'ordre des choses aussi, il était le plus ancien de la tribu, il devait s'en aller avant ma mère, avant sa sœur. Le droit d'aînesse jusque dans la mort. Il était conservateur, mais le poids des conventions disparaissait sous une bonhomie, une gaieté, une joie de vivre qui en faisaient, même dans le malheur, un personnage léger, allègre. Je m'entendais moyen avec lui. Je respectais sa solidité, son goût de la découverte. Sans trop me questionner sur mon travail, mes désirs, mes projets, il exprimait – je le sais par ses amis – une véritable fierté en parlant de son fils, de ses reportages, qu'il lisait peu, de son entreprise, dont il imaginait mal les contours. Nous étions trop pudiques pour enlacer nos sentiments. De ce côté-là, nous sommes lui et moi des purs produits de la terre : les actes plus que les mots, les décisions plutôt que les caresses. Un soutien véritable et non des gesticulations. Il m'a toujours aidé, même sans comprendre ou approuver mon cheminement.

De manière récurrente, comme on dit à la télé, nous nous accrochions sur la qualité de son vin. Ça a l'air anecdotique, et d'une certaine manière il s'agissait plus d'un signe de reconnaissance à chaque repas que d'un désaccord profond. Il croyait avoir du bon vin, toujours une affaire, je le trouvais mauvais. Je le lui disais. Mais entre son vin et le mien, s'il n'y avait pas de différence de degrés (12°-13°), il existait un écart important de prix. Je le savais et, pourtant, moi qui ne suis pas méchant, je relançais le débat à chacune de mes visites, et lui faisais de la peine. À la mort de mon père, il restait une dizaine de bouteilles, médiocres bien sûr, rangées au fond du garage. Je les ai vidées en ce début de mois d'août, convulsivement, trois jours durant, secrètement. J'avais acheté du côtes-du-rhône blanc, un beaucastel – mon préféré – pour arroser dignement le déjeuner et le dîner. La piquette, c'était du lever au coucher. J'ai eu comme l'impression de boire mon père, en douce, et j'ai pris en pleine figure ma duplicité. Sa mort l'amplifiait de manière assourdissante : je pouvais bien faire le distingué œnologue, je n'étais qu'un soiffard. Merci papa, durant ces trois jours ta bibine fut le meilleur des élixirs, un grand cru. Le dernier, j'espère.

Insupportable révélation. Bien d'autres « exploits » auraient pu déclencher mon alarme personnelle, activer mes batteries de survie, provoquer ce coup de reins qui permet de franchir un obstacle, gagner une course, se désenliser. Pour moi ce fut cet acte sacrilège, nul, honteux quoi, biberonner le vin tant de fois débiné d'un père disparu à jamais.

« Encore un de tes exploits, une de tes frasques... » J'ai eu la chance de ne pas subir ces reproches qui d'ordinaire accablent les alcooliques. Instinctivement, mes amis, ma famille ont compris que me culpabiliser ne servait à rien. D'ailleurs leur indulgence, leur impuissance, s'accommodaient fort bien de mes dérapages, puisque simultanément je menais une vie professionnelle plutôt réussie, attirante, souvent enviée. Et si je plongeais – ici à la Métairie on parle de perte de maîtrise – je refaisais surface et seuls mon épouse, mes collaborateurs les plus proches, qui partagent ma vie au quotidien, ont noté la dégradation, jour après jour. Ma fréquentation pouvait être difficile, ingrate, elle n'était jamais inacceptable. L'alcool ne me rend pas violent, il me rend provocateur, injuste, agressif, mais dans les limites d'une certaine bienséance. Et, lorsque je franchissais ces bornes-là, cela provoquait souvent un haussement d'épaules, un demi-sourire, un discret « il est bourré », « il a chargé », « il en tient une bonne », expressions qui traduisent, dans notre société où l'alcool est partout, une certaine indulgence du style : « Après tout, il a beaucoup de responsabilités, il a pris des risques, il travaille énormément », et depuis cinq ans : « La maladie de son fils l'affecte terriblement », « Il faut bien qu'il décompresse de temps en temps. » Cet apitoiement me convenait parfaitement. La gravité de mon mal, sa permanence, sa progression, se cachaient derrière notre bonne bienveillance culturelle pour la murge...

Bulle, qui porte si bien son prénom, tant elle est légère et délicate, tant elle préfère effleurer les problèmes plutôt que les aggraver, n'a jamais dramatisé mon alcoolisme. A-t-elle eu tort ? Je ne crois pas. Elle a encaissé dans un silence parfait, et piquait des gueulantes lorsque je poussais le bouchon trop loin ou trop souvent. Elle me considérait comme un incorrigible fêtard, jouisseur, coureur de jupons, pilier de bars. Elle n'a pas su ou pas voulu comprendre la véritable nature de ma beuverie. La connaissais-je moi-même avant d'avoir touché le fond ? D'ailleurs, depuis l'apparition des premiers symptômes de ce putain de syndrome de Gilles de La Tourette, son angoisse majeure, sa préoccupation première, sa tristesse aussi, tournent autour de Lucas, notre fils, son enfant. Normal. Mon problème, elle l'a subi, sans avoir le temps ou l'envie de l'analyser.

Dans son bureau, minuscule, chaleureux et élégant – rien à voir avec notre salon – situé au premier étage de la tour pigeonnier du Jura, Janet m'a écouté. Pas comme un psy, comme une grande sœur alcoolique. Je fais partie de sa famille, notre famille, la grande fratrie des alcooliques. Mais j'ai une grande chance me dit Janet :

— Tu as choisi de te soigner. Enfin, d'arrêter de boire, car notre maladie est incurable. On n'en guérit pas. Le seul moyen, pour l'empêcher de se développer jusqu'à nous faire mourir, c'est de la priver de son oxygène, de sa substance nourricière, de lui supprimer l'alcool. Et nous les malades alcooliques, nous aimons l'alcool, nous en avons besoin, il trouve chez nous un terrain favorable, peut-être un atavisme, sûrement des particularités neurologiques. Il nous guette, nous épie, fonce dès qu'il nous sent ébranlés, et Dieu sait si nous le sommes souvent parce que particulièrement fragiles émotionnellement. Il est là pour caresser notre tristesse, notre désespoir, nos colères et nos peurs, notre joie et notre plaisir, notre impatience aussi. Il flanque chacune de nos émotions, il en est le prolongement. Si je comprends bien, émotion égale – réflexe pavlovien – envie d'alcool, puis besoin d'alcool et puis après il ne s'agit même plus seulement d'émotion, mais d'addiction physiologique avec l'apparition du manque.

« C'est terrible, me répète Janet, mais tu as de la chance, tu veux sortir de cette malédiction qui t'empoisonne la vie. Tu es ici pour toi.

Janet, qui manie messianisme, compassion et complicité, a déjà eu raison des quelques résistances qui m'empêchaient d'entrer sans restriction dans le programme.

— Tu veux te soigner, c'est merveilleux, me dit-elle. C'est dur, c'est long, toute une vie, mais c'est formidable. On te donnera des outils pour t'aider à te rétablir, mais le travail, le vrai travail c'est toi qui dois le faire en découvrant une philosophie de vie.

Je suis ébranlé, la barre est haute. Elle me convient. J'ai envie d'entendre les mots de Janet. Quel beau combat pour un homme !

En France, on compte cinq millions de malades alcooliques, la grande majorité ne le sait même pas, un million à peine ont décidé de demander de l'aide pour devenir abstinents.

En partant Janet lâche :

— Tu sais, Hervé, tu as beaucoup voyagé, c'est bien, c'est formidable. Mais où que tu ailles te voilà. Tu analyses beaucoup, tout part de ta réflexion. Démarche d'intello. Le chemin le plus long, le trajet le plus difficile, le plus beau aussi c'est celui qui va de la tête au cœur.

Mon petit Hervé, démerde-toi avec ça.

La réunion de groupe qui a suivi m'a laissé un goût amer. J'y ai ressenti une gêne, dont Pierre m'a assuré qu'elle venait de mon noviciat. Chacun de nous doit lire publiquement la lettre écrite à Nina. L'exercice n'est pas banal, dire à voix haute ce que l'on pense de quelqu'un, devant un groupe d'hommes et de femmes dont je ne connais rien, sinon qu'ils partagent tous l'alcoolisme ; être sincère certes, la thérapie l'exige, mais ne pas être blessant, ni méchant, comme les convenances, plus sûrement encore notre humanité, nous en gardent, requiert des talents d'équilibriste. C'est cela que j'ai ressenti en écrivant ma lettre à Nina. Par avance, je m'étais préparé à bafouiller quelques excuses, des circonstances atténuantes, si mes mots ou mon ton n'étaient pas dans le *mood* de la thérapie. Courageux, mais pas téméraire. Lorsque Nina nous a fait son récit de vie, ne venais-je pas de débarquer tout frais du TGV de Paris ? J'avais compris grosso modo que cette femme d'une quarantaine d'années, corpulente, le menton assuré, vivait depuis son plus jeune âge dans l'alcool – une particularité familiale –, que son père l'avait empêchée de s'épanouir, qu'elle s'était découverte homosexuelle sur le tard, après être passée de job en job, de bras en bras et surtout de bar en bar. Elle m'avait paru instable et immature et pour tout dire un tantinet suffisante. Comment écrire cela ? Et de quel droit ? Me voici promu par la force du programme, comme tous les éclopés de la vie qui m'entourent, au rang non pas de juge, mais enfin pas loin. Il paraît que cette audition à plusieurs voix doit lui être profitable, à elle autant qu'à chacun des auteurs des lettres.

Je lis donc : « Nina. Ah, si ta vie était aussi structurée que ton discours ! Et si tes relations étaient aussi bien choisies que tes mots *(de quoi je me mêle ?)*. En t'écoutant, au début je me disais : cette femme est solide, acharnée, presque victorienne. Elle sait d'où elle vient et vers où elle va. Et puis en continuant à t'entendre j'ai imaginé dans ta tête une boussole qui n'avait en fait jamais trouvé le Nord *(et toi, l'enflure, tu l'as trouvé, le Nord ?)*. Ces allées, ces venues, toutes ces expériences et ces boulots interrompus, ces relations inachevées ou cassées. Trop. Trop souvent peut-être. Mais tu possèdes de nombreux atouts, cela se voit dans la détermination de ton regard *(c'est nul, faux cul)*. Peut-être partiras-tu d'ici en te disant : fini de papillonner, j'ai ma route et personne ne peut m'en détourner. Après tout, lorsque l'on a vécu en zigzaguant, on découvre les vertus de la ligne droite *(parle pour toi espèce de naze)*.

Bien à toi. Hervé. »

Petit silence. Regard furtif. L'ai-je bien descendue ? Nina me remercie. « C'est dur, mais tout n'est pas faux. Au fait, je travaille au même poste dans une annexe de l'ONU depuis six ans. »

20 h 30. La bande est repartie à Genève, en quête de bon café, d'un téléphone normal qui ne bouffe pas tous les francs suisses comme à la Métairie, d'un dépaysement, léger, qui se limite à saluer de nouvelles têtes, abstinentes. Selon mes camarades, l'ambiance sera moins guindée, plus jeune, plus cool, c'est une réunion des NA (Narcotiques anonymes). Le programme des NA est le même que celui des AA, et le rituel aussi. Les « douze étapes » et les « douze traditions » qui constituent l'armature du rétablissement et balisent le chemin vers la sobriété sont identiques, les participants ne se présentent pas comme drogués, mais comme « toxicodépendants ». Pierre, qui se refuse à vieillir, m'a soutenu qu'il y avait même quelques jolies filles et que l'assemblée ne se composait pas que de vieux croûtons : question de produit générationnel. À de rares exceptions près, on ne prend conscience de son alcoolisme qu'après une longue pratique. Avec la coke, avec l'héro, ça va plus vite ! Mais pour avoir sniffé de la cocaïne, régulièrement mais à petite dose pendant quelques années (six-dix ans ? je ne m'en souviens pas), je comprends encore mieux cette affirmation de Claude Olivenstein (médecin chef de l'hôpital Marmottan), qui fut l'un de mes amis les plus chers et reste un ami trop lointain. « La toxicomanie, disait-il, c'est la rencontre entre un produit et une personnalité. » Je n'ai jamais été accro à la coke, je le suis à l'alcool. Pourquoi ? Il y a là une part de mystère, d'inexplicable, qui échappe à ma connaissance, aux recherches neurologiques les plus pointues. Il y a des questions comme ça. Pourquoi un homme préfère-t-il les brunes aux blondes, les poitrines en pomme aux seins en poire, les regards ébène aux yeux bleus, jaunes ou verts ? Pourquoi peut-on devenir dépendant de

l'alcool comme moi, mais pas de la cigarette ou de la poudre ? Parler globalement de maladies de la dépendance ne répond pas à toutes mes interrogations.

Ce soir, penché sur mon cahier de notes, mon carnet de bord, je viens de franchir un nouveau pas dans ma cure : après le rejet des débuts, des rituels qui me laissaient craindre un milieu sectaire, après l'envie de me laisser prendre, sans réfléchir, par la main des thérapeutes, voilà que calmement j'exerce à nouveau mon esprit critique. Critique, mais pas péremptoire. Critique mais serein. Critique mais ouvert, disponible et en aucune manière réfractaire à ce qu'une équipe de thérapeutes et une douzaine d'alcooliques tentent collectivement de réussir : un sauvetage dans une mer encore terriblement déchaînée, mais que je sens doucettement s'apaiser, la force du vent faiblit. Je suis content.

Virginie, l'infirmière de nuit, les cheveux bouclés, plutôt costaude, les pommettes rosées, la peau blanche – je l'imagine photographiée sur une affiche Candia, un pot en métal dans chaque main, vantant les bienfaits du lait naturel –, m'interpelle avec son plus beau sourire. Cette Virginie est fraîche, spontanée, simple, directe :

— C'est l'heure de tes médics.

— Non de mes médocs.

— Ici on dit médics.

— Et pourquoi ?

— Médocs ça rappelle trop votre bon vin.

Ils pensent à tout ! La Suissesse qui respire le bon air et les pâturages gras s'intéresse aussi au monde et a appris l'attentat de Bali, dans *Le Matin*, quotidien de langue française, publié dans le canton de Genève, dans celui de Vaud, dans le Valais aussi, bref un journal roman. Pour elle, tout se résume, elle le répète bien trois fois, à : « Je ne comprends pas ces gens qui ôtent la vie, comme en Égypte ou au Pakistan. Je ne comprends pas. »

« Moi non plus. » Je n'ai aucune envie de m'embringuer dans une explication journalistique sur le terrorisme, ses origines, ses raisons, même inacceptables, mais qui existent. En fait, j'ai baissé le rideau info depuis mon arrivée. Je trouve cela presque vexant pour moi qui consacre tant de temps, depuis tant d'années, au journalisme, pour qui ce métier n'est pas véritablement un métier, mais plus que cela : un apostolat, où l'on sert, au sens religieux, missionnaire, du terme, vingt-quatre heures par jour. On en rêve, on y pense, en voiture, sous la douche, en pédalant, en levant de la fonte, en séance d'abdos-fessiers, en mangeant, et si les journalistes – je l'ai lu autrefois dans un magazine – ne sont paraît-il pas des « bons coups » au lit – trop rapides, victimes d'éjaculation précoce – c'est peut-être qu'ils font ça au plus vite pour retrouver plus vite leur véritable amour : l'info. En écrivant cela, je souris. C'est excessif, mais au fond, il y a du vrai. Ce surengagement professionnel ne concerne pas tous les encartés « presse », quelques-uns, dont moi, en ont fait leur vie, d'autre un métier. Seuls m'intéressent au fond les fous de l'info, les journalistes maladifs, accros (tiens ?), qui n'ont qu'une obsession, celle de raconter le monde, tous les mondes, de partager la vie des humains, les plus proches comme les plus lointains.

Même si je conçois que le journalisme puisse s'exprimer de mille manières, j'affirme qu'au début de tout il y a l'enquête et que la forme la plus belle, la plus modeste mais la plus grande du journalisme est le reportage. Le journalisme est un combat. Il devrait l'être. C'est ainsi qu'on devrait l'enseigner. Dehors, ceux qui s'en réclament pour profiter du mode de vie qu'il procure et de la place sociale qu'il confère (plus ou moins) ! Le journalisme est un acte de foi, la promesse de tout montrer, au plus près de la réalité. L'absolue nécessité de déchirer tous les voiles derrière lesquels se planquent l'ignominie, la barbarie, la tyrannie et le sadisme. Porter le fer dans la plaie, écrivait Albert Londres, dont j'ai toujours admiré la nervosité de la plume, et l'efficacité de la formule : « Le journaliste ne connaît qu'une seule ligne (nous y revoilà ...), la ligne de chemin de fer. » Arrivant à Djibouti, Londres résume la fournaise du territoire dans une phrase qui reste un modèle d'acuité journalistique : « On me dit qu'il fait 40° à l'ombre, mais d'ombre ici, il n'y en a point ! »

Combat donc, dont je me surprends ce soir à clamer une nouvelle fois la beauté et la nécessité. De cette conviction, de cette dévotion au journalisme, je me nourris depuis mes vingt ans (cela fait donc trente-sept ans). Le journalisme serait-il ma puissance supérieure, Janet ? Combattre toujours. Refuser que l'on pourrisse cette profession comme depuis toujours on essaie de le faire. Les mauvais journalistes – non pas qu'ils ne possèdent pas le talent de l'observation ni celui du récit – sont ceux qui n'ont pas un caractère et une probité intellectuelle à la mesure du privilège qui est le leur : s'adresser aux autres, et revendiquer la légitimité de les informer.

Pourtant, ce soir, je n'ai pas relevé Bali. Pourquoi je me fous complètement, sans effort, naturellement – c'est ça, naturellement –, d'un événement majeur, dramatique et universel, qui d'ordinaire m'aurait fait grimper aux rideaux ?

Me reviennent ces mots prononcés par Janet au cours de notre tête-à-tête : « Tu sais, il reste plein de choses inexplicables. Tu vas avoir du mal à l'accepter, toi le pragmatique, le cartésien. Plus tard on parlera de l'idée de puissance supérieure, de Providence. Pense à la prière de la sérénité, à la première phrase : "Mon Dieu (mais Dieu c'est ce que tu veux, ta puissance supérieure, le groupe, une lumière intérieure), donne-moi la sérénité d'accepter les choses que je ne peux changer." »

Ce soir, cette notion de puissance supérieure me paraît toujours farfelue, mais j'y ai pensé. La preuve...

17 octobre

Ce matin, Soledad, clope à la bouche, a pris son ton d'instit, ferme et bienveillant. Elle a du chien, une grande gueule, une octave trop haut pour être tout à fait naturelle. La bonne copine dont on sent que, derrière son zinc, elle devait jongler avec talent, sollicitude, écoute, déconnade et distance. C'est tout un art que celui du bon barman, pratiquer avec brio le jusqu'où-ne-pas-aller-trop-loin : « Lâchez-vous, mais pas de dérapage. » Les alcooliques qui « savent boire » (l'expression m'a toujours paru étrange) sont les bienvenus, les autres, ceux qui ne « savent pas se tenir », dehors. Les débits de boissons ne se préoccupent ni de l'état des foies, ni des désordres intérieurs. Du moment que le consommateur marche droit, n'interpelle personne, maîtrise sa souffrance et paie l'addition ... « Vous en reprendrez bien un petit. »

Soledad est sortie, pour l'instant, victorieuse d'un double sevrage : alcool et benzo. Elle a surtout bataillé contre la privation des pilules multiples qu'elle prenait dès le matin, régulièrement, en quantité de plus en plus importante. Sans me lancer dans une explication scientifique dont je suis incapable, j'ai compris que le phénomène de manque, tout à fait comparable à celui qu'engendre la privation d'alcool, est encore plus difficile à éliminer. L'accoutumance physique est davantage prégnante, incrustée plus méchamment encore dans les labyrinthes du cerveau et de l'organisme. La dépendance est pourtant de même nature que celle que crée l'usage de l'alcool. S'en débarrasser, au moins les premiers temps, provoque des douleurs et des troubles plus ravageurs.

Sandra, la cristalline, qui est encore en phase de sevrage de benzo, morfle bien plus que moi (par quelle magie n'ai-je pas souffert de la privation d'alcool ?). Sa raison reste embrouillée, les fils de son intelligence s'emmêlent, elle sort très lentement de son brouillard. Elle ne parvient pas à rassembler ses idées, à organiser sa parole, à se souvenir, à prévoir, à mémoriser. Bref, Sandra est dans les choux et elle trépigne, enrage, de ne pouvoir avaler le calmant, l'excitant, qui lui permettraient de retrouver par une savante et méchante alchimie un horizon dégagé, lumineux. Une bonne visibilité, comme disent les bulletins météo. Sandra passe péniblement sa zone de turbulence sous les regards et les encouragements muets – gestes, enlacement des mains, accolades, embrassades – du groupe.

Je mesure ma chance, mon sevrage est terminé. Tranquille. Je m'y attendais. Au mois de mai dernier, je m'étais fait hospitaliser dans l'excellent hôpital mutualiste Montsouris, l'ancien hôpital universitaire, boulevard Jourdan dans le 14e arrondissement. J'aime bien cet hosto, une affaire de jeunesse, un épisode de ma vie étudiante. J'habitais juste en face, dans la Cité universitaire internationale, la cité U. Pavillon des provinces de France. L'hôpital servait à nous rassurer, à nous soigner parfois, nous qui gambadions à bride abattue, dragueurs impénitents et tombeurs joyeux, lorsqu'une goutte douteuse apparaissait sur notre slip, bien vite confirmée par des brûlures punitives en urinant. Nous pissions des lames de rasoir. Cela faisait serrer les mâchoires. L'infection, baptisée chaude-pisse par nous les chauds lapins, blennorragie par le corps médical et les ignorants de la vraie vie – la nôtre, une vie de patachon –, était un classique du parcours universitaire. L'équipe soignante de l'hôpital Montsouris avait fini par nous connaître, nous les habitués du service maladies vénériennes ; ils nous conseillaient de ne pas aller avec n'importe qui, d'attendre au moins trois jours pour que les antibiotiques fassent effet avant une nouvelle relation sexuelle. On se quittait par un « à la prochaine », signe de notre insouciance, et promettions d'avertir sur l'heure les partenaires qui auraient pu nous contaminer.

Époque bénie, ces années soixante-soixante-dix où la libération des mœurs, le plaisir immense de prendre du plaisir goulûment, sans contrainte, sans crainte surtout, n'avait pas encore été fauché par la faux effilée, dévastatrice, du sida.

De l'hôpital de mes années postado, je n'ai plus rien reconnu, sauf la maison des provinces de France. Elle n'avait ni bougé ni changé avec ses briques rouges poussiéreuses et les encadrements prétentieux des fenêtres derrière lesquelles je me demandais s'il s'en passait toujours autant qu'à mon époque. L'hôpital totalement rénové m'avait ouvert ses bras, comme autrefois, mais mon mal aujourd'hui – trente-huit ans plus tard – témoignait non plus de la légèreté d'un corps vert sans malice, mais de la lourdeur d'une vie cabossée, où les succès, nombreux, multiples, n'étaient jamais parvenus à cicatriser le côté pile de mon CV, celui-là noir de drames, de morts, de tristesses foudroyantes et de désespoirs enfouis.

Je venais donc pour un sevrage sec. Six jours, médocs, perfusions, visite des copains étonnés de me retrouver là, inquiets mais solidaires dans mon obstination à minimiser l'ampleur des dégâts. Le sevrage se fit alors sans difficulté ni contrainte. Cette facilité avec laquelle je m'étais, d'un coup, arrêté de consommer de l'alcool, même si c'était dans le cadre d'un enfermement très relatif, n'avait fait que me persuader du caractère bénin de mon alcoolisation. Je ne parlais pas encore d'alcoolisme, encore moins de maladie alcoolique, mais de consommation excessive d'alcool.

Je sortais donc de l'hôpital ragaillardi, renforcé dans l'idée que je pouvais très bien contrôler ma consommation. Depuis un an n'avais-je pas d'ailleurs éliminé (presque) tous les alcools forts, pour n'absorber que du vin, en me targuant de le faire en fin connaisseur ? Je dégustais donc, mais du matin au soir. Et si j'avais quelque préférence pour les sylvaners de la matinée, les côtes-du-rhône de l'après-midi et les bordeaux du soir, je me contentais, pas bégueule, du tout-venant à 12°, faute d'une bonne bouteille. Les alcooliques ont un immense talent pour tourner autour de l'essentiel, ils parlent de bons ou de mauvais millésimes, de terroirs, de cépages, mais, au bout du bout, seul le nombre de degrés les intéresse vraiment. Bref, je me dessinais alors, en marchant sur les pelouses du parc Montsouris, une conduite, un plan de bataille : ne jamais boire le matin, un verre de vin à midi, un autre le soir et basta ! Au bout de quinze jours, la bataille tourna à la déroute. La débandade fut totale et la retraite sans vergogne

– retour au volume de départ : deux à trois litres de vin chaque jour.

Les hirondelles qui survolaient ma chambre du troisième étage de l'hôpital mutualiste pour plonger sur le superbe parc de la cité U n'annoncèrent donc pas le printemps d'un quelconque rétablissement.

Mon problème ce matin-là, comme celui de tous les camarades du pavillon Jura, était bien plus « comment tenir ? » que « comment s'arrêter ? ». C'est bien cela que je suis venu chercher ici à la Métairie, une méthode pour tenir justement. Je perçois déjà que cette quête n'aura rien de mécanique, ne se résumera pas à des recettes, mais m'entraînera vers quelque chose, je ne sais pas le définir, de plus profond, fondamental, révolutionnaire.

Pour l'heure, Soledad distribue les « ministères ». En tant que responsable du groupe, elle charge chacun de nous d'une tâche particulière. Ayant manifesté à plusieurs reprises mon intérêt pour les quarante minutes de sport quotidien, elle me nomme chef des sports et... de la relaxation. Ça va ensemble. C'est comme ministre de la Jeunesse et des Sports. Je m'en tire bien. J'ai échappé au délégué des transports pour Genève ou Lausanne, j'ai évité les portefeuilles de délégué aux fleurs, au café, au ravitaillement. Ces nominations témoignent du côté boy-scout de la Métairie. Nous en rigolons tous.

Le moniteur de sport est un type sympa. Un Yougo, beau gosse. Une gueule. À peine marqué par ses quarante-cinq ans. Il s'appelle Milos. Il vit en Suisse depuis quinze ans. Le foot lui a servi de visa. Joueur professionnel à Belgrade, il a rejoint le Servette de

Genève comme deuxième couteau. Charmeur, intelligent, organisateur, il est devenu entraîneur d'équipes moins célèbres. Il continue de manager les joueurs de Nyon. Il affirme que le stade qui jouxte la Métairie accueille chaque année en stage d'oxygénation et de remise en forme la mythique équipe du Real Madrid. En bon voisin et homme de l'art, il a donc côtoyé les plus grands. Mais Milos ne la ramène pas. Je l'aime bien. Je lui ai demandé s'il était serbe, croate ou bosniaque, il m'a répondu brusquement yougoslave. Il aurait pu ajouter « et fier de l'être » tellement ça s'entendait. Milos regrette Tito, le maréchal – l'homme de la troisième voie, lui dis-je. De cela il s'en fiche. Pour lui Tito c'est le grand homme, celui qui a su construire la Yougoslavie, imposer l'unité. Depuis, affirme-t-il, son pays est livré aux voyous.

Milos est très attentionné avec ceux du Jura. Il nous surveille avec bienveillance, surtout les adeptes du vélo de salle. Milos sait – cela se produit deux ou trois fois par trimestre – que lorsqu'ils finissent leur période de sevrage les alcoolos souffrent fréquemment de crises d'épilepsie. Il ne s'agit pas de l'épilepsie habituelle, elle n'est pas chronique, elle est juste circonstancielle, opportuniste. Mais les effets sont les mêmes, impressionnants et rapides. Le danger, c'est la crise sur le vélo, la chute, la fracture, le traumatisme crânien et plus si malchance. Milos nous couve donc. Il encourage les plus rétifs à l'effort physique, fait le quatrième au ping-pong, et rejoue inlassablement la bonne attitude au rameur. Il défie Jean-Marie et Pierre qui manient à la perfection la raquette de badminton et prennent des suées avec une rage qui en dit long sur leur capacité de défonce. *No limits*. Aujourd'hui face au filet, hier face au comptoir.

Je travaille mon souffle, contracte mes abdos, étire mes jambes trop lourdes et qui le resteront définitivement. J'ai une morphologie épaisse, de terroir. Même dégraissée, en pleine vigueur, ma silhouette tient plus de l'olivier ou du chêne que du roseau. Un gaillard solide. Le sport m'a toujours accompagné. Je le pratique avec plaisir. Ce n'est pas un hobby, c'est un besoin. Je suis né avec, j'ai appris à marcher sur les stades où officiait mon père. Après les balades en poussette, les cendrées des pistes d'athlétisme du club Deportivo Hispano-Frances de Barcelone, à deux encablures de la Sagrada Familia – total respect pour Gaudí –, j'ai commencé à aligner mes premiers pas, à prendre mes premiers gadins, à apprendre toute la difficulté de la position debout. Le reste a suivi, sports individuels, sports collectifs, cinq, six, parfois huit ou dix heures par semaine. À vingt ans, j'en ai eu marre. J'ai rompu. Mon corps s'est vengé, quinze kilos en deux ans. Plus tard j'ai repris comme les citadins stressés. Les marchands avaient mis la main sur la forme. J'ai consommé de l'activité physique. Jogging, tennis. J'ai échappé au squash ; ce jeu me paraît être la pire des formes du sport en salle. Tout y est petit. Le terrain, les raquettes, la gestuelle. On s'y fatigue beaucoup, on y transpire comme au bain turc, on insulte son cœur. J'ai toujours associé squash et cocaïne. Deux produits urbains : vitesse, efficacité. L'illusion. Depuis trois ou quatre ans, le sport est devenu complémentaire de ma vie d'alcoolique : il en a été la partie déculpabilisante, celle dont je me suis dit qu'elle me permettait d'éliminer. Éliminer quoi ? les calories sûrement, mais il y avait beaucoup plus pernicieux : « Si je fais régulièrement de la gym, trois à quatre heures par semaine, je me prouve bien que ça ne va pas si mal. » Il m'est arrivé d'enfiler dès huit heures du matin baskets, short et tee-shirt et de me lancer sur un tapis roulant avec une détermination et une énergie d'autant plus féroces que je m'étais aussi enfilé deux verres de blanc avant d'entrer au club. La rédemption par le sport en quelque sorte, le sport supprime la tache de vin, comme le K2R. Le sport, pratiqué régulièrement avec un coach de surcroît, préserve de la déchéance. Il me garde parmi les humains normaux. Je bois un coup à la gloire du sport. Le sport, mon opium d'alcoolique. Le sport qui une fois de plus me permet de faire l'autruche. Je lève la jambe, je bande mes muscles, je soulève des poids, donc je suis. Merci le sport, mon cautère sur ma gueule de bois.

Grelin, grelin. La réunion commence. Je l'attendais avec plaisir. Il ne s'agit pas de thérapie de groupe cette fois, mais du cours magistral que donne le mercredi le bon Dr Barnasconi. C'est un bonheur, tant par ce que l'on y apprend que par la prestation du maître. Il en a fait Barnasconi ! Son histoire traverse depuis dix ans toutes les promotions de curistes. Elle provoque au pire de l'intérêt, au mieux – c'est mon cas –, de la fascination. Il passe la porte, la main gauche dans la poche de son pantalon. Le costume est chiffonné, des pellicules mouchettent une veste fatiguée, la cravate a bien vécu, son nœud s'en fiche, un estomac arrondi tend la chemise, le cheveu est grisonnant, mi-long à la manière de beaucoup d'intellectuels sexagénaires, légèrement frisé. Je pense à Einstein, à Olievenstein. Il n'est pas beau, il pétille de charme, de présence, d'intelligence ; il porte la fatigue de toute une vie, comme une oriflamme. Les cernes, les rides, les joues, tout penche vers le bas, mais le regard relève et illumine son visage. Il se présente : « Je suis le Dr Barnasconi, médecin à la Métairie. Alcoolique et toxico dépendant en rétablissement. » Il faut tendre l'oreille. Il articule à peine les mots. Ses lèvres gourmandes préfèrent somnoler. Plutôt de la lassitude que de la paresse.

Au début, le groupe se retient pour ne pas rire, la dégaine du bon docteur, cette manière qu'il a de s'exprimer, de parler comme s'il prêchait pour lui-même, comme si nous n'étions que des hommes et des femmes de pierre, sculptures vissées sur des meubles, effare puis provoque cette douce hilarité et cette bienveillance que seuls les originaux géniaux déclenchent à leur insu. Je suis au spectacle. Je sais que ce savant fou a tout consommé, l'alcool sous toutes ses formes et sans faire le difficile : eau de toilette, de Cologne, à brûler, à désinfecter. Ces dérives l'ont conduit en Amérique latine où, prenant prétexte de quelques séminaires, il gambadait dans les forêts, sur les hauts plateaux, à la recherche des champignons, des « hongos », de toutes les potions hallucinogènes. Il a pimenté sa vie de toutes les épices qui défoncent, des poudres blanches et s'est piqué à la morphine. Il est allé loin, très loin Barnasconi. Pourquoi ? Comment a-t-il refait surface ? Il n'en parle pas. Tout ce que nous avons vécu, il connaît. Ça se sent. Je l'écoute donc passionnément.

À sa manière il vient nous dire que lui comme nous sommes des malades. Longtemps on a pensé que l'alcoolo manquait de caractère, qu'il n'avait pas la volonté de limiter ou, contrôler les substances psychotropes, qu'il était incurable, dénué de principes et de valeurs morales. Résultat : les pires des préjugés de la société contre les alcooliques. À quoi bon aider un alcoolique au rétablissement puisque toute tentative était vouée à l'échec ! C'est en 1956, Barnasconi aime bien les dates, que les Américains, les premiers, ont déclaré que la dépendance était une maladie qui devait être traitée et en milieu hospitalier si nécessaire. Barnasconi aime aussi les tableaux, les grands I et les petits *a*. Il déverse son savoir. Il me fait du bien le docteur quand il m'apprend que la maladie est primaire, que, bien sûr, il y a des facteurs sociologiques et culturels, mais que l'alcoolique a des prédispositions génétiques à développer la dépendance. Tout n'est donc pas dû qu'à ma vie. Toute une raison de mon mal me dépasse, puisque, dès l'origine, je possédais ce je-ne-sais-quoi qui marquait de manière indélébile mon inclination à l'addiction. Les murs de la culpabilité commencent à s'écrouler, comment expliquer ou décrire le bien que cela fait, comme si l'on venait de libérer mon corps et mon âme, tout ce qui me constitue, d'un corset de plâtre. En plus, ce n'est pas n'importe qui qui l'affirme, c'est lui, le bonhomme extravagant, mais alcoolo, toxicodépendant, médecin et psychiatre. Je le crois, oui je le crois.

La suite évidemment, moi qui suis abstinent depuis quelques jours et n'ai aucune certitude sur ma capacité à rester au régime sec bien longtemps, me retord l'estomac. La maladie provoque une détérioration progressive de la santé physique et psychique et conduit à une issue fatale si elle n'est pas traitée. Cellules cérébrales détruites, fonctionnement hépatique attaqué. Barnasconi en remet une petite couche. C'est d'ailleurs résolument écrit dans une notice distribuée par l'équipe du

Jura : « Sans un traitement, la maladie de la dépendance ne cesse d'empirer. Le malade dépendant a de nombreux points communs avec le malade qui souffre d'un cancer. Certains jours la maladie évolue si lentement qu'elle ne semble pas progresser du tout. Le patient donne l'impression d'être en voie de remporter son combat pour la vie. Pourtant, la maladie a progressé, parfois jusqu'au point culminant de la mort. » Je m'accroche à ce parfois. Tant d'amis ou de connaissances se sont battus victorieusement contre le crabe ! Rien n'est fichu alors ? Je peux vaincre moi aussi. Et patatras, Barnasconi – que ce vieux diable aille en enfer ! – poursuit : « La dépendance est une maladie chronique. Il n'existe aucune guérison définitive connue. » Je me répète, les yeux fixés sur le tableau blanc : « aucune guérison définitive connue ». Mais qu'est-ce que je fous ici ? Si je suis incurable autant m'éclater jusqu'à plus soif, jouir sans entrave, bouffer comme un chancre, claquer ma Visa, que ma mort soit un feu d'artifice, une explosion de jouissances plutôt qu'une impasse souffreteuse, maladive, boiteuse, plaintive, bileuse. Barnasconi, comme s'il ne se doutait pas de l'abîme dans lequel ses propos m'ont plongé, continue : « L'aspect chronique de la maladie de la dépendance signifie que la personne reste vulnérable aux produits psychotropes. Si elle reconsomme, les produits auront le contrôle sur sa vie. Sans jamais guérir on peut éviter les dégâts irrémédiables provoqués par la maladie en étant abstinent d'alcool et de tout produit psychotrope à vie. » Il a dit à vie. Pour toujours, quoi. Bon, je libère Barnasconi de l'enfer, je le place au purgatoire... Parce que à vie... Bon, il y a donc une possibilité de guérison ? Non, pas guérison, rétablissement. Mais à vie... Comment imaginer à vie ? Plus jamais lever un verre ? Même une lichette de très bon vin pour souligner la finesse, la subtilité d'un mets ? Plus d'apéro, pas de pastis à la Féria de Nîmes, pas de rosé sur le pont d'un bateau au large de Calvi, pas d'armagnac devant la cheminée de la Régordane, pas de cognac Perrier au réveil d'une sieste abidjanaise, pas de gin ni de vodka tonic pour se finir la nuit... Mais comment imaginer un monde sans alcool ? C'est comme assister à une comédie musicale sans le son. Impossible.

Possible, répond Barnasconi. Il suffit d'adopter un nouveau mode de vie à l'aide du programme de rétablissement. L'alcoolique, comme le diabétique, doit adhérer rigoureusement à une nouvelle hygiène de vie. Si l'un ou l'autre s'écarte de son régime, leur mal chronique resurgit. Allez, je libère Barnasconi du purgatoire. Comme un matador artiste, il a su me conduire par petites passes avec une ou deux *chicuelinas* jusqu'à l'essentiel ici et maintenant. « Il faut donc effectuer un sevrage de tout produit psychotrope et suivre une thérapie intensive de groupe et individuelle fondée sur le modèle du Minnesota. » Et en guise de *quite*, le bon docteur nous gratifie d'un « à la semaine prochaine ». Il regarde sa montre et tourne les talons. Je reste cloué sur ma chaise. Je suis sevré et je suis le programme. Je suis donc sur la bonne voie !

Janet m'a donné un petit exercice écrit. Énoncé : « Ma vie serait préférable sans substance psychotrope (alcool, drogue, médicaments) car je pourrais... » Puis une ligne d'explication : « Ne parle pas de ta consommation, mais de ce que tu as envie de faire si tu ne consommes plus. »

La réponse doit être spontanée, réponse réflexe, premier degré, faire vite et court. J'écris d'un jet ce qui me passe par la tête : « Vivre dans le réel et non dans un monde embué par ma vision alcoolique. Même si je contrôle bien ma consommation, régulière tout au long de la journée, mes forces physiques et surtout intellectuelles s'affaiblissent jour après jour. Sortir, vivre. Cinéma, musées, théâtre à redécouvrir. M'engager dans l'humanitaire. Retrouver le plaisir de l'écriture. Retrouver ma libido. »

Je vais à la cuisine préparer un café sans caféine. Dans le salon, tout le monde travaille. Ces exercices écrits qui balisent notre cheminement dans la cure sont à la fois douloureux et frustrants. Là encore, « dis-moi qui je suis ». Ils nous obligent tous, quelle que soit notre implication dans le programme, à gratter dans notre « dedans », à ouvrir des portes trop longtemps fermées, à donner une forme, un contour, une réalité à nos introspections par la grâce des lettres et des mots. C'est écrit, c'est gravé. En principe ! J'imagine que c'est cela faire un travail sur soi.

Un ange nous est tombé du ciel, mais cet ange revient de l'enfer. C'est Olivier, l'infirmier qui d'ordinaire chaperonne les petites anorexiques du pavillon voisin, qui me la présente et me demande de faire la visite : cuisine, buanderie, salon, infirmerie, salle de réunion, préau, petit parc, panneau des activités, casier individuel, téléphone, toilettes... Elle s'en fout, Magali, elle a vingt-deux ans, jolie, menue, presque trop comme le sont souvent les gymnastes, cheveux longs, blonds, maquillage appuyé. Elle souffre, Magali, du fond de l'âme. Elle me dit qu'elle est originaire de Montreux, que son copain lui manque déjà, qu'elle voulait faire des études, mais sur ordre de ses parents elle est entrée en apprentissage. Sa mère est dépressive... Elle aussi. Elle est paumée, elle a mal, si mal. Elle est accro aux tranquillisants, elle fume des pétards du matin au soir. Elle se dope tout le temps. Facile, elle travaille dans une pharmacie. Elle est en pleine errance, tout se mélange. Avant-hier, elle a avalé trente Lexomil. « Trente ? — Ben oui. » Mais elle a flippé. Un ami lui a parlé du Jura. Son copain l'a conduite. Quelques larmes se fraient un passage sur son fond de teint et ses pommettes trop roses. Pauvre Magali, qui voit tout en noir. Elle a des cauchemars plein son petit sac en skaï, elle débarque au milieu d'une bande d'alcoolos quadras et quinquas dont elle pourrait être l'enfant. Son petit bout de vie, malchanceuse, malheureuse, l'a conduite parmi nous, vieilles carnes usées et détruites, ruines en cours de rénovation, carcasses cherchant réhabilitation. Sa beauté, sa fraîcheur n'ont pas encore cédé aux marques du désespoir. Si tout est fêlé et fissuré à l'intérieur, le crépi ne s'est pas effrité. Comment va-t-elle vivre notre compagnie ?

Elle me fait de la peine Magali, la Suissesse au prénom de soleil. Elle m'intéresse, si je pouvais savoir comment sa tête est faite. Comment elle fonctionne. Elle m'intrigue parce qu'elle n'a que quatre ans de plus que Lucas. Lui aussi a sa dose de tourments, de souffrances, mais il ne boit pas, ne fume pas, rien, même pas des pétards, tout concentré qu'il est, exclusivement, à vivre en gérant sa maladie, ce putain de syndrome de Gilles de La Tourette.

Lucas, ma plus grande douleur, compassion et culpabilité mêlées. Amour impuissant. Tout ce temps perdu à ne pouvoir se parler, ni partager. Tout ce temps résigné, à subir, à supporter, à imaginer tordu d'angoisses les affres qu'il affronte à chaque instant, sans que je puisse lui apporter l'essentiel : la guérison. Comme on l'a voulu cet enfant, Bulle et moi !

Dès le premier jour de sa vie, ce fut un peu particulier, bien sûr. Deux ans plus tôt, Marie, notre deuxième fille, comme une fleur éphémère, décède, à peine éclose, à trois mois. Diagnostic : mort subite du nourrisson. Encore un caprice inexplicable de la nature, nous a-t-on dit alors. Inexplicable, mais pas au point de ne pas imaginer quelques raisons d'ordre génétique. Pleurons donc sur le mauvais génie génétique qui nous accable, Bulle et moi, sans nous épargner depuis vingt-trois ans... Pour prévenir tout accident, l'enfant qui suit une « mort subite » doit vivre sous monitoring pendant une année. Si les parents veulent, bien sûr. Oui, les parents veulent, parce que toutes les thèses avancées par ailleurs pour éviter la mort par asphyxie sont peu convaincantes à force d'être contradictoires. Il y a eu les partisans du coucher le nourrisson sur le ventre, puis sur les côtés, puis sur le dos et, comme il n'existe aucune autre position, la Faculté s'en est arrêtée là. Le monitoring, c'est la goutte de technologie médicale dans un océan d'ignorance. Des électrodes sur le corps, dès que le bébé est couché, un électrocardiogramme, vingt-quatre heures sur vingt-quatre, et si le tout petit cœur du tout petit enfant montre la moindre faiblesse, comprenez si les battements s'éteignent, une sonnerie d'autant plus stridente qu'elle annonce l'imminence d'un arrêt cardiaque retentit. Lucas a donc passé sa première année branché et nous ses parents à l'écoute de l'éventuelle alarme. Lucas empêtré dans ses fils, sauf lorsqu'il était dans nos bras ou contre le sein de sa mère, Bulle et moi stressés particulièrement pendant le sommeil du bébé, autant dire pendant de longues heures quotidiennes. Ainsi a commencé notre existence avec notre troisième enfant. Bulle avait trente-six ans, moi trente-sept. Nous avions fait le deuil de Marie et regardions le tout jeune homme avec une attention infinie et une inquiétude immense. Il serait le dernier de nos enfants et, à ce titre, nous allions le pourrir. Nous nous le disions en plaisantant, mais Lucas a très vite percuté. Il nous ferait marcher à coups de sifflet, plus exactement courir à coups de sonneries d'alarme, car, dès qu'il put diriger ses menottes, il comprit très vite qu'arracher le fil d'une électrode provoquait l'arrivée immédiate de Carole, notre fille aînée âgée de seize ans, de Bulle, de moi ou de la nounou. Chacun se précipitait, ventre à terre, le visage masqué d'inquiétude et lui nous régalait d'un superbe sourire, bras tendus. Notre attitude pavlovienne établit, avant même que Lucas sache mettre un pied devant l'autre, un rapport père-fils assez particulier.

Carole, qui avait déjà découvert le corps sans vie de Marie, fut donc soumise aux affres dans lesquelles nous étions en permanence, Bulle et moi. À l'âge où une adolescente se mue en femme et doit vivre bien d'autres aventures que les désordres familiaux, elle a tenu le choc, sans jamais faillir. En apparence. J'ai toujours été épaté de la façon dont Carole a été, jusqu'à son départ de la maison à vingt ans, proche et lointaine à la fois. J'avais vingt-deux ans lorsqu'elle est née, Bulle dix-neuf. Carole a grandi avec nous. Nous l'emmenions partout. Nous n'avions aucun système d'éducation particulier. Elle s'est élevée comme nous vivions. Nous n'étions pas trois, Bulle plus Carole plus moi, nous étions les trois. De cette histoire fusionnelle, Carole a su petit à petit s'extraire, normalement, en créant son espace sans jamais l'opposer au nôtre. Elle garde malgré les drames vécus, et le *border line* dans lequel nous vivons depuis, un équilibre solide où se côtoient un caractère déterminé et un sens des responsabilités inné. De Lucas, je n'ai jamais trop su ce qu'elle pensait au fond.

Évidemment, pendant toute sa petite enfance, et jusqu'à ses douze ans, Lucas fut un garçon difficile. Coléreux, excessif, exigeant. Bon écolier, bon collégien, sportif doué, il n'aimait pas les jeux collectifs et préférait l'effort individuel, l'athlétisme, le tennis surtout. Il pigeait vite, les instits puis les profs disaient qu'il était brillant. Il me parlait peu déjà et étouffait sa mère d'un amour dominateur. Je compensais la rareté de nos rencontres affectueuses en le couvrant de cadeaux. En grandissant, il devenait totalement ingérable, entièrement désinhibé.

Aucun discours, aucun conseil, aucune gueulante n'avait prise sur lui, apparemment. Par principe, je n'avais pas « fait » Mai 68 pour rien, je n'utilisais jamais la manière forte : la boîte à claques comme on dit dans le monde du rugby, mon sport préféré, est restée fermée. Ma violence verbale, la dureté de mes propos, la méchanceté même de mes invectives ne semblaient lui faire ni chaud ni froid. Comment pouvais-je savoir que la maladie – hyperactivité, troubles obsessionnels du comportement, les tocs et les tics, ces autres troubles involontaires et compulsifs – germait déjà et s'apprêtait à l'envahir, à le posséder, à le squatter, à pénétrer son cerveau comme une mauvaise herbe, un lierre tenace, dont personne ne connaît, à ce jour, ni la graine ni les racines ?

Les premiers tocs sont apparus, des rites pour conjurer le sort, pensions-nous avec Bulle : « Rien de bien grave, tous les mômes en ont. » Lucas passait et repassait le pas de la porte de sa chambre, il faisait et défaisait son cartable avant de le boucler vraiment. Il devait toucher en des endroits précis le mur de la descente d'escalier en se rendant à l'école. Un jour, cinq ou six ans plus tard, dans une discussion avec sa sœur sur les profs, il a lâché qu'aller en classe le terrorisait. Et nous qui pensions, en suivant ses résultats sur ses carnets scolaires, qu'il avait trouvé dans l'étude un équilibre, peut-être un plaisir que la maison semblait lui procurer de moins en moins !

Il se fermait, plus impénétrable chaque jour. Je commençais à désespérer, je rêvais tant que Lucas et moi pourrions discuter, découvrir, partager. Je voulais me persuader qu'il manifestait à sa manière son entrée dans l'adolescence. Ce compagnon que j'attendais ne venait pas. Plus il s'éloignait, plus je trouvais une bonne raison de m'apitoyer sur mon sort et de dissoudre dans l'alcool une angoisse bien réelle. Lucas est difficile, répétions-nous avec Bulle. Les amis, les vrais, j'en compte une dizaine, disaient avec délicatesse que peut-être nous lui cédions trop et trop facilement. Comment leur faire comprendre que nous avions tout essayé, que ce roc restait inébranlable ? Lorsque nous lui offrions un cadeau, il semblait se détendre, s'apaiser un si court instant, pour retrouver sa tension de béton armé, cette attitude de défense qu'adoptent certains boxeurs, le crunch. Parfois, j'éclatais, excessif, maladroit, méchant. Je m'acharnais involontairement – j'ai mis de très longs mois à le comprendre – sur un animal blessé.

« Ça passera. » Tu parles ! Les premiers cris sont apparus, comme des gémissements d'abord, tout petits, discrets, du genre on ne veut pas déranger, les raclements de gorge aussi. Nous étions inquiets, perdus. À quoi cela servait-il de lui dire : « Lucas, maintenant ça suffit. » Après ce fut : « Calme-toi. » Après, ce furent les psys, les psys de famille, les pédo-psys, les psys comportementalistes, les coups de fil lancés comme autant de bouteilles à la mer auprès des copains toubibs. « Il faut le faire suivre, c'est un mauvais moment. » « Il a des tocs, qu'il aille voir un comportementaliste, il a des tics... » « Je connais un prof à la Salpêtrière, une autre à Saint-Antoine. » Le premier, le comportementaliste, a affirmé, en prenant tant de gants que j'ai compris aussitôt la gravité du mal : « C'est un Gilles de La Tourette ». Un quoi ? Un syndrome de Gilles de La Tourette ; une maladie orpheline. C'est ainsi que l'on nomme les maladies qui sont rares et n'affectent pas assez de gens pour intéresser les laboratoires. Pas de marché, pas de recherches ou alors à la marge. On peut trouver par hasard une indication, ici ou là en étudiant d'autres syndromes plus ou moins voisins, et il y a toujours quelques neurologues – grâces leur soient rendues – mus par une terrible détermination à comprendre l'incompréhensible, à trouver le secret, l'origine du mal, sa localisation ; avec une ténacité inversement proportionnelle aux moyens qui leur sont alloués ils tentent de faire avancer les connaissances sur le syndrome. Ce n'est pas leur faire injure que de saluer à la fois leur acharnement et leur impuissance.

J'ai fini par comprendre du syndrome de Gilles de La Tourette qu'il était d'origine neurologique et psychologique, que le dérèglement se situait, sans doute, dans la partie frontale du cerveau et qu'il mettait en cause un problème de transmission dans les circuits nerveux. Bulle et moi avons activé Internet, contacté des spécialistes canadiens, américains, anglais, rencontré les deux ou trois cadors français de La Tourette. Résultat : maladie aujourd'hui inguérissable, probablement d'origine génétique, heureusement non évolutive. Il faut entendre par là que, parvenue à un certain stade, elle ne s'aggrave plus, qu'elle peut, mais très rarement, disparaître (oh ! miraculeuse rémission !), et que ses manifestations s'atténuent avec le temps. Bref, Lucas ne peut être guéri, et après Marie, victime de la mort subite du nourrisson, dont l'explication encore très vaseuse met en cause l'hérédité, voici mon garçon qui paie pour un gène que Bulle et moi, nos parents ou ancêtres plus lointains, lui avons transmis.

Cette prise de conscience fut solitaire. Je ne m'en suis alors ouvert à personne, même pas à Bulle – une sorte d'accord tacite nous dictait de ne pas exprimer par les mots la douleur de Lucas, la gravité de son mal et l'impuissance absolue dans laquelle nous nous trouvions. Comme si dire c'était une manière de figer la situation, pire de briser les quelques fondements et fondations de notre vie qui faisaient que nous étions toujours là, et Lucas avec nous, à dormir, manger, travailler. Nous retenions notre souffle comme si le moindre courant d'air pouvait tout détruire. Nous roulions dans une voiture totalement déglinguée après plusieurs tonneaux et qui miraculeusement continuait d'avancer, chaotiquement certes, mais qui roulait toujours. Cela ne se voit que dans les dessins animés ou les films de Laurel et Hardy.

En prenant conscience de ma responsabilité, une fois encore, dans le malheur de l'un de mes enfants, j'ai commencé à me craqueler de l'intérieur, à plonger dans une dépression que j'ai soignée à coups de psychotropes, d'antidépresseurs et, pour activer le tout, en me donnant sans plus aucune retenue à l'alcool. Toute manifestation nouvelle de la maladie de Lucas, tout événement lié à elle, toute anticipation des galères et des déchirements qu'elle ne manquerait pas de provoquer me poussaient de plus en plus souvent, de plus en plus longtemps et de plus en plus tôt vers le verre. Et pourtant, mon alcoolisme ne doit rien au mal de Lucas. Rien du tout. J'étais malade bien avant qu'il vienne au monde. Sa souffrance n'a été qu'un accélérateur, un facteur d'aggravation.

Ces quatre dernières années, l'alcool a été le moteur de ma vie. J'ai répondu à son appel avec empressement, je l'ai servi loyalement et avec un zèle que je justifiais par les symptômes chaque jour plus insupportables pour Lucas et nous de « ce putain de syndrome », comme je l'ai définitivement baptisé en 1998. Après tout, mon organisme qui réclamait toujours plus d'alcool pour satisfaire une dépendance confortée dans ses droits, trouvait dans ma désespérance le meilleur de ses alliés. Je l'apprends à la Métairie, mais ma maladie alcoolique, présente comme pour Lucas dans mon corps depuis toujours, a su avec un bel opportunisme profiter des dégâts « collatéraux » infligés par le syndrome, pour se révéler, s'épanouir et me condamner à court terme.

Durant ces quatre années, le syndrome lui aussi a donné toute sa dimension. Je n'ai pas envie de détailler l'effondrement que provoquait chacune des étapes de la maladie de Lucas. Ni Bulle ni moi ne pouvions – ne pouvons toujours – rien faire sinon supporter et accompagner. J'espère qu'un jour Lucas, qui ne manque pas de talent, pourra décrire ce que vivre avec ce syndrome veut dire. Nous avons donc subi après les petits cris, les cris immenses, sans arrêt, sans répit, ou toutes les trois ou quatre secondes. Un voisin a fini par dire qu'il ne pouvait plus travailler ni s'endormir. J'ai fait insonoriser sa chambre. On a testé sur lui différents médicaments, dans un hôpital psychiatrique pour adultes. Aux cris qui, pendant des semaines, me faisaient sursauter, se sont ajoutés les crachats, n'importe où, n'importe quand.

Puis vint la coprolalie, le lâcher de jurons, des grossièretés, des insultes, des mots bien gras. N'importe quand, n'importe où, au gré de pulsions que nous avons fini par intégrer. On a serré les dents lorsque lui les desserrait pour éructer. Des gens se sont retournés interloqués sur les trottoirs, des convives ont gardé leur fourchette en l'air une demi-seconde lorsque nous nous aventurions au restau avec lui. Lucas est une fine gueule, qui gueule ! Doucettement, il a réservé ses injures au cadre familial ; les derniers mois, ma seule vue provoquait un chapelet d'incagades scandées en trilogie dans cet ordre immuable : connard, pédé, gros lard. Lucas, dans son inquiétante intelligence, a su valoriser sa souffrance en échafaudant un terrible système d'accusation, un réquisitoire permanent contre ses parents, et tout particulièrement contre moi. Connard, pédé, gros lard... et puis ivrogne et puis gros porc, toutes civilités parfois parfaitement maîtrisées et alors utilisées comme une forme de vengeance contre le mauvais sort que je lui ai transmis. Le garçon, beau jeune homme, baraqué, grand, enfin normal – ne font-ils pas tous 1,80 à 1,90 m aujourd'hui ? –, attiré par la philosophie et l'histoire dans une khâgne prometteuse du lycée Fénelon de Paris, barbu, le cheveu gras, le look négligé (le rasoir, le shampoing et les habits neufs engendrent trop de tocs – réels – pour les affronter régulièrement), porte ses dix-neuf ans gravement. Lourdement, plombé par l'image prégnante d'une enfance terriblement destructrice, possédé par une maladie qui l'empêche de déployer ses ailes et de prendre son envol, Lucas a beaucoup consulté : trois psychiatres en cinq ans. Les procédures de décollage que lui ont proposées jusqu'ici de savants lacaniens n'ont abouti qu'à des crashs. J'ai même l'impression que cette insistance à lui faire scruter le rétroviseur plutôt que le bout de la piste a fini par l'embourber davantage.

Après le temps de l'effarement, du découragement, est venue une longue période où, à coups de godet, j'ai fait le deuil des plaisirs que peut aussi offrir – je suppose – la paternité. Je me réjouissais d'ouvrir pour mon fils, venu au monde déjà tard dans ma vie, mes malles de globe-trotter, jamais je n'ai pu les lui raconter moi qui partout dans le monde en ai tant écrit des histoires et des anecdotes extraordinaires. J'ai dû me soumettre aux diktats de la maladie : ne pas sortir ma langue pour m'humecter les lèvres sous peine d'injures, ne pas dire « hein » sous peine de cris, ne pas passer ma main droite pour peigner mes cheveux sous peine de crachats. Montrer du doigt coûte une giclée de postillons dans la figure. En janvier dernier, j'ai plié, encore un peu. Ce cauchemar qui me poursuit depuis plusieurs mois : Lucas et moi montons une côte aride. Entre nous deux, un mur de pierres sèches, un mur de garrigue, sépare nos chemins parallèles. Chacun porte un ballot, nous marchons, tête baissée, et lui, brusquement s'arrête, tourne son visage vers moi, il est barbu, me crache dessus, me traite de salaud. « C'est ta faute, c'est ta faute, c'est ta faute. » J'ouvre les yeux dans le noir, mon corps trempé par la sueur a rendu mes draps humides. Je me réveille, la langue râpeuse, la gueule de bois, comme d'habitude, avec en prime une gueule de malheur, de peur, de regrets... mais où es-tu gueule d'amour ? Il y a pour m'arrimer à la barque, bousculée, sur cette mer de houle, la fraîcheur du frigo américain, du rosé, du blanc, les verres dans le placard à côté de la hotte. Il est 4 heures du matin, je bois, c'est bon. Je pisse, c'est l'âge. Je rebois : il m'en faut plus. Je me calme, j'endors ma tristesse, pour qu'elle me laisse dormir.

Comment aurais-je pu imaginer tout le mal que j'ai fait à cet enfant ? Par bribes, j'ai appris la terreur de Lucas tout petit, terrorisé par mes gueulantes lorsque je ne parvenais plus à lui faire entendre raison, la panique de Lucas, écolier, lorsque nos bagarres, nos combats « allez, on joue au plus fort » se terminaient mal, parce qu'il devenait fou de colère, de violence, que je résistais et finissais par le maîtriser mes bras autour des siens, qu'il trépignait sur place, se débattait en vain et que je lui manifestais la fin de la guerre, la paix des braves, par un geste tendre : bisou sur le front, ébouriffage des cheveux, tape dans le dos, sur les fesses ; une fois je l'ai gratifié d'un coup de langue dans l'oreille.

J'ai appris par l'un de ses « accoucheurs » à 91,47 euros la séance que Lucas avait été totalement traumatisé par ce geste-là dont ma mère me gratifiait souvent durant mon enfance à moi. Lucas en a gardé comme une phobie, ce souvenir lui inspire, paraît-il, une indéfectible répulsion à mon endroit. Père qui domine et étouffe, bon... Père libidineux, non. Père que l'on a fini par haïr, parce que le couple que nous formons depuis quarante ans avec Bulle a connu des bourrasques, des ruptures, des bretelles d'autoroute, des chemins de traverse et qui pour des raisons mystérieuses a su résister à chaque coup de tabac, coup du sort, coup du cœur, et n'a pas cassé. À ce jour.

Comment dire la vraie vie à un garçon de dix-neuf ans qui a une vraie maladie et qui a su trouver dans le souvenir qu'il s'est forgé de son père, durant les dix premières années de son enfance, la certitude que les raisons de l'apparition du syndrome de Gilles de La Tourette se trouvent là ? Mes frasques ont donc été le virus d'une maladie qui n'en connaît pas. Depuis six mois, j'ai beau me répéter « mais ça n'a rien à voir », « non tu n'y es pour rien », j'ai trouvé dans une alcoolisation encore plus grande et plus fréquente le meilleur allié pour chasser ce sentiment de culpabilité qui une fois de plus me possède. Et lorsque l'éthylisme m'imbibe bien davantage que le remords ne me tourmente, je me dis : « Si tous les enfants de pécheurs devaient développer un Gilles de La Tourette... » Mais, pour Lucas, il est inconcevable que les raisons de son handicap, de sa calamité n'aient pas une explication plausible. Comment lui en voudrais-je ? Et puis je me dis encore avant de m'effondrer, titubant et pété, que tout ça est dégueulasse, la maladie, moi, mon fils, mon couple et que demain il fera jour, peut-être. Rideau.

Avant d'éteindre la lumière de ma chambre à lits jumeaux du Jura, plutôt remué par ce long moment passé avec Lucas, je suis content d'être là, clair et net, comme disent les spécialistes des transmissions dans l'armée. Je feuillette un petit livre blanc prêté par Martin, l'infirmier sympa qui regroupe des citations sur le mode de vie des AA. – Décidément, la Métairie et les Alcooliques anonymes, même combat ! – C'est écrit par l'un des fondateurs du mouvement AA, un certain Bill. Dans une causerie qui date de 1960, cet homme qui semble être l'un des piliers incontournables de la fraternité des alcooliques en cours de rétablissement affirme :

« Certains s'opposent fermement à la position des AA qui déclarent que l'alcoolisme est une maladie. À leur avis, ce concept retire aux alcooliques leur responsabilité morale. Tout membre des AA sait que c'est loin d'être vrai. Mais, lorsque le besoin maladif de boire s'installe en lui, le buveur ne peut plus être considéré comme entièrement responsable de son comportement. Il est victime d'une obsession qui le condamne à boire et d'une sensibilité physique qui le conduira inéluctablement à la folie et à la mort. Mais lorsqu'il est amené à prendre conscience de son état, il se sent contraint d'accepter le programme de régénération morale des AA. »

Que voilà un beau texte ! De la pommade sur les furoncles de la culpabilité et du mépris de soi. Bonne nuit.

21 octobre

Post-it de Janet dans mon casier : Bulle sera là lundi prochain, Nathalie la semaine suivante. L'une et l'autre, à ma demande, ont reçu un appel de ma thérapeute. OK pour venir parler l'une de mon alcoolisme en famille, l'autre dans mon travail. Je ne doutais pas de la réponse et je ressens ce petit pincement fébrile que provoquent aussi bien l'inquiétude ou le trouble que la joie. Je suis rassuré par ce nouveau témoignage d'attachement. C'est bon de sentir ce soutien indéfectible de ma femme, cette puissante complicité de Nathalie... Elles feront le voyage de Suisse. Chacune à son heure. C'est bien ainsi.

La question rituelle du matin. Comment te sens-tu aujourd'hui ? « Bien, bien, tranquille, déterminé, attentif, volontaire. Que du plus ! » Janet sourit, elle a dû en voir défiler des alcoolos, des paumés qui lui tendent les bras, perdus, éperdus, et sous le regard voilé de lassitude, la dernière étincelle. Celle qui dit : « Je veux y croire, ça va marcher hein ? » Et l'on y croit tous au sourire de Janet qui s'illumine à chacune de nos paroles lorsqu'elles signalent un pas, un premier pas, vers le salut. Chacune de nos avancées, elle la fait sienne, la vit, la partage avec nous. Il doit en être des thérapeutes comme des profs. Il y a les possédés et les transmetteurs, ceux qui vivent leur fonction et ceux qui en vivent.

« Qu'est-ce qui t'a semblé pénible ces dernières vingt-quatre heures ? » Regards furtifs dans le groupe. Chacun sait que le malaise qui s'installe et crée des tensions lorsque nous nous retrouvons hors réunions doit être évoqué. Mais comment ? À la Métairie, très vite, chaque curiste prend conscience de la fragilité des autres. Si notre volonté d'arrêter de boire est commune, les failles sont multiples, différentes. Nous avons tous franchi, sauf Magali, la barrière des quarante ans, et appris souvent à nos dépens qu'il fallait traiter les autres avec précaution. Comment dire vrai alors, sans blesser ? Je me lance. J'évoque l'agacement, parfois l'irritation que provoque le comportement de Kris, la Scandinave. Elle présente tous les symptômes de la maniaco-dépressive. Elle rit aux éclats et sanglote, en alternance. Elle détruit l'institution, dénigre le programme et notre travail, étouffe notre souffle d'espérance. Elle lamine tout ce qui peut ressembler à un sursaut régénérateur. Sur sa chaise, Kris se tortille : les pieds sur le siège en contreplaqué, les fesses sur les talons de ses baskets, les seins lourds, généreux et chaleureux posés sur les genoux, une main sur la chaussette gauche et l'autre qui s'obstine à tournicoter ses cheveux blonds. Elle va me haïr, Kris. Mais tous mes petits camarades baissent la tête. Je n'aime pas. Ils ne désapprouvent pas, non... Ils ne me soutiennent pas non plus. Pourquoi la microsociété dans laquelle je m'installe serait-elle si différente du monde qui régit la majorité des humains ? Bien fait pour moi. Imbécile j'étais, imbécile je reste à m'afficher ainsi, à jouer les redresseurs de torts, à faire les M. Propre, à m'exposer aux coups ; putain de caractère. Kris ne répond pas. Janet interroge des yeux le reste de la troupe. Personne ne suit. On passe à autre chose. Bravo Chaba ! Dépité, furieux contre moi, c'est un travers commun des alcooliques de se prendre pour Dieu. Ils imaginent leurs scénarios, tentent de les imposer. Le résultat n'est jamais à la mesure de leur démesure.

Janet nous propose un petit exercice, de ceux que je qualifie, sans le proclamer – et encore moins depuis l'incident qui vient de se produire –, de « couillonnade ». Il existe ainsi un certain nombre d'exercices (jeux de rôle, mimes, collages, happenings) que je n'arrive pas à prendre au sérieux, qui me rappellent les « pestacles » de mon enfance, les veillées chez les louveteaux, les fêtes de patronage, bref ce que j'apprécie très peu : l'amateurisme. Et si se confier, se lâcher devant un groupe, m'a longtemps paru limite (limite avant que je l'accepte, puis l'adopte, et enfin l'apprécie), toutes les ficelles utilisées pour que s'exprime la parole et se révèlent l'intime et l'enfoui me paraissent bidons. Je suis réticent et m'y soumets du bout des lèvres. Pierre, que je n'imagine pas plus friand que moi de ces pratiques, m'a bizarrement détrompé : « Si tu fais péter ton corset deux secondes, tu trouveras pas ça si nul. » Pierre, mon frère, je te suis. Janet me tend une enveloppe, à l'intérieur des chromos. Ils représentent des anges – j'en tire un. Entre deux ailes, d'un blanc douteux déjà passé entre des dizaines de doigts, s'inscrit le mot « gratitude ». Mon ange du jour s'appelle gratitude. Bien, et alors ? Pour qui as-tu de la gratitude aujourd'hui ? Ben... Janet : « Ton ange dit que tu dois penser à la gratitude. » Ah ! ben oui. Ça tombe très bien. J'ai de la gratitude pour Bulle et Nathalie qui ont accepté de venir à la Métairie. Formidable le coup de l'ange. Mes amis tirent « inspiration », « force », « tendresse », « confiance », « amour », « compassion ». Ça marche. L'ange t'oblige donc à réfléchir dans une direction précise, à chercher, à te chercher. J'imagine les railleries, les quolibets, les sarcasmes dont m'affublerait mon vieil ami Mikel Landaburu, si réaliste, s'il me prenait la main dans le sac aux anges ! Mikel, le parrain de mon fils, mon frère, avec lequel je partage tant de convictions politiques, lui qui a cette particularité d'avoir milité à l'ETA dans les années 1970 – à l'époque où il fallait combattre le franquisme (ETA qu'il condamne aujourd'hui) – et contribué à l'envol de Nouvelles Frontières lorsqu'il s'est agi de démocratiser le voyage. Sans le vouloir, me voici dans un monde qui, s'il n'a rien de nouveau, est très différent de mon univers. Cela ne m'inquiète pas et m'amuse plutôt. Pour être franc, au point où j'en suis, je ne vais pas faire la fine gueule, le délicat, le chichiteux. Au rancart les certitudes et les a priori bétonnés à coups de matérialisme, de dialectique, de rigueur clinique.

À moi de parcourir le chemin que Janet m'a annoncé comme bien plus long que le plus long de mes voyages, celui dont la distance ne dépasse pourtant pas le demi-mètre qui relie le cerveau au cœur. Je n'écoute plus les anges des autres, je me parle, j'essaie de me convaincre : « Sers-toi de ton intelligence pour ouvrir ton cœur. Sens, ressens, avant d'analyser, d'expliquer. Tes émotions t'ont submergé, tu n'as pas su en profiter, mets-les au service de ton développement, de ton épanouissement. Elles t'ont étouffé, tu leur as fermé la porte. Tu les tues à coups de verre, dès qu'elles forcent la serrure. L'alcool c'est l'insecticide de tes sentiments, de ton émotivité débridée, excessive, maladive. Qu'on lui coupe la tête ! Mais non, ça s'éduque aussi l'émotion. Je dois en faire mon alliée et non cette ennemie qu'elle continue d'être en m'empoignant la main, en me traînant sur le boulevard de la cirrhose, de la folie, de la mort, en me jouant sur le Monopoly du malheur. »

La réunion se termine par la prière « Mon Dieu, donne-moi la sérénité d'accepter les choses que je ne peux changer... ». « Bonnes vingt-quatre heures ». Petites tapes sur l'épaule. Une équipe unie. L'incident Kris avalé ? Je n'y crois pas. En quittant la pièce je lis sur le tableau blanc la pensée du jour écrite au marqueur vert : « L'esprit c'est comme les parachutes, c'est mieux quand c'est ouvert. »

Barnasconi en scène ; le bon docteur dans ses œuvres. Séance bâton : il va nous faire flipper. Murmures dans la salle lorsqu'il annonce dans son parler vaseux, morne et pourtant captivant : « Aujourd'hui, nous allons voir les effets de l'alcool sur l'organisme. » Est-ce bien utile à notre stade ? Ou c'est trop tard – je n'ai toujours pas ma dernière numération de gamma GT –, et alors le foie, organe généreux entre tous, ne peut plus se régénérer malgré toute sa bonne volonté et son extrême indulgence pour les alcooliques. Il se nécrose et bonjour la cirrhose. Seul un foie de secours peut éviter la mort et les lentes douleurs qui la précèdent. Ou rien n'est encore irréversible et, puisque nous sommes tous ici pour ne plus picoler – jamais –, la messe est dite.

J'ouvre pourtant mon petit cahier, à nouveau sous le charme de ce prof en toxicomanie, et comme aux plus belles années de mon bac scientifique, je note en style télégraphique. Intoxication alcoolique aiguë égale ivresse. Attention, jugement, angoisse (on se sent désinhibé) sont touchés. Ivresse prolongée entraîne somnolence, coma éthylique, et la mort – rarement et au-dessus de quatre à cinq grammes par litre dans le sang – par la paralysie des centres respiratoires. Intoxication alcoolique chronique provoque des lésions organiques des systèmes digestif, cardio-vasculaire et nerveux. Œsophagites, gastrites, duodénites, colites à profusion. Apparition de cancer favorisée. À chaque énoncé d'un mal en « ite », je voyage dans mon organisme. Je connais trop bien toutes les douleurs qui de la gorge à l'anus déchirent et poignardent mon appareil digestif. Depuis des années la guerre est déclarée ; sur le ring, à ma droite – c'est avec cette main que je lève le verre – ma capacité d'absorption, à ma gauche, ma capacité d'élimination, au centre cette merveilleuse usine à la machinerie si sophistiquée, foie, reins, poumons. Signal d'alarme : la stéatose hépatique. Un superbe foie, bien engraissé. La tripe, le viscère, les entrailles, la ventraille, ça me connaît. J'entretiens avec ma tuyauterie de vieux et solides rapports. Faiblesse congénitale – c'est de famille, du côté de maman –, plus long séjour en Afrique, excellent terreau pour amibes malgré l'emploi généreux de permanganate de potassium, bonnes dispositions pour piqûres de moustiques et crises de palu, malgré l'absorption quotidienne, cinq années durant, de quinine. Bilharziose évitée de justesse. À l'époque teint cireux des petits colons. Plus tard, hernie hiatale et surtout rencontre déterminante, et relation – ô combien ! – sournoise avec l'alcool.

Bref, lorsque j'ai commencé à m'abreuver, je veux dire de manière significative, les parois de mon appareil digestif n'étaient plus de première main, mes boyaux étaient déjà à la peine. Un radiologue spécialisé dans cette technique, porteuse de très bonnes nouvelles, « un enfant, un enfant ! », ou de très mauvaises, « faudrait faire une IRM, cette tache ne me plaît pas », un échographe donc avait qualifié mon foie de foie de journaliste, pour en souligner l'anormale grosseur. « Ça tombe bien, je le suis », lui avais-je dit. Il m'avait rétorqué, peu amène – encore un pisse-froid qui n'aime pas les médias – : « Alors buvez moins, sinon vous y passerez. Après tout c'est votre problème. » Sa froideur, son détachement, la certitude avec laquelle il programmait ma mort comptent parmi les dizaines de clignotants sérieux que j'ai captés ces deux dernières années. Même s'ils ne peuvent à eux seuls expliquer ma décision d'arrêter de boire, ils y ont sans aucun doute contribué.

Barnasconi continue de nous entraîner dans les affres de l'alcoolisme : hépatite alcoolique provoque une nécrose du foie, des petits trous sur l'organe. Stade encore réversible. Cirrhose du foie : le foie devient petit. Il n'élimine plus, des varices œsophagiennes peuvent se former. Si elles éclatent : hémorragie massive, mort ultrarapide. Silence dans les rangs. Barnasconi ménage ses effets. « Il y a un moyen de savoir où en est votre foie grâce aux tests hépatiques. » Dosage d'enzymes, gamma GT entre 40 et 60, GET-GPT de 20 à 40. Chiffres référents. Pourquoi je n'ai pas mes résultats ? Impitoyable, Barnasconi continue d'égrener son chapelet de malheurs : pancréas atteint, diabète aux abois. Cœur touché : insuffisance cardiaque par absence de vitamines B. Hypertension artérielle. Passons au système nerveux : crise d'épilepsie. « Non, non pas les épilepsies ordinaires, un autre genre. » Delirium tremens, paranoïa et, cerise sur le gâteau – un baba au rhum bien sûr –, syndrome de Korsakov. C'est quoi ça ? La « démence alcoolique. » Nous sommes à terre. L'empereur Barnasconi se marre planqué derrière ses verres de myope. Il va baisser le pouce : Korsakov c'est, pour faire simple, l'Alzheimer des alcoolos. Victoire par KO. Évidemment Alzheimer ça parle plus que Korsakov, ça déclenche des images plus familières : la bonne grosse blague du médecin qui dit : « J'ai deux nouvelles, une bonne, une mauvaise. La mauvaise tu as Alzheimer, la bonne tu ne t'en souviens déjà plus. » Main dans la poche, sans un regard pour le groupe ratatiné, Barnasconi tourne les talons « À la semaine prochaine. Pour ceux qui seront encore là. »

Le soir, de lit à lit, Pierre et moi reparlons du bon docteur. C'est vrai qu'il est épatant. On le sent. Il est des nôtres. Bien déglingué – comme nous –, intelligent – nous ne sommes pas trop cons –, chargé de tout et même d'expériences qui lui ont permis d'avoir le recul nécessaire, indispensable si l'on ne veut plus trop se prendre au sérieux et user de l'humour pour dire et vivre sans drame des choses graves.

Avec Pierre, ça fonctionne bien. Nous nous sommes reniflés le temps qu'il fallait pour percer les apparences. Je le savais plus jeune que moi de six ans, même s'il n'y paraît pas. Il boit méthodiquement depuis plus longtemps aussi. Son père était douanier, sa mère instit. Il est savoyard. Je l'imagine guide de haute montagne, ouvreur de pistes, alpiniste casse-cou. Il a les traits creusés, l'œil légèrement délavé par la bibine. Il a le rire de ceux qui aiment bien déconner, et manie le sarcasme avec une violence inquiétante. Je le sens déterminé, adepte de la ligne droite. Je l'imaginais dévaler la montagne à skis, il parcourt les couloirs du HCR à Genève. Je n'ai pas trop compris ce qu'il y faisait. Des synthèses d'études, des comptes rendus de réunions, des compilations d'informations sur les pays en voie de développement, émergents (de quoi ?). J'ai bien compris que ce travail acquis grâce à son don des langues l'emmerdait depuis pas mal d'années. Les bâtiments onusiens à Genève sont très pourvus en bars et Pierre utilise le peu d'énergie qui lui reste à mettre au point tous les stratagèmes pour travailler le moins possible et boire le plus. Pierre, il le déclare lui-même – un peu trop fort pour ne pas y déceler une profonde amertume –, est un cossard.

J'ai fini le bouquin de Rolin, *Tigre en papier*. Nous n'étions pas dans la même mouvance politique en 68, ni après. D'extrême gauche les deux. Moi trotro. Son bouquin, même s'il décrit une période post-soixante-huitarde beaucoup plus grise, m'a replongé avec bonheur dans cette époque magique, formidablement gaie, pacifique et libertaire de Mai 68. L'alcool n'y a eu aucune place ni le shit. J'étais un militant pur et dur. Je collais des affiches, je gardais Clarté, la librairie communiste, avant d'en être exclu. Je faisais des études d'histoire aux côtés d'Alain Krivine et de son épouse, la fille d'un homme qui m'a donné le goût de la politique lorsqu'il était au PSU : Gilles Martinet. Au sein de la JCR (Jeunesse communiste révolutionnaire), je participais derrière Henri Weber et Jean Labib au service d'ordre étudiant. J'étais trotskiste... par hasard. De gauche, antifasciste, anti-impérialiste par conviction. Je ne me sentais pas communiste. L'idée de la révolution permanente m'intéressait, sans plus. Mes copains de fac étaient contre toutes les dictatures, même celle de Staline, ça m'allait. Si mes études m'avaient conduit rue d'Ulm, j'aurais pu être mao. Je me sentais bien au sein de l'UNEF, dans la lutte syndicale étudiante avec Jean-Louis Penninou, Marc Kravetz, Jean-Marcel Bougereau, Jean-Marc Salmon, pour ne parler que des plus connus. La plupart sont devenus journalistes, ou réalisateurs, ou scénaristes. Ils sont entrés dans les médias, après moi.

Du jour où j'ai eu ma carte de presse, je n'ai plus milité au sein d'une organisation politique. Bardé de mes convictions humanistes, je possédais enfin le métier qui me ferait courir le monde et prendre la défense de tous les opprimés, de la veuve et de l'orphelin. À nous l'injustice ! J'entrais en journalisme comme on entre en religion. Tout cela, je venais de le raconter à Pierre, après qu'il m'eut, une fois de plus, exprimé son intérêt pour le bouquin de Rolin. Rassuré par le ton de mon « opérette militante », lui dont les propos se limitaient à des moqueries de potache me lâche : « J'en étais. — Des établis ? — Non. — De *La Cause du peuple* ? — Oui, à Paris, bien sûr. J'étudiais à Grenoble, je suis monté. »

Donc dans un hôtel clinique luxueux de Suisse, au bord du lac Léman, dans la section dépendants, dans la sous-section alcooliques, chambre 9 du pavillon Jura, le mec qui occupe le lit à côté du mien est un ancien gaucho. Tu le crois, ça ! Le décor : les manifs, les castagnes, les slogans, les noms de mecs et de filles, de lieux que nous avons connus séparément nous rapprochent davantage. De près ou de loin nous avons partagé des sensations, des odeurs. Rayon convictions je découvre très vite – il s'en cache peu d'ailleurs – que le côté festif de 68, la gaudriole, les grands bras d'honneur, le jouir sans entraves, l'ont bien davantage mobilisé que l'organisation, la réflexion et les stratégies sur le Grand Soir. Et si, plus tard, il vendait des « chèques de soutien » à la criée pour financer le lancement de *Libération*, il allait volontiers en claquer le fric au bistro. Moi, j'étais très « organisation », « camarade », « lutte des classes », « point d'ordre », « SO (service d'ordre) ». Je suis passé à côté de la bamboula, de la musique, de la déconnade. J'ai pris 68 au sérieux. La révolution, en tout cas son parfum, me comblait. Je n'ai jamais arrosé l'enchantement de ce moment-là. À sec 68 !

24 octobre

Ma quarantaine est terminée. J'y gagne deux hectares de parc, la liberté d'aller à l'accueil de l'hôtel qui fait boutique – dépannage : cigarettes, enveloppes, mousse à raser, biscuits. Je peux téléphoner en dehors des réunions et recevoir des appels, mais le portable reste interdit. Encore l'une des bizarreries du règlement. La circulation libre, oui, mais dans l'enceinte du domaine, le téléphone d'accord, mais depuis deux cabines téléphoniques dont le fonctionnement extrêmement fantaisiste nourrit les récriminations des curistes.

Dans notre enfermement volontaire et plutôt chic, le contact avec l'extérieur, le monde du dehors, est sacralisé. L'usage limité que nous en faisons prend d'autant plus de valeur. Une communication qui ne passe pas, un Taxiphone qui refuse la pièce, une carte Swisscom démagnétisée, aussitôt le vent de la révolte souffle.

Jean a quarante-cinq ans. Il vient de Fribourg, il nous a rejoints pour effectuer sa deuxième postcure de trois jours. Après la cure de quatre à six semaines les patients ont le choix de revenir une heure par semaine pendant une année pour participer à des réunions thérapeutiques de suivi ou, pour ceux qui habitent loin de la Métairie, d'effectuer trois séjours répartis le long des douze premiers mois d'abstinence. Jean, qui compte déjà neuf mois sans lever le verre – nous sommes tous très admiratifs –, a vite fait de calmer nos ardeurs revendicatrices contre le téléphone. Téléphoner à l'extérieur est un problème récurrent, le grain de sable dans la mécanique de précision. Au milieu de tant de perfection, de propreté, d'exactitude, de pelouses tondues à faire pâlir un green, nos aventures téléphoniques donnent une touche arabo-andalouse, méridionale, très humaine à la Métairie. Auréolé de son statut d'ancien, de « gagnant », Jean nous conseille de lâcher prise sur le téléphone et de nous faire appeler. Il est pour nous l'homme qui, exfiltré du cocon du Jura, est parti abstinent explorer la vraie vie. Celui qui a connu toutes les situations que nous fantasmons, que nous devrons affronter en nous servant des outils acquis ici, lorsque l'heure de la sortie sonnera. Lorsque nous serons seuls, lâchés comme des oies blanchies – sinon blanches – dans un univers de turpitudes, de tentations. Jean est l'homme qui sait, l'initié. Il a subi l'épreuve du feu. Nous, nous faisons tout juste nos classes. Sa parole sera d'or. Il est notre futur.

Puisque je ne peux pas aller à Capa, c'est Capa qui viendra à moi. Deux fois par jour, fin de matinée, début de soirée. Une consigne respectée : Babette ou Nathalie, mes interlocutrices, n'entrent pas dans les détails de la marche de l'agence, sauf problème énorme. Leur appel tient plutôt du coucou bienveillant, marque de solidarité toujours précédée par la voix chaleureuse, généreuse, joyeuse de mon assistante ensoleillée, Nathalie Roy. Il y a beaucoup de Nathalie à Capa, question de génération. Elles ont entre trente-cinq et quarante-cinq ans, leurs parents ont été enchantés par la place Rouge de Gilbert Bécaud. Bulle, Carole, ma fille, Jacques Buob, Mikel Landaburu, Lise Chareau, Vincent Lalu, Gérard Saint-Paul, Dany Dulhost, leurs compagnons et compagnes, une poignée d'amis, ceux qui constituent mon cercle vertueux et sont au courant des véritables raisons de mon séjour en Suisse, savent comment me joindre. Ils le feront, je n'en doute pas. À la vérité, je préfère ne pas répondre trop souvent au téléphone. Je redoute de me disperser, de fragiliser la coquille qui m'abrite, de la fêler, la fissurer par des mots, des soupirs, des silences, des rires chargés de compassion, des paroles de bonne volonté, de bonnes intentions. Je les aime, leurs appels me réconfortent, mais me distraient de ma concentration, de mon objectif. Tout mon être est tendu vers un seul but : mon rétablissement.

Élève appliqué donc. Impliqué, intéressé, réactif – toutes annotations que je n'ai jamais connues au temps de ma scolarité, qui fut jusqu'à la classe de seconde d'une constante et affligeante médiocrité.

Daniella, la thérapeute qui mène la réunion du jour, est une femme mystérieuse. Un regard doux, une évanescence blonde qui évoque les portraits des studios Harcourt. Elle est à la fois avec nous, dans notre salle de « réhabilitation », et distante. Elle a le sourire discret, angélique des madones d'église. Elle est argentine, porte toujours drapée sur une épaule une pièce de tissu. Est-ce un souvenir des ponchos de la pampa, ou plutôt cet accessoire vestimentaire que l'on retrouve chez les femmes qui ont passé la quarantaine – parfois largement – et exercent une autorité ? En cet automne 2002, il suffit de regarder à la télévision nos politiciennes ou nos intellectuelles pour comprendre que l'écharpe de soie, en cachemire, plutôt Kenzo ou Lacroix, est désormais un attribut de pouvoir féminin. Daniella est responsable du programme pour les dépendants de la Métairie. Chef des réunions quoi. Je l'ai lu dans la brochure de présentation. Autant Janet attaque bille en tête les séances, autant Daniella la joue suave, cosy, ambiance salon de thé : une thérapie plus artistique, plus sévillane, moins trémendiste que Janet, mais tout aussi efficace.

— Tiens, je vous ai apporté ce petit texte. Vous y réfléchirez.

Je lis : Autobiographie en cinq chapitres. (Annexe 14.)

1. Je marche dans la rue.

Il y a un grand trou profond dans le trottoir.

Je tombe dedans.

Je suis perdu – je suis nul et sans espoir.

Ce n'est pas ma faute.

Il me faut une éternité pour trouver un moyen d'en sortir.

2. Je marche dans la même rue.

Il y a un grand trou profond dans le trottoir.

Je fais semblant de ne pas le voir.

Je tombe de nouveau dedans.

Je n'arrive pas à croire que je me trouve dans ce même endroit.

Mais ce n'est pas ma faute.

J'ai pourtant besoin d'un long moment pour en sortir.

3. Je marche dans la même rue.

Il y a un grand trou profond dans le trottoir.

Je le vois.

Je tombe quand même dedans – c'est une habitude.

Mes yeux sont ouverts.
Je sais où je suis.
C'est MA faute.
Je sors immédiatement de là.
4. Je marche dans la même rue.
Il y a un grand trou profond dans le trottoir.
Je le contourne.
5. Je marche dans une autre rue.
Que de manière élégante ces choses-là sont dites, chère amie...

— Pensez-y. Nous en reparlerons si vous le souhaitez. Nous allons détailler aujourd'hui la progression de la dépendance puis du rétablissement.

La descente en enfer, le fond, la rédemption, la libération. Lisez ce voyage en imaginant les alcooliques dégringolant le flanc d'une montagne, s'abîmant au fond d'une gorge, et repartant à l'assaut d'un nouveau sommet.

C'est parti.

Première étape : l'échauffement.

Début de la consommation. Le sujet boit pour se calmer ou pour être dans un état second. Augmentation de la tolérance. Il a envie de continuer quand les autres s'arrêtent. L'alcool préoccupe le sujet. Il s'irrite secrètement quand on parle de dépendance. Il n'est pas à l'aise là où il n'y a pas d'alcool.

Deuxième étape : la longue marche.

Le sujet ment à propos de sa consommation. Les promesses et les résolutions échouent. Il persévère dans un reniement total. Il constitue des réserves et boit en cachette. Ses pertes d'intérêt se multiplient. Il a de plus en plus d'incapacité à discuter des problèmes. Un sentiment de culpabilité s'insinue. Il évite sa famille et ses amis. Ses pertes de mémoire augmentent, des tremblements apparaissent. Il boit le matin. Selon sa situation, il est mûr pour un licenciement.

Troisième étape : la chute.

Détérioration radicale des relations familiales. La tolérance à l'alcool diminue. Premières visites à l'hôpital. Apparition de peurs indéfinies. Perte de volonté, incapacité de commencer une action. Le sujet ne peut plus travailler, il est obsédé par sa consommation. Il a des remords persistants et s'abandonne totalement : « Je m'en fiche. » Le sujet touche le fond. Il est malade et fatigué d'être malade et fatigué.

Peu ou prou, chacun de nous se retrouve dans cette chute insidieuse puis brutale trop souvent mortelle. Daniella a gardé son sourire. Elle sait qu'elle peut nous parler sans emphase ni pathos puisque nous sommes déjà en train de grimper vers les hauteurs d'un nouveau versant. La charge a été rude. Les mimiques que nous échangeons, Jean-Marie, Soledad, Pierre, Gunther, Sandra et les autres, disent la même chose : « Putain d'où qu'on vient ! » Daniella nous guette, nous rassure : « Vous êtes déjà dans l'action pour vous rétablir puisque vous êtes ici. »

Quatrième étape : on se relève.

« Action » est le mot magique. Le sujet retrouve sa confiance. Il reprend peu à peu ses activités sociales. Il est satisfait d'être sobre.

Cinquième étape : en route !

Le sujet retrouve son estime personnelle. Il accroît sa stabilité émotionnelle. Son anxiété diminue. Il pense de manière plus réaliste. Il développe des valeurs spirituelles. Il croit qu'une nouvelle vie est possible. De nouvelles valeurs se développent grâce à la pensée positive.

Sixième étape : victoire !

Le sujet commence à être honnête avec lui-même. Il manifeste une nouvelle fierté. Il désire qu'on l'aide et réalise que l'alcoolisme n'est pas une fatalité. Il découvre un nouveau mode de vie.

Le chemin sera long ! Je suis sur le sentier du relèvement. J'ai du taf. La promesse d'une vie libre, sereine, apaisée et sobre me paraît trop ambitieuse, irréaliste. Mon désir aujourd'hui se résume à ces trois mots : arrêter de boire. Le reste, ce sera du bonus.

Kris fait la gueule à tout le groupe. Elle tourne à grandes enjambées autour du petit parc, change brusquement de direction, plonge sur la table qu'abrite la verrière du préau, ramasse les tasses, vide les cendriers et la poubelle, fonce à la cuisine, revient avec un café, se love dans un fauteuil en plastique, ramène ses pieds sous ses fesses, agite ses cheveux, tire sur une Marlboro light, évite les regards, étire ses bras le long de sa tête, fait craquer ses phalanges, se relève, se jette sur le râteau mis à la disposition des pensionnaires frappés d'hyperactivité, qui souhaitent se défouler en déblayant les feuilles mortes, jette ses baskets, enfile la paire de bottes – jaune unisexe taille unique –, traîne les pieds sur le gravier, tourne à l'angle du bâtiment d'un coup de fesse enlevé et disparaît. Kris passe ses nerfs. Sandra, tout en se joignant à nos rires moqueurs, nous exhorte à plus de compassion : « Elle va avoir ses règles. Ça la perturbe. » Les mecs redoublent de rires,

« des histoires de bonne femme, tout ça ». Les filles haussent les épaules, « pauvres types ». La guerre des sexes est déclarée. À vingt, quarante ou soixante ans, les réflexes séculaires prennent le dessus. Soledad nous lance : « Vous n'avez pas qu'un problème d'alcool. »

Janet, qui est apparue sur le pas de la porte et a compris l'histoire, nous interpelle : « Parfait : les hommes au salon (ça change...) avec Éric, les filles dans la salle de réunion avec moi. Nous allons parler de votre sexualité, et de l'alcool bien sûr. » Pierre : « Pourquoi pas tous ensemble ? » Le chœur des vierges : « Sûrement pas. » Et c'est ainsi déjà bien chauds que commence la première – et l'unique – séance non mixte de ma cure.

Le thérapeute doit avoir trente-cinq ans. Un gamin. Avec son regard ligne bleue des Vosges, ses traits acérés, ses cheveux rasés, sa blondeur aryenne, il évoque bien davantage un séminariste de Saint-Nicolas-du-Chardonnet (église occupée par les intégristes sise à Paris 6e) qu'une bête de sexe, qu'un voluptueux. Même avec beaucoup d'imagination – mais je me trompe peut-être – je l'imagine mal en Mozart du marivaudage, en groupie de Sade, en libertin ; Épicure ne doit pas être son pote. Bref, trop sec le Éric. – Hervé, tu es en plein délit de sale gueule. Fais gaffe, Éric est là pour t'aider ! – Trop vert aussi face à six pochtrons dont les corps, les traits, les cernes et les regards traduisent une addiction longue et fervente, une dévotion même aux plaisirs. Éric est peut-être un bon coup comme disent les filles branchées – j'entends ça de plus en plus souvent (hélas, pas à mon propos) dans le cénacle des pubeuses, des communicantes, des stylistes, des journalistes, des comédiennes, des artistes, bref de celles qui parlent aussi connement des hommes que les mecs parlent d'elles. « Il est beau comme un dieu. » Je déteste.

Nous ne sommes peut-être pas les rois du Kamā Sutrā, les trapézistes du plumard, des détonateurs d'orgasmes, mais nous nous sommes beaucoup employés à le devenir. Peut mieux faire sûrement. Mais travailleur. C'est incontestable.

Extrait de notre dialogue avec Éric :

Éric : — Cette réunion, c'est pour aborder des problèmes un peu délicats, intimes.

Moi : — Tous les déballages sur notre vie, nos peurs, notre alcoolisme, que nous faisons chaque jour, ça n'est pas intime ?

Pierre : — Ici on se met tous à poil, alors.

Éric : — Vous avez peut-être remarqué une évolution de votre sexualité depuis que vous consommez régulièrement et beaucoup ?

Il nous prend pour des pommes, Éric ! Comme s'il ne savait pas que la bibine, ça fait débander ; salut l'alcool, adieu le gourdin, ratiboisée la libido. Au mieux, m'sieur le thérapeute bien propre, une demi-molle ! Et les bons jours ! Si c'est ça qu'Éric veut entendre, on va lui faire plaisir. On peut parler gras, toute honte bue – elle aussi. Pourquoi cette envie, ce besoin de choquer en usant d'un vocabulaire bien cru, bien vulgos ? Sans rien se dire, nous voici tous rivalisant de grossièreté, comme si notre jean-foutrerie servait de cache-misère à une sexualité devenue par la force de notre maître, l'alcool, la marque la plus lamentable, la plus accusatrice aussi, de notre impuissance. Soudardise pour asexualité. Florilège des mots : la

Bérézina du braquemart, le Waterloo des burettes, la sécheresse du poireau, la chute du gland, le coma de Popaul... cher Audiard !

Pierre : — Ma femme, je ne la touche plus. À Genève, je vais aux putes, quelquefois. Elles sont devenues de bonnes copines. Ça marche moyen. Alors on cherche à pimenter l'histoire. La première pute en appelle une autre. À trois, c'est plus excitant. Dans la tête seulement.

Gunther : — Moi, je suis un mec fidèle. Après vingt ans avec la même femme, on ne peut pratiquer que très ponctuellement. Ça me prend pas la tête.

Moi : — C'est tout ?

Gunther : — Oui.

Gunther reste masqué.

Jean-Marie : — Rideau zéro. Après mon divorce, j'ai essayé et je n'y suis pas arrivé. La honte ! maintenant, même lorsqu'une femme me drague, je me défile au dernier moment. Tellement j'ai peur de ne pas y arriver. Je préfère aller picoler.

Moi : — Le sexe dans la tête, l'alcool dans le bide. Je ne supporte plus mon corps. Comme Jean-Marie j'ai peur de ne pas y arriver. La frustration est constante, plus sur l'idée que sur l'envie véritable que je m'empresse de noyer au vin blanc dès qu'elle me picote. J'ai le pénis penaud. J'ai essayé le Viagra. Moyen. Je me dis c'est la faute à l'alcool. Si j'arrête le verre, je reprends le sexe. *Inch'Allah !*

Éric n'ose pas suivre. Trop de non-dits. Il y a comme une chape de mal-être, de tristesse ; après les fanfaronnades, le tourbillon des mots, l'excitation de la provocation, retour à la réalité : le sexe est hors jeu et c'est notre faute. Carton rouge. Pierre tente une dernière pirouette : « Nous buvons une quinzaine de tasses de café, chaque jour ici. Il est décaféiné, mais je suis sûr que vous y rajoutez du bromure. C'est vraiment pas la peine, Éric. » On rit jaune.

Elle s'appelle Donatella. Porte un prénom à consonance italienne comme de nombreux Suisses. Elle ne se déplace pas, elle glisse. Elle ne parle pas, ses mots sont des berceuses. Tout en elle est douceur, suavité. À peine dit-elle « bonjour, comment vous sentez-vous ce matin ? » que le sommeil nous gagne, on s'étire, on bâille, on pense à se pelotonner, à ronronner. Donatella nous transforme en chats. De tous les intervenants du programme, elle est la plus attendue. On se rend à son cours en traversant, en groupe, la partie occidentale du parc, couverture et coussin marqués de notre nom sous le bras. Donatella cache ses talents au sous-sol du pavillon des anorexiques. Sa mission : apporter détente, sérénité, tranquillité aux alcoolos tordus, anxieux, angoissés, inquiets que nous sommes. Notre professeur de relaxation n'a que le charme de sa voix, de ses gestes, mais elle est si envoûtante, si apaisante que l'on aimerait, nous les chats, venir se frotter contre elle, ronronner entre ses jambes. Elle nous apprend à respirer, nous rassure, après avoir mis un CD de musique zen. Totalement relâché, je plonge. Sommeil alpha, état béni, le corps, la tête entre deux eaux, près de la surface, de la vie et de l'inconscient. J'adore les séances de relaxation. C'est le seul narcotique autorisé à la Métairie. Quand Gunther ou Pierre sont allongés sur les tapis de sol à mes côtés, je râle. Ils ont l'alpha ronflant, et Donatella, pourtant attentive, ne parvient pas toujours à les faire cesser par sa simple imposition des mains avant qu'ils cassent l'ambiance. À la fin de la séance, nous sommes silencieux, abrutis, hébétés, ensuqués, et le retour à la lumière, dans le parc, la cigarette déjà dans le bec, ferme la parenthèse la plus plaisante de la cure.

Sur le chemin du retour au Jura vers l'unité des Maladies de la dépendance (UMD) s'est installée entre nous six, un demi-groupe, une sorte de gravité. Comme si en s'approchant du bâtiment qui abrite nos passes d'armes contre l'alcool, en longeant les murs des pièces témoins de nos confidences, de nos déballages, de nos vérités, de notre souffrance et de notre espérance aussi, nous prenions conscience de la dimension, de l'importance, du cœur de notre démarche en venant à la Métairie. Ce n'est pas rien, ma vie va donc changer parce que j'aurai arrêté de boire ?

Hélène qui, pour notre plus grande joie, commence à se lâcher, à mettre son grain de sel dans nos conversations, à sourire et parfois plus lorsque l'un d'entre nous balance une blague de bistro, travaille allongée sur le canapé du salon. Elle lit un texte sur les émotions, elle me dit :

— Alors tu vois mon petit Hervé, il y a quatre émotions. Quatre, pas plus. Les fondamentales. Retiens. La colère : c'est une pulsion contre l'agression de l'autre ; la joie... la joie tu connais, attention pas bourré, joyeux ; la peur, ah ! la peur. Toute ma vie, j'ai eu peur. De mon mari, de manquer, de ne pas bien faire, de ne pas être à la hauteur. Tu vois, même ici, avec vous, et vous êtes sympa, j'ai peur de ne pas savoir comment m'y prendre. Le gin tonic, génial contre la peur. Je te le dis. La peur, c'est une émotion qui apparaît pour éviter une menace. Enfin la tristesse. C'est l'émotion qui accompagne la perte de quelque chose, de quelqu'un. Elle aide à faire le deuil. Tu as eu beaucoup de deuils toi ?

— Oui.

— Tu sais, moi, je suis triste parce que je m'emmerde à servir mon mari handicapé, parce que mon seul plaisir, c'est de picoler et que justement je me rends triste parce que je sais que c'est mal ; je n'ai plus aucune estime de moi. Si être triste c'est perdre quelque chose, mois je perds tout, même ma dignité.

— Ben, Hélène, tu vas pas pleurer. Tu vas pas remettre ça. Écoute, tu commences à t'en sortir. On va tous y arriver.

J'enlace Hélène, la serre contre moi. Le baroudeur vieillissant et la petite bourge laquée de Neuchâtel, dans la même barque. Nous venons de rivages si éloignés. ASF, alcool sans frontières.

Dernière réunion de la journée, on parle justement de l'estime de soi. Daniella a selon sa bonne habitude distribué une feuille polycopiée.

Je lis : « Imaginons un bureau où travaillent trois secrétaires. Le patron entre, traverse le bureau sans rien dire, en maugréant et l'air mauvais, puis ressort par l'autre porte qu'il referme assez violemment.

« L'une des secrétaires se met à pleurer.

« La deuxième commence à rire.

« La troisième continue à travailler sans prêter attention à ce qui vient de se passer.

« Le même événement induit trois réactions différentes, pourquoi ? »

Parce que entre l'événement et l'émotion, il y a la pensée !

Dans cet exemple, la première secrétaire a pensé : « Le patron est de mauvaise humeur parce que je travaille mal et il va me renvoyer. »

La deuxième : « Tiens le patron a encore dû s'engueuler avec sa femme, il vaut mieux ne pas lui parler aujourd'hui. »

La troisième s'occupe de son travail et pense que les humeurs du patron ne la regardent pas.

Quelle secrétaire de la vie suis-je ?

Il faudra que je propose l'exercice à Nathalie Roy.

Moi, je serais plutôt la deuxième secrétaire, encore que ? Ce genre d'exercice n'est jamais satisfaisant. Mais ça marche quand même. Le succès des tests – je me souviens avec plaisir de ceux proposés par Walter Lewino et Christine Deymard dans *Le Nouvel Observateur*, il y a quelques années – en témoigne. L'homme finalement aime bien savoir où il en est, qui il est, même s'il s'empresse d'affirmer que c'est amusant, rigolo, mais pas sérieux. Test, dis-moi si je suis beau, intelligent, fidèle, énergique, romantique, égoïste, aventurier, casanier, jaloux, logique, intuitif, etc. C'est infini. De quoi faire les beaux jours des magazines dits sérieux qui l'été se mettent aux tests comme d'autres enfilent leur maillot de bain. En sortant de cure, je proposerai pour le fun à mes amis de l'*Obs* d'abriter dans leurs pages un « Êtes-vous alcoolique ? ». Répondre obligatoirement à jeun.

Daniella développe : « En travaillant sur ses pensées, on peut améliorer son confort émotionnel dans la vie. » Avant de lever la séance, elle nous invite, pour combattre la mésestime de soi habituelle aux alcoolos, à prendre chaque lettre de notre prénom et à y accoler un qualificatif positif qui corresponde. Daniella veut que l'on se fasse du bien. À entendre nos soupirs, c'est contre nature. Jean, qui est en postcure, dit simplement : « Quand j'ai commencé à m'aimer, à prendre soin de moi, à me faire du bien, plein d'angoisses, de tiraillements ont disparu. » Merci Jean. H comme honnête, É comme efficace, R comme résolu, V comme vaillant, É comme énergique. HERVÉ. *N'en jette plus.* Personne n'ose lire à haute voix. Finalement, on n'est pas si mal. Daniella sourit, arrange son écharpe et nous dit à demain.

Dîner joyeux. Hélène pète la forme. Éberlués, on la découvre salace. Nos amis de la Métairie nous ont concocté une soirée formidable. Qu'allons-nous faire ? Parler encore d'alcool. Ils ne nous lâchent jamais. Les films projetés sur une télé asthmatique le dimanche matin (à l'heure de la messe ou du service) traitent également du problème. Ce soir donc, diffusion d'une émission réalisée par la Radio suisse romande : « Philippe et Jules. Un témoignage mis en ondes par Raymond Bernard ». J'ai retenu deux passages :

Le plus difficile est au fond la sincérité : je crois que, sans sincérité, moi, Philippe, alcoolique, je n'aurais pas pu m'en sortir. J'ai d'abord dû cesser de tricher avec moi-même. Cesser de tricher avec les autres. J'ai dû accepter (....). Le déclic s'est produit pour moi, bien parce que j'ai décidé d'accepter sans poser de conditions que j'étais alcoolique, d'accepter que je ne pourrais jamais contrôler l'alcool. »

« Aujourd'hui, c'est un choix. D'esclave que j'ai été, et je l'ai été pendant longtemps, pendant des années, je me retrouve aujourd'hui à nouveau libre de choisir. Parce que je sais que si je prends de l'alcool, pour moi c'est un choix de vie. Je choisis de me détruire. Pour moi le premier verre en entraînera mille autres. L'alcoolique a, je crois, par rapport à l'alcool, une relation tellement forte qu'il lui faut au fond tout. Il lui faut l'absolu. Alors pour moi le choix de boire, ça ne sera pas de boire un verre, ça sera de boire tout l'alcool possible. Or boire tout l'alcool possible pour moi, c'est la mort. »

Nouvel avertissement, sans cesse rabâché à la Mét'. Et si comme un thérapeute nous l'a dit : « Le sommeil exprime la façon de penser d'une personne », ma nuit va être agitée.

26 octobre

« Arrêt de mort pour *Âge sensible* ». Le titre du *Monde Télévision* m'explose à la gueule. Brusque réveil. Je dégringole de mon petit nuage qui commençait très doucement à rosir. Un coup d'angoisse. Ce n'est pas la nouvelle de la déprogrammation de cette série, *access prime time* produite par Capa pour France 2 qui me désenchante – la directrice de la fiction de la chaîne me l'avait fait savoir depuis plusieurs semaines –, mais l'irruption du monde du dehors dans mon nouvel univers. Réaction stupide mais bien réelle. Une sorte de profanation de mon temple suisse. Une intrusion de très mauvais goût. Je suis en colère. Pourtant en m'acharnant, en ayant quelques convictions, en étant entouré par des hommes et des femmes nourris des mêmes croyances et défenseurs de quelques valeurs simples et humanistes, je suis arrivé à ne jamais être dégoûté de la télévision et à connaître grâce à ce média d'immenses joies individuelles, comme journaliste et réalisateur, et collectives, comme producteur.

« Ben, tu vois, ça ne t'a pas empêché de faire des trucs vraiment bien dans ton métier, malgré la bibine et la coke. Mais alors qu'est-ce qui s'est passé ? Qu'est-ce qui s'est détraqué ? Pourquoi ce style de vie et de travail par ailleurs fécond devient-il insupportable, provoque tourments, douleurs, mal-être et conduit inexorablement au désastre ? »

Drelin, drelin, la clochette interrompt mon voyage. Drelin, drelin, séance d'art thérapie. Au crayon de couleur, à l'aquarelle, ou même avec des tubes. « Dessinez ce que vous voulez, lâchez-vous. » Avec mon tablier, mes pinceaux, ma maladresse, je me moque – rire intériorisé, c'est une activité très sérieuse pour l'infirmière de service. Soledad s'est placée à côté de moi, le pinceau déterminé face à la feuille blanche posée sur le chevalet : « Allez, on va faire un enfant ensemble. » Joli monstre.

Vers 14 h 30, ce même jour, le soleil brille et j'attends dans le parc côté accueil. J'expose mon visage aux rayons. Depuis tout petit, ma tête est un tournesol. Les picotements sur mon visage, yeux fermés, menton relevé, cheveux basculés en arrière pour libérer le front, j'aime tellement. Ce n'est pas une attitude d'abandon, mais de conquête.

Bulle arrive à l'heure prévue en taxi de la gare de Nyon. Petit serrement de cœur. Elle a cinquante-cinq ans, le corps d'une gamine bien gaulée, en m'apercevant la banane éclaire son visage de gentillesse, de compréhension ; cette douceur naturelle, cette attitude aérienne, suspendue, cristalline. Bulle elle se prénomme, Bulle elle est. Mais contrairement à ces bulles de savon qui prennent forme sous le souffle des enfants, elle n'éclate pas au premier coup de vent, elle résiste, elle tient bon. Sa légèreté a de la carapace, sa souplesse de la rigidité, son insouciance de la mémoire, sa légèreté de la vertu.

Elle sait me faire plaisir : « Tu as dégonflé, tu as l'air en forme. » Timide comme un conscrit, j'attends le résultat de la revue de détail. La Métairie : « C'est bien, le parc est beau ; tu n'as pas l'air de t'ennuyer. » Bulle a ce talent, cette chance que je lui envie tant, elle saisit toujours d'abord le bon côté des choses. Elle ne fait aucun effort pour cela. Elle ne positive pas. Elle est comme ça. Visite du Jura, je m'applique. Elle sourit. Circonspecte, étonnée, attendrie ? Tout cela sûrement. Je veux qu'elle comprenne bien que mon alcoolisme est une maladie, qu'il me faudra être abstinent pour toujours, qu'il s'agit ici de bien plus qu'un sevrage, d'une remise en cause profonde. Je la présente à Pierre, Jean-Marie, Soledad, Gunther, Hélène, Kris : salut chaleureux et très discret en même temps. Ici, tous les alcooliques savent par expérience que les rapports de couple sont compliqués, fragiles, mystérieux, codés. Mes copains de cure s'éclipsent donc délicatement.

Bulle veut bien assister avec moi à la réunion des Alcooliques anonymes, qui se tient une nouvelle fois à la Ferme. Je redoute que, comme moi, elle réagisse mal au décorum, aux rites, aux prières... Je lui dis que c'est intéressant d'écouter des hommes et des femmes qui ont parfois vingt ou trente ans d'abstinence. Elle ressortira de la réunion en me soufflant : « Mais c'est comme à la messe. » Je crains qu'elle ne soit passée à côté de l'histoire.

Nuit rythmée d'inquiétude. Comment va se passer la rencontre entre Janet, Bulle et moi ? Je n'ai pas de craintes véritables, de l'appréhension plutôt. La rencontre entre Jean-Marie et sa sœur, celle de Pierre avec sa femme, les ont secoués. Ils me l'ont dit. J'apprécie moyen ce genre de triolisme confessionnel, ou deux des participants seulement se foutent à poil. Je ne m'y plie que par bonne volonté : le programme le conseille vivement. N'ai-je pas décidé de le suivre, de m'y abandonner totalement ? Que puis-je y perdre, sinon quelques illusions ? Que puis-je y gagner ? Une carte de la sérénité, comme les classiques disaient la carte du Tendre. Une topographie nouvelle de ma vie avec moins d'abîmes, de crevasses, de falaises infranchissables, une « Michelin » tracée de routes moins tortueuses, sans virages en épingle à cheveux, ni dos-d'âne, ni voies rétrécies. Et surtout plus d'alcool pour aplanir les creux et les bosses.

Lundi, Janet nous rejoint Bulle et moi dans son pigeonnier. La parole à Bulle. Elle doit parler, dire les dégâts provoqués par mon alcoolisme à la maison, dans le cercle familial. Il faut que j'entende les mots qui décrivent et qualifient les attitudes, les comportements, les dérives, les épreuves subies et la douleur liés à ma maladie. Il faut que j'entende, parce que selon Janet, aussi lucide que je sois sur la réalité des dommages provoqués, je serai encore loin du compte. L'alcoolique a souvent conscience de ses torts, mais il les mémorise en version soft. Bulle est grave, les larmes aux yeux, la parole hachée par l'émotion. Née catholique, elle a toujours affiché pourtant une réserve, une retenue, une discrétion propres aux protestants. Elle aurait pu être « parpaillote ». Du côté de sa mère, originaire de la Vaunage, une plaine située à une encablure de la ville de Nîmes, direction ouest, on a toujours vécu parmi les réformés. Le cimetière du village de Nages est coupé en deux. À droite les papistes, à gauche les luthériens. Aux ors, au décorum et à la théâtralité du catholicisme conquérant, Bulle préfère la sobriété, la simplicité du réformisme résistant. C'est dire si l'exercice auquel elle se soumet à mes côtés face à Janet violente ma femme. Bulle ne s'étale pas, mais chacun de ses propos me mortifie. En écrivant mes notes de la journée, comme tous les soirs, sur la grande table du salon Jura, je suis incapable de retranscrire l'intégralité de ses phrases, et de reproduire la tonalité, le doigté, la véritable élégance avec lesquels elle décrit un quotidien très lourd. « La charge de Lucas c'est déjà dur, je me passerais bien de ton alcoolisme. Tu n'es pas violent, tu n'es pas méchant, tu n'es pas. Boulot, dîner, fatigue, lit. Sorties toujours écartées. Invitations annulées au dernier moment. Désintérêt pour tout ce qui concerne la maison, sauf pour le choix et les réserves de vin. Réactions imprévisibles. Responsable financièrement, oui. Capacité de récupération étonnante. Triste et chiant. Tu es ailleurs... »

Bulle n'a rien inventé, rien exagéré. Un constat affligeant, mais – c'est terrible –, dans la hiérarchie de la souffrance, ce simple état des lieux passe en second derrière le cataclysme permanent que provoquent la maladie et le harcèlement involontaire auquel la condamne Lucas. Bulle et moi nous nous sommes rapprochés pour affronter la course d'obstacles à laquelle nous sommes soumis. Il y va de notre survie mais la tendresse, la passion, les effusions, ce qui rend la vie de couple gaie, attractive, ont été si ébranlées, laminées. Seul l'avenir – lorsque plus tard, libérés de notre combat commun, nous nous retrouverons apaisés (cela arrivera-il ?) – dira si le cyclone qui nous balaie depuis tant d'années a eu raison de la flamme, s'il ne l'a fait que vaciller ou s'il l'a éteinte faute d'oxygène.

Janet aimerait que Bulle lui raconte les « pertes de maîtrise » dont elle a été témoin. Ma femme n'a pas envie de creuser, même si Janet n'est ni un juge ni un flic, Bulle répugne à me charger. Janet lui recommande un petit bouquin sur la codépendance, cette autre calamité qui frappe les compagnes ou compagnons d'alcooliques, qui par la force des choses finissent eux aussi par adapter leur vie à la consommation de leur partenaire malade.

Bulle reprend le train pour Paris. Je la sens fatiguée, mais rassurée. En partant, elle me chuchote : « Ça va aller. »

Les liens se resserrent chaque jour davantage avec mes petits camarades. Soledad, Hélène, Pierre, Gunther et Jean-Marie m'attendent dans le préau :

— Alors ?

— C'est raide mais ça va.

Ils n'insistent pas. Ils connaissent. Ils ont donné. Jean-Marie sautille plus que jamais. Avec son écharpe en laine, son regard ébahi, ses jambes longilignes et son corps dégingandé. Il est originaire du centre de la France, mais a acquis par ses multiples places dans l'hôtellerie et la restauration un langage mâtiné de « Cavaillon-con » qui fleurit chacune de ses interventions par une ponctuation fantaisiste et déterminée faite de « l'enculé » et de « putain ». Il n'en est pas vulgaire pour autant. Il attire la sympathie comme tous les gens que l'on sent d'entrée généreux, ouverts, chaleureux. Dernier rejeton d'une famille Cognacq-Jay, dix frères et sœurs, il a été rejeté justement par des parents qui l'ont placé tout petit en pension à cinquante kilomètres de chez lui. Il y est resté les samedis, dimanches, jours de fête, Toussaint, Noël et Pâques compris. Il a grandi avec des loustics plus âgés dans la cour de récré. Vite il a compris qu'il ne pourrait compter que sur lui-même. Il n'a pas aimé les études, mais le travail manuel, et le service.

Son premier amour, une femme qu'il continue d'adorer, lui a fait deux enfants et a demandé le divorce lorsqu'elle a mesuré l'attachement croissant et indéfectible de Jean-Marie à sa maîtresse : Johnny Walker. Elle a déguerpi avec sa progéniture. Jean-Marie a multiplié ses prises de goulot avec la belle Walker qui vivait sur un grand train. Il a dû vendre son affaire, une superbe auberge en pays cévenol et, titubant, a repris son baluchon de mal-aimé, offrant son concours à des sociétés de services. Pas bégueule, pas fine bouche Jean-Marie. Prétention modeste. Il accepte tous travaux mais dans la restauration. Nickel dans le rang, droit comme un I, stylé et totalement déjanté, en boîte à partir de minuit, bourré à 2 heures, chancelant à 4 et bon pied bon œil dès le matin.

Un jour il a regardé autour de lui : le désert. Ni femme – « elle était géniale » – ni enfants – « je les adorais » – ni biens – « je suis criblé de dettes ». Il servait à Genève ce jour-là, à vingt kilomètres de Nyon, de la Métairie. C'est compliqué à comprendre, mais il s'est retrouvé au Jura, pour tout retrouver : son épouse – il n'y croit pas trop –, ses enfants – « je vais leur montrer que j'ai changé » –, un emploi stable – « là je m'en fais pas trop ». Et si Jean-Marie passe d'un pied sur l'autre en ce moment, à nous en donner le tournis, c'est que dans deux minutes la réunion de l'après-midi va commencer, et que nous, ses compagnons de bibine sur le chemin de la rédemption, nous allons lire les lettres que nous a inspirées son récit de vie, délivré deux jours plus tôt.

Jean-Marie a, comme souvent les alcooliques, un côté enfantin, attendrissant et une maturité plus proche d'une fin d'adolescence prolongée que de l'âge adulte. Son anxiété nous réjouit. Je sais maintenant qu'au jeu des lettres – est-ce l'effet positiviste du programme ? – on ne malmène pas le récitant. Mon tour vient :

« Cher Jean-Marie,

« La nuit est ton royaume. Les néons et les bars, les lumières tamisées et la bouteille de Ballantines. Les pots, les grandes déconnades : tu aimes les virées. Tu traverses la ville, ton parcours est balisé, tes pitreries de garnement entraînent jusqu'à l'aube ceux que tu apprécies, peut-être parce qu'ils ne te posent pas de problème. Tu n'en as rien à foutre de rien. C'est ce que tu prétends. Mais la tournée des grands-ducs, tu le sais aujourd'hui, c'est ton chemin de croix. Noir c'est noir. Ton enthousiasme, vrai ou factice, cette manière d'avaler ta vie à coups de whisky, goulûment, presque compulsivement, cachent, je le pense, beaucoup de frustrations. Enfant, plus grand, la tristesse, le malheur, la peine, ne devaient pas avoir de prise sur toi. Le boulot était le moyen de ton indépendance ; une indépendance que tes parents t'ont imposée tout jeune.

« Tu es passé à côté des trésors qui étaient justement à tes côtés : ta femme, tes enfants. C'est dans le désert que l'on apprécie l'eau. C'est parce que tu les as perdus que tu t'es rendu compte de l'amour, de l'attachement, et plus même, que tu avais pour eux.

« J'ai entendu dire ici à plusieurs reprises qu'il fallait toucher le fond pour décider de s'en sortir. Tu y es, ta plongée, ton apnée, ont été longues et destructrices.

« À ta manière, impulsivement, tu as dit stop. La vie tu y tiens, ceux que tu aimes tu veux les retrouver.

« Sans alcool, t'en fais pas, tu resteras aussi joyeux, joueur, sale môme. Tu es bon et généreux. Je sais que tu as la volonté, un désir profond de retricoter les mailles d'une vie que tu as déchirée. Pardonne-toi.

« Je compte sur toi pour me faire visiter Genève *by night* et surtout ne m'appelle plus papi ! Mes petits-enfants m'appellent Hervé et mon âge me fait flipper.

« Affectueusement,

« Hervé. »

Quel rôle peuvent bien jouer ces lettres ? Cimenter le groupe ? Apprendre à s'intéresser aux autres ? S'obliger à exprimer des sentiments ? Je n'ai pas la réponse. Je constate que le récit de vie représente pour celui qui s'y livre un moment très fort de la cure, et les lettres qu'il provoque un temps d'émotion. Demain c'est moi qui m'y colle. Janet me l'a annoncé.

Avant la prière de la sérénité qui clôt la dernière réunion de cette journée intense, je demande à lire un extrait d'interview découpée dans le *Libération* du jour. L'acteur Anthony Hopkins évoque l'époque où il vivait dans l'alcool ; il parle de comas éthyliques, d'amis qui prennent peur : « Cette période-là a été à la fois la meilleure et la pire de ma vie. L'alcool décuplait cette rage que j'ai toujours eue en moi, une sorte d'énergie maniaque qui faisait que je pouvais éclater à tout moment, prendre des décisions aussi subites qu'inexpliquées, comme sortir au beau milieu d'une représentation, acheter une maison dont je n'avais aucun besoin. J'étais un bloc de frustration, je passais mon temps à m'exhorter : "Reste calme, reste calme." Comme j'ai toujours eu cette force physique, j'effrayais mon entourage et, avec l'alcool, c'était encore pire. Je me suis arrêté in extremis, il y a vingt-sept ans. Je me demande encore comment j'ai pu arrêter du jour au lendemain. » Que Dieu protège notre frère Anthony Hopkins, passé aussi par la route du Minnesota et des AA.

29 octobre

Je m'installe. J'ai pris mes marques. Les horaires, les rites, les règles, les odeurs et les sons, les langueurs et les fous rires, les prières et les colères, les confessions et les espoirs, et même la laideur des meubles. Je me suis fait à tout. J'ai adopté la Métairie. Je l'ai intégrée de la tête aux pieds, du cœur au cerveau. Je me sens chez moi. J'ai pris l'habit. Comme un moine entre en religion, je suis entré en cure de désintoxication. Je me suis défait de mes pudeurs, de ma réserve, de ces relents d'orgueil à trois francs six sous qui m'ont empêché pendant plus de dix jours de descendre prendre le petit déjeuner en pyjama, robe de chambre et charentaises. « Non, pas moi, c'est la tenue des petits bourges emmaillotés dans la platitude de leur vie. Ben si, je m'y trouve très bien et très confort dans ma panoplie. »

Mais, ce matin, je n'écoute pas trop mes petits camarades qui déroulent pour le groupe les films de leur nuit.

« Je n'arrivais pas à m'endormir, je n'ai pas allumé la lumière pour ne pas te déranger. » « Tu sais que tu as parlé, je me suis levé trois fois pour pisser. » « Dors sur le côté, tu ronfleras moins. » « À cinq heures j'ai eu mon insomnie, bonjour les petits vélos, ça va pas. » « Moi, j'ai passé enfin une première nuit complète, dormi comme un bébé. » Le bulletin météo de l'état des troupes autour du pain, des brioches, du beurre, de la confiture et du fromage ne me fait pas oublier que dans quelques minutes Janet va nous demander : « Comment vous sentez-vous ce matin ? » et lancer : « Alors, c'est Hervé qui va nous faire son récit de vie. Tu es prêt Hervé ? Tu as quarante, cinquante minutes, si tu veux. À ton rythme. »

A capella, avec quelques repères qui conduiront mon récit, je commence en journaliste, par une « attaque » censée capter mon auditoire et donner le ton. Je me rends vaguement compte que toute cette attention que je porte aux autres, à leur jugement, le souci que j'ai, avant même de démarrer, de faire bonne figure, risquent, dans cet exercice qui réclame avant tout de l'authenticité et de l'humilité, d'en altérer la vérité.

Pas question de me livrer à une séance de masochisme, à une quelconque cérémonie expiatoire. Les mots, les situations, les souvenirs, la mise en action de la mémoire sélective, qui trie nos odyssées personnelles, les événements liés directement ou non à l'alcool doivent permettre au récitant de se mettre à nu, de se regarder sans fard, ni artifice, ni dissimulation.

Mon récit fut celui-ci, en moins fouillé, car en tentant de le restituer, sous ma plume, le besoin du détail et de la précision a fini par l'emporter sur la spontanéité de l'oral.

« Je suis un enfant du baby-boom. J'appartiens à une génération qui tout au long de sa vie a marqué et dominé ces cinquante dernières années.

« Quand j'étais enfant, les enfants devenaient rois. Bettelheim et Dolto affirmaient leur savoir et commençaient à répandre des idées nouvelles sur l'éducation.

« Adolescent, le romantisme révolutionnaire, taillé sur mesure par nous, enfiévrait la France. Il n'y avait qu'une icône : le Che. Il nous appartenait. La libération sexuelle s'imposait. Nous l'imposions. Nos corps et nos têtes réclamaient de jouir sans entraves. La contraception, la pilule, le stérilet, terrassaient l'improbable Dr Ogino et sa méthode hasardeuse. L'avortement consenti était le joker, sans doute douloureux, mais joker quand même, de nos plaisirs mal maîtrisés. Les 343 salopes étaient nos sœurs.

« À la force de l'âge, lorsque ma génération partit à l'abordage de ses trente-cinq ans, le fric ne puait plus, entreprendre n'était pas une grave maladie et Tapie montait sur la plus haute marche. Les plus purs d'entre nous se désolaient, une majorité s'engouffrait dans les années pognon.

« Les extrémistes du profit inventaient un slogan : "Marge ou crève" et la coke était très tendance.

« Aujourd'hui, nous sommes des quinquagénaires convoités, sollicités. Pré-seniors, nous sommes aguichés par les pubeurs, analysés par les marqueteurs : l'argent est plutôt chez nous, il faut que ça dure. Vive le sport, la cosmétique, la chirurgie esthétique, les vitamines, les omégas, les antichutes, les papayes séchées, les comprimés de DHEA. Les baby-boomers vieillissent, oh ! le bel âge ! Le meilleur peut-être, non ? D'ailleurs si, avant nous, les vieux c'était ringard, inutile, dépassé, aujourd'hui les vieux, les nouveaux vieux, nous quoi, c'est irremplaçable : expérience, professionnalisme, etc. Nous sommes des vieux qui faute d'être aidés par les jeunes – tu as vu jusqu'à quel âge ils restent à la maison ? Ils n'ont pas de convictions – peuvent être réintégrés dans l'appareil de production pour organiser. Et même, c'est conseillé, nous pouvons retrouver nos premières amours, nos engagements, et tendre à nouveau nos mains vers le tiers-monde. Ça revient fort, l'humanitaire.

« J'appartiens donc à une génération qui a toujours eu le cul bordé de nouilles, une génération leader. On a un peu étouffé les plus jeunes mais après tout ils n'avaient qu'à mieux se battre pour se faire une place. »

Mes petits camarades sourient. J'ai fait mon numéro. Parlons vrai. Je leur dis, en regardant de plus près, ce beau mouvement collectif n'a empêché ni déboires, ni souffrances, ni dérives, ni échecs individuels.

« Je suis donc né le 7 septembre 1945, pendant les vacances scolaires, dans une petite ville du département le plus pauvre et le moins peuplé de France : la Lozère. Mes racines sur ce plateau septentrional du Massif central, la Margeride (le Gévaudan) – c'est ça, oui la bête du Gévaudan – sont très profondes. Mon père, ma mère, mon épouse, sont nés dans le canton de Langogne. Mes grands-parents maternels et paternels aussi. C'est une région dure, rigoureuse, longtemps très arriérée. Le gros rouge accompagnait chaque homme tout au long de sa vie, et l'on ne traitait d'alcoolique que celui qui pétait les plombs, perdait la raison et partait vers l'asile pour cause de delirium. La consommation d'alcool était – et reste – très répandue, moins qu'en Bretagne cependant. Personne ne mourait d'alcoolisme sur ces terres, seulement de fatigue, d'épuisement. Avant que le cancer soit identifié et vienne faucher généreusement la population vieillissante, la mort dite naturelle était la cause la plus fréquente des décès.

« Mon grand-père paternel possédait, au temps de sa splendeur, huit vaches et deux bœufs, qu'il emmenait paître et que je gardais, mal et épisodiquement pendant les vacances sur les trois hectares de la propriété Chabalier. Avant de n'être que paysan, mon grand-père Antoine, qui m'a inculqué le sens du travail et de l'honneur avec des accents maurrassiens – comprenez qu'il était un homme de la terre, attaché aux valeurs de la paysannerie conservatrice –, le Toine donc ramassait pour améliorer son ordinaire les poubelles du bourg. Je n'étais pas né à cette époque, mais j'ai appris que le cheval, baptisé Bijou, qui tirait le tombereau, s'arrêtait par crainte du fouet devant chacun des cafés de Langogne. Non pas que ces établissements produisissent plus de déchets que la norme communale, mais parce que Antoine – c'était son chemin de boire – se devait d'y faire une halte. Pépé picolait. Atavisme identifié donc. Ça rassure, non ? » Mes potes rigolent. Je continue.

« Mon grand-père maternel, Ferdinand, était un républicain, défenseur de l'école laïque, bouffeur de curé, instruit et tolérant – sauf pour les culs bénis –, un homme éclairé, qui se levait à 3 h 30 du matin pour pétrir le pain, les baguettes de froment, les miches de seigle prêtes et chaudes à l'ouverture de sa boulangerie. Homme de gauche, il m'a transmis le sens critique, les valeurs humanistes et le goût des contacts. Quand il partait en tournée l'après-midi pour porter le pain dans les villages du canton, Ferdinand m'embarquait dans son cube Citroën, me racontait sur la route les gens du pays, ceux que l'on allait rencontrer.

« Le tu prendras bien un verre, Ferdinand nous entraînait deux ou trois fois par hameau dans les cuisines modestes et odorantes collées à l'étable de ses clients préférés. Et pour le petit ? « Un peu de vin avec de l'eau et un sucre. » Ferdinand levait donc aussi le coude et moi je découvrais les vertus sociales du petit verre, sa fonction rituelle dans l'ordinaire de la vie, et même ses vertus médicinales. Pasteur, le grand Pasteur lui-même, ne déclarait-il pas sur les réclames peintes sur le long des murs croisés en camionnette que le vin était la plus naturelle et la plus hygiénique des boissons ? Dans ces années cinquante, surtout sur les routes du Midi, les viticulteurs languedociens espéraient, grâce au coup de pouce d'une telle sommité scientifique, vendre encore plus de cette piquette baptisée vin de consommation courante, le gros rouge coupé de vin d'Algérie, transporté par bateaux-citernes au port de Sète. Nos bons pieds-noirs permettaient d'élever le degré de la production locale. Il eût été obscène à l'époque de mentionner les ravages que causaient ces "velours de l'estomac" sur l'ensemble de l'appareil digestif.

« L'alcool a donc pointé son bout de nez rouge sous le regard bienveillant de mes grands-parents. Mon père, qui était maître d'éducation physique et ma mère institutrice, adeptes du code soleil et groupies de Jules Ferry, ne buvaient absolument pas. Peut-être ai-je entendu une ou deux fois durant les quinze premières années de ma vie que papa était rentré pompette d'une fiesta. Le vin, l'apéro, le digestif ne faisaient vraiment pas partie du mode de vie de Jeanne et d'Albert Chabalier – mais ne dit-on pas que l'appétence alcoolique saute une génération ? Mes parents m'ont élevé avec une belle fermeté ; la claque faisait partie de la panoplie pédagogique, et beaucoup d'amour.

« Effort, droiture, honnêteté, ont donc rejoint sur mon fronton personnel les indiscutables "liberté, égalité, fraternité". Mes parents ont fait plus encore. Ils m'ont donné le goût de l'aventure et l'ambition de la réussite. Nommés en 1943 au lycée français de Barcelone dans une Espagne matée par Franco, ils ont été des pionniers, les premiers de la famille à quitter leur nid. Deux ans avant que je naisse, en s'extirpant de leur gangue lozérienne, Albert et Jeannette m'avaient déjà délocalisé par anticipation. Ils furent mes premiers éclaireurs.

« Évidemment, à Barcelone nous avions une bonne espagnole, non pas catalane, mais andalouse. Avec elle j'inventais mes premiers mots où se mêlaient allégrement – enfin pour la plus grande joie des adultes – un sabir franco-espagnol. Notre bonne, Maruscia, profitait de l'absence de ses patrons pour ouvrir le meuble vitrine où étaient rangées les bonnes bouteilles. Du jerez, du sec, du mi-sec, du doux. Maruscia buvait régulièrement de petites gorgées au goulot. Toujours du jerez doux le plus coloré, ambré, ceci sous mon regard qui comptait pour du beurre – pensait-elle ! J'ai donc attendu ma sixième année, le temps de pouvoir atteindre la poignée du meuble bar, et j'ai goûté. J'ai adoré. Mieux que le chocolat, meilleur que la confiture, doux et chaleureux à la fois, suave mais qui s'attarde.

« Dès mon premier Tío Pepe, je découvrais sans le savoir les bienfaits du bouquet et du corps, les plaisirs du gouleyant et du long en bouche. Pendant plusieurs mois avant que mes parents ferment la vitrine à clef, alertés par la décrue du jerez doux, je me suis tapé une gorgée chaque jour. Ma mère n'en a rien su, trop occupée à combattre une autre de mes déviances : le café en grains, que je broyais par poignées. Alcool, café. À six ans. J'étais déjà un homme, un vrai. Le ver était peut-être dans le fruit, il a hiberné longtemps.

« Ma vie à Barcelone fut celle d'un garçon trimbalé sur les stades (avec papa), éduqué comme il se doit lorsqu'on est le rejeton d'une instit. Je fus témoin tout jeune de la répression franquiste, j'ai connu des lycéens, élèves de mon père, torturés, j'ai vu des ouvriers grévistes matraqués, arrêtés, enfermés. J'étais parmi nos amis catalans privés de leur langue, humiliés, harcelés, bâillonnés. Sans rien connaître, j'étais de leur côté. Des résistants, combattants anonymes, catalanistes, communistes, anarcho-syndicalistes, dont certains furent garrottés, ont été mes premiers héros. Leur combat m'a marqué pour toujours. Leur souvenir, bien plus que la découverte livresque du nazisme et de la Shoah, a été le ferment de mes convictions et décidé de mon engagement antifasciste.

« J'avais treize ans lorsque avec bien peu de bagages et des connaissances très approximatives sur l'Afrique, ma famille s'est installée en Côte-d'Ivoire. Mes parents formaient les premiers bataillons de coopérants. De Gaulle entamait la décolonisation. Il parlait d'émancipation. Il exhortait les autochtones à prendre leur destin en main. Il promettait un système démocratique, des élections libres et une coopération avec la France. Une assistance dont Albert et Jeanne furent des pionniers. Ce qui était à l'époque un simulacre d'indépendance démarrait et nous étions Claire, ma sœur aînée de trois ans, Maylis, la benjamine âgée de sept ans, blonde et belle, lumineuse – la seule de la maisonnée à n'être point née en Lozère, mais en Catalogne –, et moi qui commençais à bander, nous étions donc tous les trois, les enfants Chabalier, expatriés. Nous vivions à Bouaké, autant dire vu de France à l'époque, nulle part.

« Quarante mille habitants, deux mille Blancs, des enseignants, des commerçants, des colons exploitant la forêt et le café – et exploiteurs de nègres –, des toubibs et un véto. L'Afrique m'a enchanté. Elle m'a imprégné, ensorcelé, émerveillé. À vie.

« Ce continent qui continue de me subjuguer, je devrais le haïr. Ma première grande déchirure, le drame fondateur de toutes mes souffrances, de mes délires, de mes dérapages, de mon irrécupérable mal-être, je l'ai vécu ici, à Bouaké, dans notre concession – c'est ainsi que l'on appelait les villas, nos cases modestes entourées de jardins, d'hibiscus, de frangipaniers, de manguiers, de plantes grasses et de bougainvillées – si chères bougainvillées, violettes, jaunes, rouges, orange. Un boy nous servait. De sa vie, on ne connaissait rien, sinon l'état civil : âge approximatif, plusieurs femmes, une douzaine d'enfants.

« J'avais quinze ans, j'étais en seconde au collège moderne de Bouaké, déjà j'écoutais volontiers mes camarades de classe, des Baoulés, des Djulas, des Bétés qui commençaient à ruer dans les brancards du système politique. Tous, vingt ans plus tard, se rangeront du côté du pouvoir, du "vieux", d'Houphouët-Boigny, le père de la nation, pour préserver leurs privilèges, peut-être aussi parce que ce régime était ce qu'il y avait de moins pire.

« Je fulminais intérieurement lorsque le nouvel ami de mes parents, un quinquagénaire corse secrétaire de la mairie de Bouaké, qui faisait du gringue à ma mère, venait nous donner en s'esclaffant les résultats du dernier scrutin municipal, cinq minutes après que les bureaux de votes étaient ouverts.

« Tout était pipé dans ce monde de petits Blancs de Bouaké. Les "toubabs" pétaient plus haut que leur cul, les couples se trompaient, se défaisaient dans l'érotique humidité de journées plates comme la savane. La sueur auréolait les aisselles dès que l'on quittait la douceur des brasseurs d'air et – pour les mieux lotis – la fraîcheur des climatiseurs. La race blanche se laissait écraser par la chaleur (la paie en francs CFA n'était-elle pas à ce prix ?), rêvait d'un bon camembert et cassait une ou deux fois par mois sa tirelire pour acheter de la viande de France. Je feuilletais *Paris Match*, le seul magazine d'information que mes parents lisaient, nous captions mal les radios françaises, malgré l'installation de fils d'antenne en haut du fromager.

« Les profs affichaient un paternalisme "progressiste", sauf ceux qui débarquaient d'une Algérie déchirée et gardaient une rancœur profonde pour les "indigènes". Les colons, dans le bois, le coton, ou le café, ne savaient toujours pas que l'époque était à la décolonisation, ils maniaient la chicote et l'insulte. Ils humiliaient leurs employés plus par habitude que par méchanceté. Ils soignaient avant tout leur « œuf colonial », ce ventre arrondi à coups de cognac-soda, de Bracodi – la bière brassée à Abidjan – et depuis peu de whisky Perrier.

« Je buvais de la limonade et ne pensais qu'aux surprises-parties que nous, les "enfants de Blancs", organisions à tour de rôle chaque fin de semaine : Édith Piaf, Jacqueline François, Petula Clark, Charles Aznavour et les Platters, surtout les Platters : *Only you*, *The Great Pretender*. Je me frottais contre les robes légères que la transpiration plaquait sur les fesses, les seins, les hanches des gamines déjà tourneboulées par la moiteur tropicale.

« Maylis, ma petite sœur, avait sept ans de moins que moi. Elle posait ses yeux bleus bienveillants sur chacune de mes pitreries. Elle m'admirait : j'avais un vélomoteur, un Motobécane bleu qui démarrait en pédalant. Je me prenais pour un homme, je chahutais ses cheveux blonds. Nous l'appelions Pépé, un surnom venu de Barcelone, parce que les amis de mes parents écoutaient *Cigarette, whisky et p'tites pépées* et trouvaient que, toute petite, Maylis avait déjà les atouts et le charme d'une pin-up.

« Avec Claire, ma sœur aînée de trois ans, j'apprenais à grandir, avec Pépé je prolongeais les délires de l'enfance. Je l'aimais beaucoup, je veillais sur elle, enfin je me posais en protecteur, parce que rien ni personne ne la menaçait.

« Je cassais les pieds à mon père. Je voulais un chien, un copain quoi. Un python de deux mètres dormait déjà toute la journée dans une veille caisse en bois posée sur le perron d'entrée ; une biche cochon faisait ses pas de danse entre quatre piquets. Cela ne me suffisait pas. Il me fallait un chien. Un bâtard donné par un cheminot de la RAN – la Régie Abidjan-Niger, la compagnie des chemins de fer de Côte d'Ivoire –, fit l'affaire. Le corniaud aux origines indécelables était une chienne marronnasse avec quelques taches blanchâtres. Elle s'appelait Sarah, et je me pris d'adoration pour cet animal d'occasion. Après quelques mois de vie commune, Sarah qui dormait au pied de mon lit, mais en dehors de la moustiquaire, mourut. Mon père la retrouva les quatre pattes en l'air, un peu de boue sur la bouche, au fond de la concession. Pas de piqûre de serpent, pas de signes d'étouffement, pas de morsure, la mort subite de Sarah m'attrista sans plus. Je découvrais alors les plaisirs des caresses avec la très jolie jeune fille du juge de Bouaké et elle m'occupait tout l'esprit.

« Le vétérinaire appelé à la rescousse pour résoudre l'énigme était un adepte des diagnostics éclairs. Il exerçait à la machette et était un précurseur du principe de précaution. "Pas d'explication donc une seule explication : la rage." L'autopsie de Sarah ne fut même pas évoquée, "une autopsie chez les nègres ?", mais ordre fut donné de soumettre à vaccination antirabique toute personne ayant été régulièrement au contact de la bête. Le prof de latin, son épouse, infirmière, et leurs deux enfants, de la concession derrière notre maison, le couple d'enseignants et leurs deux filles dont l'une avait l'âge de Pépé, de la villa d'à côté, plus les cinq Chabalier : treize personnes prirent donc le chemin de l'hôpital de Bouaké, une quinzaine de cases insalubres, un directeur, formidable, lieutenant-colonel de parachutistes morphinomane, et une armée de rats.

« Les lots de vaccins commandés à l'Institut Pasteur arrivèrent une semaine plus tard et pendant vingt jours, à raison d'une piqûre quotidienne (d'abord au ventre, le lendemain à un bras, puis à une épaule, puis à l'autre épaule, et à l'autre bras, et de nouveau le ventre) et ainsi de suite, nous combattions un possible virus.

« Un soir, à la sortie du Vox, le cinéma en plein air de Bouaké où nous allions tous les jeudis dès la tombée de la nuit, à dix-huit heures, Pépé s'est plainte, elle avait mal au cœur, elle se sentait raide, elle pliait ses mains avec difficulté. Son agonie a duré dix jours. Les médecins se relayaient, les ponctions lombaires se multipliaient ; mes parents faisaient face. Je ne soupçonnais ni la gravité ni la nature du mal. Claire, je ne sais pas. Un jour j'ai entendu le mot méningite, je n'y comprenais rien. À Bouaké, les gens tombaient pour cause de palu, de bilharziose.

« Un matin, mon père a pris Maylis roulée dans une couverture, une ambulance attendait. Elle n'était pas consciente. Un avion sanitaire l'a transportée à Abidjan. Mon père et ma mère ont suivi. Des collègues profs nous ont pris en charge. Tous étaient très prévenants, comme si nous-mêmes étions atteints par le mal. Ils nous ont appris que notre voisine, l'infirmière, venait de mourir d'une méningite, sans doute, elle aussi. Il fallait aller à l'enterrement. J'y suis allé.

« Dans ma tête, il n'y avait plus rien. "Et Pépé ? — Ça va, elle est toujours à l'hôpital." Un soir, Mme Ribaud, la directrice du collège où enseignait ma mère, vient nous dire : "Je vous emmène à Abidjan, vos parents vous réclament." "Et Pépé ? — Ça va." Mme Ribaud est défigurée, défaite, décomposée. Je sais déjà. Pendant les cinq cents kilomètres de piste qui relient Bouaké à Abidjan personne ne parle, Claire et moi évitons de nous regarder. Je pense à Pépé, à mes parents, à notre famille. Au monde qui était le mien jusqu'à aujourd'hui.

« Petit matin : réveil sur les sièges arrière, nous émergeons des couvertures, venant à notre rencontre ma mère, en pleurs ; mon père, cette force physique, abattu. Pépé est morte. J'entends qu'elle a été trépanée, maman insiste pour que nous allions la voir ; Claire y va. Je refuse. Je ne veux garder que l'image de la vie. J'essaie de consoler mes parents, avec toute ma maladresse "On va vivre comme avant, comme il y a sept ans. Quand elle n'était pas là. C'était bien aussi." Je crois que personne ne m'a entendu. Pépé sera déposée dans un cercueil blindé, elle attendra pendant quatre mois dans un entrepôt frigorifique où se retrouvent tous les expatriés dont les corps seront enterrés dans des caveaux bien d'chez eux, bien d'chez nous. Lorsque nous rentrerons en Lozère au mois de juin pour les grandes vacances, elle nous suivra.

« J'ai retenu mes larmes durant le voyage du retour. Je savais maintenant qu'il s'agissait bien de la rage, que des vaccins défectueux avaient inoculé le virus au lieu de le détruire. Pourquoi ma sœur ? Pourquoi l'infirmière ? Pourquoi pas moi ? J'avais honte parce que dans cette voiture qui me ramenait à Bouaké, je ne pensais plus qu'à cela, “peut-être je vais mourir aussi”. J'activais mes doigts, tordais mon cou à l'affût de la plus petite douleur, de la moindre raideur. Ma sœur, ma petite sœur venait de mourir et je ne pensais qu'à moi. J'étais un monstre, un salaud, je me méprisais. Cette salissure provoquée par la “mort d'un ange”, comme ce fut écrit en épitaphe sur le caveau familial, a été le premier grand cataclysme émotif de ma vie. Il a laissé à jamais des fêlures au plus profond. À ce traumatisme, quelques années après, j'en ai vécu un second lorsqu'il m'est apparu, avec une fulgurance destructrice, que si Pépé était morte c'était parce que j'avais, moi, imposé une chienne à toute la maison. Ce sentiment de culpabilité ne me lâchera plus jamais. »

Je reprends mon souffle. Je regarde furtivement mes camarades. Ma voix a tremblé. Je me suis pourtant si souvent – trop souvent – repassé le film. Jamais je n'ai pu me blinder. Je regarde ma montre. Il faut faire plus court. Je ne vais pas leur parler de mes fugues en Afrique avec toute la gendarmerie aux fesses un mois après le décès de Maylis, ni de mon refus pendant deux ans de suivre mes parents en Côte d'Ivoire. Je vais leur dire simplement ce que je crois de l'impact de cette tragédie sur mon alcoolisme.

« J'avais quinze ans ; évidemment je n'ai pas bu pour me consoler, mais un sentiment de tristesse, qui ne m'a jamais plus quitté, une tristesse fondatrice m'a envahi, imprégné et a marqué définitivement mon humeur. J'ai toujours eu beaucoup de mal à m'amuser, à rigoler, à convoler avec la légèreté, à danser avec l'insouciance. L'alcool, merci l'alcool, m'a si souvent permis de me mettre, comme on dit, dans l'ambiance, "d'entrer dans la danse...". Ce passeur de grisaille m'a transporté. Il a ouvert les volets, fait entrer la lumière, il a remisé ma morosité, mon cafard organique, mon désespoir et mon désenchantement. L'alcool, mais le shit aussi et la coke, selon les périodes, tous ces produits m'ont permis d'intégrer des mondes qui naturellement m'étaient fermés. Convivialité, partage, badinage, déconnade ; l'alcool m'a donné le culot de la vie très longtemps, il me l'a fait aimer. A-t-il pour autant aujourd'hui le droit de me l'enlever sous prétexte qu'il est devenu mon maître absolu ?

« J'ai pris ma première cuite à seize ans, au muscat, un vin cuit de Frontignan qui emplit le palais et caresse la gorge, ça se boit comme du petit-lait. C'est sirupeux, mais ça n'écœure pas tout de suite... à cet âge-là. Ce vin rend gai aussi vite qu'il rend malade. J'ai gerbé. Était-ce le rite initiatique qui marquait le début de mes si longues épousailles avec l'alcool ? Je me suis allongé dans l'herbe humide d'août. C'était en Lozère. Je me suis endormi. Des copains m'ont secoué et ramené à la maison. Je tenais debout. J'ai titubé, en silence, jusqu'au lit. La maison familiale roupillait. J'avais la verdeur néophyte, un caractère trempé et sur mon édredon je fis un doigt d'honneur au plafond.

« Depuis cette nuit-là je crois bien n'avoir jamais refusé un verre d'alcool. Je ne courais pas après la boisson, je ne la fuyais pas non plus. Elle s'offrait naturellement. Alcool festif, gaillard, paillard, bambochard, social avant tout. Je me mettais donc consciencieusement dans l'ambiance fraternelle à chaque occasion, amicale ou mondaine, avec de plus en plus d'aisance et de plaisir. J'aimais l'alcool et mes cellules n'en n'avaient pas perdu le bon souvenir depuis mes goulées braconnées de jerez barcelonais. J'aimais tous les alcools. J'ai même beaucoup plus tard entretenu une relation passionnelle avec le Fernet Branca. C'est dire !

« Ma constitution solide ne pâtissait en rien de mes beuveries de fin de semaine et la bibine n'encombrait pas ma vie.

« Ma nouvelle maîtresse, rencontrée après des études d'histoire à la Sorbonne, est entrée comme une furie dans mon existence. Balayant sur son passage mon militantisme trotskiste et reléguant, non pas dans mes pensées, mais dans mon emploi du temps, ma vie de famille à la portion congrue. Carole, ma fille, était née en 1967 et je m'étais marié avec Bulle en 1966 alors que notre premier baiser avait déjà sept ans d'âge. Le journalisme m'emporta donc sur un coup de foudre, je le vénérais, car, généreux, il me permettait de continuer à afficher mes convictions humanistes, exigeant, il me demandait de ne penser qu'à lui et ne laissait pas de place à mes pensées morbides et cafardeuses, à mon passé si plombant. Très vite, je devins reporter, ayant compris depuis quelques années déjà que seule l'action, qui mobilise toutes les énergies, me distrairait de ma tendance trop naturelle à regarder dans la noirceur de mon passé. L'excitation du terrain, les montées d'adrénaline provoquées par les prises de risques – évidemment je me suis rapidement spécialisé dans la couverture des grands conflits, des guerres régionales et des guérillas – me tenaient en haleine et ne me laissaient aucun répit. J'existais au pas de charge. Agité du bocal, je l'étais oui. Mais le bocal se portait bien, avait du plaisir, parfois du bonheur, et l'alcool chasseur de mélancolie n'avait plus sur quoi s'abattre.

« Mais l'alcool, comme nous le disons souvent ici – et je regarde mes potes en souriant – est ?... est... ? est un être sournois ! Disparu momentanément, il a très rapidement trouvé une nouvelle proie : le stress. En manque, l'alcool qui n'avait plus à endormir les douleurs profondes du souvenir s'est converti en secouriste chargé de cicatriser les coups de canif que provoquent les situations de guerre : les massacres en tout genre, les charniers et les fosses communes, les bébés éventrés et les hommes décapités, les femmes violées et les suspects maltraités, les faméliques et les soudards, les libérateurs devenus tortionnaires, les intimidations, les canons sur les tempes, les mises en joue, les humiliations, les simulacres d'exécution pour reporters trop acharnés, saoulés eux aussi par l'odeur du sang, emportés par le plaisir du risque, héroïques et cons à force de vouloir ramener de l'info. Et luttant pour être aux premières loges. Un vrai reporter décrit ce qu'il voit d'abord. Et de la guerre, de la misère j'ai beaucoup vu, partagé, raconté, montré. Pour apaiser l'angoisse et affronter la peur, l'alcool a su se rendre indispensable. À l'appel, il a toujours répondu présent. Empressé, averti à force d'être sollicité, il a même fini par devancer l'appel. Beyrouth, Mogadiscio, Managua, San Salvador, Mexico, Bethléem, Belfast, Bassora, Téhéran, N'Djamena, Kigali, Goma, Peshawar... »

Je n'ai pas envie, ici à la Métairie, de dérouler mon parcours de baroudeur. Cela me paraît incongru. Comment faire humblement la part entre cette formidable chance que j'ai eue de courir le monde et les traumatismes à répétition qui l'ont accompagnée ? Traumatisme, le mot est-il trop fort ? J'ai vérifié dans *Le Petit Robert*. Traumatisme : « Ensemble des perturbations résultant d'un violent choc émotionnel » et aussi « Trauma : lésion, blessure locale produite par un agent extérieur agissant mécaniquement. Émotion violente qui modifie la personnalité d'un sujet en la sensibilisant aux émotions de même nature. »

« Bref, je fus un reporter culotté, mais réfléchi, économe des risques inutiles, trompe-la-mort par accident et pilier de bar par nécessité. Le petit remontant ouvrait donc les « hostilités » chaque soir après l'expédition du papier ou plus tard du sujet télé. Dans les bars des grands hôtels internationaux, comme dans les bouibouis incertains, l'alcool a donc continué inexorablement, pendant ces dix années de grands reportages, à s'emparer de moi. Mais s'il occupait jour après jour plus d'espace, c'est encore moi qui décidais ou non – peut-être n'était-ce qu'une impression ? – d'ouvrir les vannes pour le laisser couler dans mes humeurs.

« Mai 1981. Cela fait neuf ans que je "couvre" le festival de Cannes. Claude Perdriel, homme hors du commun, à l'éternelle jeunesse, patron attentif, a comme toujours anticipé mes besoins professionnels et commencé à me confier des responsabilités d'encadrement au *Matin*, le quotidien qui m'a procuré mes plus grandes joies de journaliste soliste. Avec Vincent Lalu – nos liens d'amitié ne feront que se renforcer jusqu'à ce jour – je conçois un supplément événementiel, *Le Matin de Cannes*, vingt-cinq pages consacrées au festival du film ; bouclage tous les soirs à minuit, avant les bars, avant les boîtes. Je travaille, je fais la fête. Je suis inconscient, bambochard, inventif, et très pro, malgré tout.

« Depuis trois mois, je suis papa d'une petite Marie. Bulle semble heureuse aussi. Une fois de plus je ne suis pas très présent ; ni aux tétées, ni pour changer les couches, ni autour du berceau. J'ai du travail ! N'y a-il pas deux femmes à la maison ? Ma femme et Carole qui a quatorze ans ; plus une nounou, parce que nous sommes une famille moderne et que, malgré tout, chacun doit continuer à s'épanouir dans son travail. Bulle fait la mise en page d'un très beau mensuel de mode, disparu, superbement maquetté, horriblement marketé, *Le Jardin des modes*. Carole fréquente le lycée Jean-Baptiste-Say et s'ouvre à la vie amoureuse, et moi je continue à courir. Lorsque Marie a fait toc toc, nous avons eu le débat du prénom. Je tenais à Maylis ; le souvenir de ma petite sœur continuait de m'obséder, et je crois bien que j'y voyais là une renaissance ; Maylis 2 devait effacer le cauchemar de Maylis 1. Elle revivrait et terrasserait enfin ce sentiment de culpabilité, dévastateur. Bulle et Carole m'ont très délicatement fait comprendre l'incongruité de mon idée. Va pour Maylis, mais en second prénom, pour honorer la mémoire ; “Oui mais... — Hervé, c'est mortifère. — Non papa, c'est morbide.” Maylis est un prénom landais, une version locale de Marie. Mes deux femmes avaient beaucoup d'amour pour moi et un joli sens du compromis. Et puis Marie c'est le plus beau des prénoms !

« Le téléphone a sonné, dans la chambre du Carlton transformée en salle de rédaction. C'est moi qui ai décroché. La voix étranglée de Bulle, un sifflet, “Marie est morte”. Josée Benaban, une amie, alors attachée de presse très réputée du cinéma, passait par là. J'étais effondré sur le bureau, le téléphone pendait, elle m'a enlacé et serré dans ses bras. « Marie est morte, Marie est morte, Marie est morte. » Vincent est accouru. Je me suis retrouvé à Paris, soutenu pour traverser le hall d'Orly par mon plus grand ami, Georges Ménager, et un de mes compagnons de reportage, Jean-Pierre Moscardo. Jean-Pierre me répétait : “Tu es un homme, ressaisis-toi.” J'ai assuré.

« Marie à peine arrivée et déjà partie en dormant. Mort subite du nourrisson, a conclu la Faculté. Inexplicable. Quelques milliers de cas en France chaque année. Bulle et moi découvrions cette expression qui couvre avec sa pèlerine tant de malheur, tant de souffrance, “maladie orpheline”. Bernard Kouchner, que j'admire, respecte et aime, s'est toujours trouvé là quand il fallait me tendre la main, m'épauler, me consoler. Il nous a prêté sa voiture, son coffre était plus grand que celui de ma Golf, il pouvait contenir le cercueil d'un nourrisson. La mairie de Paris nous a donné un passe-droit pour transporter le corps. Nous avons filé vers Langogne, la terre nourricière, Marie a rejoint Maylis. Ce n'est plus un caveau, c'est un jardin d'enfants...

« Ce deuil fut comme une piqûre de rappel, comme la vingt et unième injection du vaccin contre la rage.

Je me suis blindé encore un peu. L'alcool devenait indispensable pour attraper au passage des moments d'insouciance, de légèreté, d'allégresse. Je vivais avec lui, mais j'étais persuadé de pouvoir vivre sans. L'idée que je pouvais avoir un "problème d'alcool", euphémisme pour éviter le mot alcoolisme, ne m'effleurait pas. Plus je flippais, plus je me proclamais bon vivant, plus j'en donnais l'image et m'en donnais les moyens. Tous les alcooliques sont des êtres excessifs, jusqu'au-boutistes et perfectionnistes même dans leur autodestruction. Je donnais bien plus que le change, j'entraînais, j'animais, j'osais davantage que mes camarades : au boulot, au bar, au pieu. »

Ma vie professionnelle, je la détaille peu devant le groupe. Sans doute parce qu'elle a été une réussite ; je n'ai pas envie de raconter le parcours primé du jeune reporter devenu PDG de l'une des plus importantes agences de télévision d'Europe. Même si je le fais en toute humilité, même si je clame haut et fort qu'une bonne réputation, une belle image et une confortable fiche de paie ne protègent pas le moi profond de la dégringolade, je crains de passer pour un prétentieux. Peut-être je ne crois pas assez – pas encore – à la bienveillance de mes nouveaux amis. Ne sommes-nous pas le réceptacle des accidents de nos vies et non des records triomphants ?

« En 1983, j'étais rédacteur en chef d'Antenne 2. Pierre Lescure dirigeait alors l'information et Pierre Desgraupes la chaîne. J'ai voulu profiter des vacances des deux présentateurs attitrés des journaux de la mi-journée Daniel Bilalian et Noël Mamère pour m'essayer à un exercice qui flattait ma vanité : homme tronc face à la France. Personne n'a vraiment cherché à m'en dissuader. Je prenais un risque, celui de n'être pas bon à l'antenne, tout de suite. Je dirigeais une grosse équipe, mon autorité tenait à ma légitimité de journaliste, j'avais bousculé les habitudes guichetières de la rédaction de l'époque et je savais que beaucoup de ses membres attendaient la moindre de mes défaillances pour me dézinguer et me "bordurer". Le sport favori des journalistes d'Antenne 2 dans ces années-là était de tirer à vue dès que l'un de leurs confrères – d'autant plus s'il venait de la presse écrite – s'élevait au-dessus du nuage épais de médiocrité, d'ennui, de paresse, d'amertume qu'alimentaient certains... les moins estimables.

« Ma prestation comme présentateur du 13 heures allait leur permettre de sonner l'hallali. Je fus à chier. Malmené par un trac totalement incontrôlable, incapable de me persuader que derrière l'objectif de la caméra et son prompteur il y avait des centaines de milliers de Français qui me regardaient. Je perdais pied dès que le journal démarrait : aucun charisme, aucune crédibilité. Deux des qualités qui m'avaient imposé comme leader d'une rédaction s'évanouissaient dès que le rouge était mis. Au bout d'une semaine, j'avais compris. Jamais je ne pourrais comme mon amie Christine Ockrent regarder la France au fond des yeux ! Mais, sur les plannings, j'étais inscrit pour juillet et août. En ces années-là, on ne jetait pas de l'antenne comme aujourd'hui ; aucune maladie sérieuse ne venant à mon secours, j'ai donc assuré, grâce à l'alcool. Deux gorgées de whisky avant de descendre en studio – ça décontracte, c'est bien connu – pour trouver l'assurance d'un "madame, monsieur, bonjour" et débiter les mots que j'avais pourtant dictés quelques minutes plus tôt mais qui n'avaient plus ni magie ni intérêt.

« Après le journal, un déjeuner avec deux apéros – du pastis ou du Martini gin – pour adoucir l'amertume de l'échec quotidien, une bouteille de sancerre rouge pour booster l'euphorie naissante et un armagnac avec un canard pour finir d'installer le halo d'insouciance qui allait m'accompagner après un ravitaillement du soir jusqu'au lit. Ainsi pendant deux mois, je picolais laborieusement pour huiler mes plumes, les rendre imperméables aux regards sarcastiques, aux articles de journaux justement assassins, aux bouffées de culpabilité. Seule ma mère, aveuglée par un amour insondable, me trouvait top ; sa dévotion pour son fils à la télé l'empêchait – tant mieux pour elle – de retenir la moindre de mes phrases, et de remarquer ce qui se voyait comme un nez au milieu de l'écran : ma nullité.

« Lorsqu'en septembre j'abandonnais le poste, mais pas encore mon poste, elle ne fit pas de commentaire. Je crois qu'un éclair de lucidité et une immense bienveillance l'avaient convaincue qu'il valait mieux ne pas insister. Ce fut, de ce point de vue, un soulagement.

« À sa manière, maman m'a toujours marqué à la culotte et a, sans le vouloir, entretenu mon "culpabilisme" – mon état permanent de culpabilité. Exemple : quand je faisais du reportage de guerre, je lui passais toujours un coup de fil avant mon départ sur un conflit : "Hervé, encore ! c'est dangereux. Pense à ta famille. Ah ! c'est terrible. C'est risqué. Quand reviens-tu ?", etc. Au retour, retéléphone : "Ah ! je suis contente. Tu nous as fait faire du souci. Tu vas te calmer un peu. Tes articles étaient très bien. Ça marche bien, hein pour toi. Allez repose-toi." Dix jours plus tard, je n'ai eu aucune parution dans la presse, maman au bout du fil : “Ça ne va pas ? Tu as des problèmes ? Tu ne fais plus rien. Tu es malade ? Quand est-ce que tu repars ?” En boucle. Maman, je t’aime.

« Maman a toujours su mon goût pour l’alcool, elle n’en a jamais mesuré la gravité ni même – mais elle n’a pas été la seule, loin de là – détecté mon addiction, ma dépendance. Bref, l’épisode du journal télévisé m’a permis de prendre une demi-douzaine de kilos dans les six mois qui suivirent – l’alcool est très calorique ! –, d’entretenir pendant trois ans un ressentiment tenace contre l’institution télévisée et de vouer un intérêt amusé à cette Christine qui, trente secondes avant l’antenne, pouvait piquer une méchante colère et, dès le rouge allumé, rayonnait, souriante et convaincante, en phase avec les millions de téléspectateurs qui tous étaient persuadés qu’elle ne parlait que pour chacun d’entre eux.

« À chaque épreuve l’alcool s’incrusta un peu plus dans mon organisme, brouillant chaque jour davantage ma personnalité, comme un leure. L’aiguille de ma boussole interne s’affolait. Les bugs se multipliaient. De quarante à cinquante ans, ce furent dix années bulldozer. Je me shootais à Capa, l’agence de presse télé que je créais en 1989 avec 40 000 francs en poche et le formidable appui de Babette, et qui ne cessait de grandir, de réussir, de récolter des prix beaucoup plus fréquemment que des bénéfices, d’ailleurs. Ces années-là furent un tourbillon de créativité, d’audace, d’amitié, de passion. Je chargeais la vie sabre au clair ; je ne me rendais même plus compte des litres d’alcool absorbés, une rencontre fulgurante avec la cocaïne avait encore augmenté ma tolérance à la boisson.

J'étais envoûté par mes métiers, l'ancien, l'éternel, celui qui m'habitera jusqu'à ma dernière demeure, journaliste, les nouveaux, producteur, PDG, réalisateur, mais encore plus chef de bande. Je ne sais plus qui soutenait qui. Sur mon CV, les années quatre-vingt-dix sont de véritables pépites ; je faisais le plein de produits pour que jamais le manège ne finisse de m'enchanter. J'étais accro au boulot, aux copains qui étaient aussi mes employés ; je vivais dans un cocon tumultueux et furieux. Parti pour diriger un commando de journalistes, je finis après quelques années par me trouver au poste de pilotage d'un bâtiment plus lourd, moins manœuvrant, plus ambitieux, moins fraternel, plus stratégique, moins tactique, plus réflexif, moins intuitif, plus accommodant, moins romantique. Capa, dont l'aventure méritera en son temps d'être contée, s'est donc gentiment embourgeoisée, non pas normalisée – elle doit sa remarquable réputation à ses exigences éthiques et à ses convictions éditoriales – mais l'agence dont le credo reste le mouvement permanent a fini par s'installer dans ce PAF qui, contrairement à ce qu'évoque souvent le mot paysage, n'a rien de doux ni d'apaisé.

« Je buvais donc, et beaucoup, mais sans m'en rendre compte. Je l'affirme : c'est possible... et c'est terriblement dévastateur, car dans la tête, et dans chacun des organes de son corps, l'alcool laisse sa griffe. Comme on marque le bétail au fer rouge, je sortis de cette longue période d'agitation exaltante marqué à l'éthanol. Et si le rythme qu'imposait ma fonction, et l'enthousiasme qu'enfantait ma mission « raconter le monde, tous les mondes », avaient fini par s'atténuer, l'alcool, avec sa mémorable capacité d'adaptation, sut me rappeler qu'il pouvait, qu'il allait m'apporter ce plus qui rend la vie vivable. D'ailleurs, si je ne voulais plus de son compagnonnage, il n'hésiterait pas à prendre des mesures de rétorsion. Il le fit, sous la forme de toutes ces douleurs, ces tremblements, ces gouttes de transpiration, ces frissonnements, ces bouffées d'angoisse, ces oppressions et suffocations, qui signent l'effet de manque et ne s'atténuent qu'avec la dose, sa dose d'alcool.

« En 1998, lorsqu'un médecin finit par mettre un nom sur les comportements mystérieux et dévastateurs de notre fils : "Lucas développe un Gilles de La Tourette", je franchis de mon côté la grande étape de toutes les dépendances, celle qui conduit du ciel à l'enfer. Désormais, je ne buvais plus pour être bien, je buvais pour ne plus être mal. J'avais maintenant besoin et non pas envie d'alcool. En buvant je me donnais verre après verre à lui. Je perdais la maîtrise de ma vie. À ce moment-là je ne le savais pas encore. Il m'a fallu trois longues années de plus pour atteindre le fond et, comme nous le disons ici à la Métairie, pour en avoir marre d'en avoir marre ».

De la maladie de Lucas, je ne donnerai pas de détails à mes camarades de cure. Je l'ai décidé hier soir. Ceux qui sont curieux ou réellement intéressés pourront toujours me questionner dans le préau ou à table. Je dis l'essentiel : c'est une maladie orpheline, une maladie neurologique et psychiatrique, qui engendre des obsessions, des compulsions, des tics et quelquefois des tocs. La vie du malade est infernale ; hyperdoué, Lucas peut pourtant être désocialisé. Cette maladie s'exprime plus particulièrement dans le contexte familial et rend par conséquent le quotidien des parents et des proches très difficile. On ne sait pas guérir aujourd'hui un Gilles de La Tourette et on le soigne mal. Les rares médecins spécialistes parviennent à atténuer les durées et les crêtes de crises. Cette maladie n'est pas évolutive et le patient arrive à mieux maîtriser les effets de sa maladie avec le temps. C'est une chance. Tous les espoirs sont permis puisqu'il n'existe rien ou si peu.

Je baisse la tête. J'ai décrit l'épreuve que Lucas, Bulle et moi subissons depuis cinq années avec la même froideur qu'un constat de police. Je m'en suis presque débarrassé. Après tout, peu importe la nature de la maladie de Lucas. Je suis convaincu que même en expliquant, en détaillant, mes copains du Jura qui portent chacun des sacs bien chargés, ne pourront imaginer et se représenter ce que vivre avec La Tourette veut dire.

Qu'ils sachent que cette épreuve-là permit à mon alcoolisme de s'épanouir encore plus, de fructifier, de caracoler, de me dominer, de me tenir entre ses mains. Mon moi fracturé lui déroulait un tapis rouge sur lequel sans compassion l'alcool m'a piétiné.

Je parle depuis bientôt une heure. Je ressens une profonde lassitude et un terrible mal au cœur, je ne trouve pas d'autre mot pour qualifier mon état que *mareado* en espagnol. Cela se dit lorsque la tête tourne, le ventre râle et l'envie de gerber prend le dessus. Souvent parler libère et soulage ; ce n'est pas le cas. Le tourbillon de ma vie m'a au contraire tourneboulé. Je vais abréger mon récit. D'ailleurs que leur dire maintenant qu'ils ne connaissent parfaitement ? La chute qui mène au fond avec pour tous les mêmes symptômes : dépression, *black out*, perte de mémoire, confusion mentale, colère, impétuosité, agressivité, abandon inconscient de toute responsabilité, conduite en état d'ivresse, tentatives illusoires pour relever la tête, cures de sevrage sèches aussi efficaces qu'un cataplasme sur une jambe de bois... J'en ai fait deux, d'une semaine chacune. Juste le temps de me laisser croire qu'arrêter de boire était finalement très simple. Cinq jours sans alcool, à l'hosto, avec du Seresta, une télé, les très très proches qui passent avec des petits gâteaux et des grosses blagues, les ronronnements de l'entre-deux sommeils, la langueur ouatée d'un agenda vide, et, une semaine ou un mois après la sortie, le retour au bistro, au verre, avec un appétit immense : « Si j'ai pu m'arrêter dix ou trente jours, c'est bien que je peux contrôler quand je veux ! » Ce type de cure uniquement physiologique a été chaque fois pour moi contre-productif. Ce détournement pratique de l'objectif recherché, l'abstinence, est commun à la majorité des alcooliques. Nous utilisons la cure, comme, dans les années quatre-vingt, certaines femmes américaines recouraient menstruellement à l'avortement par aspiration – méthode de Karman – en guise de moyen contraceptif !

« Depuis 1999, mon alcoolisme n'a fait qu'empirer. Parmi tant d'autres, je vais vous raconter pour terminer une histoire qui rassemble en un condensé terrifiant – j'y ai souvent pensé et frémi en me repassant la pellicule – les dérapages graves de l'alcoolo que j'étais.

« Au mois d'août 2001, je dois participer à un débat organisé dans le cadre de l'université des médias à Hourtin en Gironde. Cette messe annuelle, qui précède une autre cérémonie, l'annonce des différentes grilles de rentrée de chacune des chaînes, se veut réflexive. Une sorte de Davos du petit écran. Chaque année je me promets d'y aller, je me dis : "Hervé, maintenant tu diriges une agence importante, une agence qui fournit des programmes à toutes les chaînes, il faut que tu y ailles. Ça te fait chier, tu n'aimes pas ce genre de manifestation. Mais non, il n'y a pas que des faiseurs. C'est ton boulot mon vieux. Je sais, tous ces gens tu peux les voir à Paris et les rencontrer sur un simple coup de fil, pour parler de problèmes concrets. C'est vrai. Mais là, c'est un monde, un milieu qui se retrouve, se reconnaît, se renifle, verrouille ses codes, en adopte de nouveaux, ranime son sentiment d'appartenance. Arrête de te mettre toujours à l'écart, de te sentir différent. Ça te fait chier, il faut que tu y ailles quand même. Et puis c'est une formidable photographie, il y a ceux qui percent, ceux qui continuent de monter, ceux qui restent au zénith, et tous les autres, ceux qui s'accrochent à bout de souffle, les placardisés, les ringardisés. Peut même y avoir des surprises. D'accord, tu es du genre à ne pas t'occuper des autres, tu n'as jamais balisé ton chemin en fonction de tes voisins ou de tes concurrents, tu n'es ni jaloux ni envieux. Arrête avec ton orgueil, que tu le veuilles ou non, tu en es, faut y aller, mon vieux."

« J'ai donc fini par m'y rendre, à l'invitation du journal *Sud-Ouest*, pour lequel j'ai beaucoup de respect tant il a constitué un terreau où ont poussé de très grands reporters et apporté une dimension nouvelle à la presse régionale. Je me suis fait un peu tirer l'oreille, mais lorsque mon ami Gérard Saint-Paul m'a fait savoir qu'il en serait, j'ai accepté. Je vivais à cette époque-là ma période la plus alcoolisée. Tout était prétexte à boire et ce voyage vers Bordeaux m'angoissait. Au réveil, avant de partir gare Montparnasse, j'ai pris deux Efexor – mon antidépresseur favori – et deux verres de chardonnay. J'ai remis ça au bar situé face au quai du TGV pour l'Aquitaine, puis je me suis installé dans la voiture-bar, au milieu du train, dès son ouverture.

« À l'arrivée, j'étais mûr. Par habitude je savais me contrôler : concentration sur mes pas pour marcher droit, échanges lapidaires avec l'hôtesse venue m'accueillir en gare Saint-Jean de Bordeaux pour ne pas bafouiller. J'étais évidemment furieux contre moi, parce que tous mes a priori négatifs sur Hourtin avaient repris le dessus et parce que, vu mon état, mon intervention dans les débats allait être au mieux catastrophique. Dans le bus qui me conduisait avec quelques autres "universitaires" à Hourtin, l'hôtesse prévenante était toute contente de m'indiquer mon nom sur la brochure de l'université et dans le *Sud-Ouest* du jour, l'annonce de ma participation au colloque.

« Je me suis rendu au rendez-vous préparatoire au débat. Gérard était assis avec quatre personnes autour d'une table. Il m'a fait un grand signe du bras, les autres m'ont salué, ils m'ont paru méfiants. J'étais déjà en pleine parano. L'un deux, l'animateur – le modérateur – m'a informé que le thème du débat avait légèrement changé. Je ne me souviens plus ni du thème ni de sa modification, mais j'ai sauté sur cet impromptu comme sur une bouée de sauvetage. "Ah non ! ça change tout ! Je n'ai pas été avisé. Je n'ai rien à dire là-dessus. Je vous trouve très incorrects." Je me suis levé, leur ai tourné le dos après une "révérence" énergique, grotesque et, je suppose, pitoyable.

« J'ai déserté, j'ai pris la fuite. J'ai couru vers un téléphone commander un taxi. Il m'a conduit dans un hôtel de la banlieue de Bordeaux réputé pour sa cave. Je me suis fini au château clarck. Je n'étais plus conscient. J'ai agrippé mon lit, dormi pendant douze heures. Au réveil, j'ai bu à nouveau pour retrouver mes pompes, le minibar avait manifestement déjà morflé, j'ai repris un taxi pour la gare ; je fonctionnais comme un automate dont on remonte le mécanisme à coups de petit blanc.

« J'ai perdu la mémoire. Je me suis retrouvé à Paris, dans ma voiture ; je me revois entrer dans un de ces cafés-pubs-boudoirs-terrasses, installé dans une ancienne gare, celle de la Muette, où s'arrêtait autrefois le petit train qui entourait Paris. J'habite à deux pas. Je ne veux pas rentrer chez moi. J'ai peur, peur de moi, des regards plus inquiets que réprobateurs lorsque la porte de mon appartement s'ouvrira, peur d'entendre Lucas crier. Je suis pétri de honte, de culpabilité. Je suis perdu, désespéré. Je commande un puis un deuxième puis un troisième double pastis, six Ricard sinon rien. Il est 21 h 30 : le soleil se couche à peine. Je paie avec une carte de crédit. Je n'ai plus un centime sur moi. Où sont passés les quelques billets qui étaient dans ma poche ? Je sors précédé et suivi par un halo jaune, je flotte jusqu'au volant. Je démarre. Je prends le portable, compose un numéro, je colle le téléphone à mon oreille, je suis déjà rue de Passy ; un policier m'ordonne de stopper. Merde, le téléphone ! Il me fait signe d'ouvrir la fenêtre. Il prend de plein fouet une bourrasque d'anis. Il appelle trois collègues, me demande de sortir, me passe les menottes.

« Des piétons s'arrêtent. Un agent me prend le bras, me fait monter dans le fourgon. Mes neurones – quel instinct de survie ils ont ! – se réactivent. Je ne crains pas d'être reconnu par un badaud. Depuis des années je me demande quel effet ça fait d'être menotté. Pas grand-chose. Je réfléchis, j'accumule de l'énergie, je lutte pour dessaouler. Il y a urgence. Les flics m'ignorent. Mon dernier panier à salade, c'était en 68 le 3 mai, trajet Sorbonne-commissariat de l'Opéra. Rue de la Faisanderie, un OPJ (officier de police judiciaire) me fait souffler dans le ballon : 1,8 gramme. "C'est beaucoup." Direction la cellule de dégrisement. Il y a deux gamins sur les bancs en ciment. Je comprends qu'ils ont un problème de pistolet à grenaille. Mon cerveau fonctionne à toute vitesse. Je somnole, assis, la tête contre les genoux. À 5 heures du matin, audition à l'étage du dessus. Je suis presque clair. Le lieutenant, cool. Il me dit que mon épouse a été prévenue "avec précaution" Il m'offre un café ; on parle de mon métier. "Je produis *Police District.* — C'est formidable, la meilleure série policière." Il connaît de réputation Hugues Pagan et Olivier Marchal. Il trouve Frane – Lydia Andréï – très bandante. Un de ses collègues prend son service, il n'a pas encore repassé ses rides de la nuit. "Il fait *Police District.* – Vous voulez une bière, il y en a plein le frigo ?" À 9 heures du matin, je sors, sans permis, sans menottes, sans voiture, mais avec une terrible envie de picoler. Avenue Victor-Hugo, c'est fait. Je téléphone chez moi. Ma vie de merde est repartie.

« Boulot, bistro, dodo, plutôt bistro, boulot, bistro, dodo. Il me faudra encore une année, douze mois, sur mon chemin de boire, ballotté de verre en verre, comme la boule d'un flipper. Les coups et les à-coups je les sentais à peine tant j'étais groggy. Seule la mort de mon père, en juin, me ramènera un moment à la surface. Je n'ai pas pleuré, je ne sais plus pleurer. Mon réservoir lacrymal est depuis longtemps hors d'usage ; trop pompé, trop sollicité. Régime sec pour la tristesse. Jamais mon père ne m'a directement reproché de boire, trop. Sur ses dernières années, Albert n'attendait de la vie que des plaisirs éphémères : accueillir, recevoir des copains et trinquer. Je l'accompagnais volontiers. Je le précédais même, lors de mes passages à Langogne à l'heure des apéros : 11 heures et 18 heures. Ma mère nous apostrophait d'un "arrêtez de boire, ça vous fait du mal" plus affectueux que sévère. Le père et le fils, enfin rassemblés ! autour du pastis, d'un rouge improbable, ou d'un ti punch – grande spécialité paternelle depuis son retour des Antilles. De cette nouvelle et étrange complicité forgée par la bibine et dictée bien davantage par la soif, le besoin égoïste d'alcool que par une soudaine envie de communiquer, il resta – par quel miracle ? – le jour du décès de mon père, un écho assourdissant à mes litanies crépusculaires : "Cette fois, tu dois arrêter de boire." Au final, le départ définitif de mon père, plus l'accentuation du délabrement, plus le soutien précieux de mon amie Nathalie, plus les voies magiques d'Internet m'ont conduit jusqu'à la Métairie, jusqu'à vous chers camarades et je me trouve très bien ici. »

Le groupe applaudit. C'est la règle. Une manière de saluer l'effort que demande ce déballage public.

À l'heure du préau et de la pause clope, Pierre, malicieux, estimera ne pas avoir eu assez de « pertes de maîtrise », il eût aimé que je me vautre davantage. Une manière sans doute de se rassurer lui-même. Jean-Marie, tendre et amical, me donnera une tape sur l'épaule. Comme je le prévoyais, deux ou trois autres compagnons ont réclamé des explications sur le syndrome de Gilles de La Tourette.

Le mérite du récit de vie est qu'il finit de vous mettre à nu ; la poursuite de la cure prend de ce fait même une intensité encore accrue.

31 octobre

Ce matin, je reçois une lettre d'un vieux copain, Alain Sotto. Je le connais depuis trente-deux ans. Il travaillait alors au service de la recherche de l'ORTF. Nous avons, dans notre délire post-soixant-huitard de l'époque, produit une paire de 45 tours avec Mario d'Alba, Lilou, Paul Lumbroso, un opticien généreux, son frère Marc et Raymond Jeannot : *Autoroute A6, c'est l'autoroute qui mène à Nice* ct *Le Pâtre des montagnes* (« Mais un berger qui sait swinguer ») furent notre formidable apport musical aux années yéyé finissantes. Alain est sociologue, neuro-pédagogue. À Grignan, au pied du château de Mme de Sévigné, il reçoit des enfants en difficulté scolaire et les aide à se reconstruire. Avec succès. Joint à son petit mot, un extrait de l'abécédaire de Gilles Deleuze. A comme Alcool. Extraits : « Ah oui j'ai beaucoup bu... J'ai arrêté donc, mais j'ai beaucoup bu quand même (...). Un alcoolique, c'est quelqu'un qui ne cesse pas d'arrêter de boire. Je veux dire qu'il ne cesse pas d'en être au dernier verre (...). » La formule de Péguy est tellement belle : « Ce n'est pas le dernier nymphéa qui répète le premier, c'est le premier nymphéa qui répète le dernier. » Eh bien le premier verre, il répète le dernier, c'est le dernier qui compte. Alors qu'est-ce que cela veut dire le dernier verre pour un alcoolique ? Bon, il se lève le matin, mettons si c'est un alcoolique du matin, y a tous les gens qu'on veut, donc si c'est un alcoolique du matin, ben il est tout entier tendu vers le moment où il arrivera au dernier verre. Ce n'est pas le premier, le deuxième, le troisième qui l'intéressent, c'est bien plus, c'est malin, c'est rusé, un alcoolique. Le dernier verre, ça veut dire ceci : il évalue, il y a une évaluation. Il évalue ce qu'il peut tenir sans s'écrouler. Il évalue... C'est très variable d'après chaque personne. Il évalue donc le dernier verre. Et puis tous les autres, ça va être sa manière de passer le temps et d'atteindre ce dernier. Et le dernier, ça veut dire quoi, ça veut dire : il ne peut pas supporter d'en boire plus ce jour-là. C'est le dernier qui lui permettra de recommencer le lendemain. S'il dépasse le dernier dans son pouvoir pour arriver au dernier qui excède son pouvoir, il s'écroule. À ce moment, il est foutu. Bon, il va à l'hôpital, ou bien il faut qu'il change d'attitude, il faut qu'il change d'arrangement. Si bien que, quand il dit « le dernier verre », c'est pas le dernier, c'est l'avant-dernier. Il est à la recherche de l'avant-dernier. En d'autres termes, il y a un mot merveilleux pour dire l'avant-dernier, je crois, c'est pénultième. Il ne cherche pas le dernier verre, il cherche le verre pénultième. Pas l'ultime, parce que l'ultime le mettrait hors de son arrangement. Et le pénultième c'est le dernier avant le recommencement, le lendemain. Donc je vais dire d'un alcoolique que c'est celui qui dit et qui ne cesse de dire : « Allez. » C'est ce qu'on entend dans les cafés, c'est tellement joyeux les compagnies d'alcooliques dans les cafés. On ne se lasse pas de les écouter. C'est celui qui dit toujours « Allez, c'est le dernier. » Et le dernier, ça varie d'après chacun. Et le dernier c'est l'avant-dernier.

Et c'est celui qui dit aussi : « J'arrête demain. » Alors ?

« J'arrête demain. » Non il ne dit pas : « J'arrête demain. » Il dit : « J'arrête aujourd'hui pour pouvoir recommencer demain. »

Merci Alain, merci Deleuze.

J'ai rendez-vous avec la doctoresse. Elle doit me donner les résultats de mes dernières analyses sanguines. L'exposé de Barnasconi sur les conséquences de l'alcoolisme me tarabuste. Ai-je ou non atteint physiologiquement le point de non-retour ? Je flippe. Son regard doux et sensuel me réchauffe, ses premiers mots me glacent : « Pas fameux. Les gamma GT ont explosé. Les indicateurs sur les dégâts hépatiques, pas terribles non plus. Vous avez déjà sûrement des petits trous dans le foie. Hervé, si vous arrêtez de boire, ces trous disparaîtront. Si vous êtes abstinent, votre situation est réversible. » Je l'aurais embrassée. Ma tête va mieux et mon corps peut s'en sortir !

Avant le déjeuner, dans la cour humide et froide, mes camarades indiens du Léman enveloppés de couvertures drapées en ponchos me récupèrent par un « alors ? » qui en dit long sur la motivation du collectif – pour parler sportif. « Pas terrible 190. » 190 c'est le taux de gamma GT. J'ai dit 190 comme j'aurais annoncé 39 de fièvre. L'évolution des gamma GT, c'est la courbe de température des alcoolos. Ils lâchent un « bof » presque vexant. Dans la course au pire, je ne suis pas dans le peloton de tête. Petra, une quadra avec qui j'ai peu parlé avant qu'elle nous quitte en pleine forme voici deux semaines, affichait 1 000 gamma à son entrée à la Métairie. « Tu vois, il y a de la marge. — Eh oui ! on est toujours le pauvre de quelqu'un. »

Kris distribue un petit texte laissé à l'intention du groupe par Daniella. Le titre : « La tendresse à l'égard de soi-même. » Quatre paragraphes : « Nous attendons tous d'être aimés, oubliant trop souvent d'aimer cette part de nous-même qui réclame le plus attention, acceptation et reconnaissance. En acceptant d'être un meilleur compagnon pour moi-même, je ne peux craindre la solitude... car alors je ne m'ennuie pas en ma propre compagnie.

« Accepter de s'aimer est différent de n'aimer que soi. Mais oser s'aimer paraît encore très difficile et parfois malsain. Tout se passe comme si notre propre personne n'était pas digne d'intérêt, d'attention et d'amour... pour nous-mêmes.

« Si je me méprise, si je me déteste, si je me dévalorise c'est bien tout cela que j'offre à l'autre dans la relation.

« La difficulté à s'aimer est liée à celle de recevoir, à entrer dans l'abandon, c'est-à-dire dans le oui. ». Jacques Salomé a signé cet écrit, ce livret de vie, cette formule de savoir-vivre. J'ai souvent entendu : « Je ne me supporte pas. » Un état d'exaspération si commun qu'il en est devenu une expression familière. Je redoute la solitude. Je m'ennuie avec moi. Je ne veux pas affronter mes tourments et mes tempêtes intérieurs, je ne sais pas les apaiser. Il me faut de la compagnie. Combien de rencontres médiocres, de galipettes vaines, de conversations étirées, d'intérêts feints, d'interrogations forcées, combien de derniers verres enfin, lorsque l'alcool a fini par s'imposer comme le plus séduisant de mes entourages ? Il me faudra l'attaquer et emprunter ce chemin troué d'ornières, bombardé, qui doit me mener à plus de tranquillité, de sérénité. Je vais comprendre à la Métairie que l'abstinence pourra me servir de vade-mecum, qu'elle me façonnera ; elle sera ma chirurgie du dedans, et si je manie avec habileté le bistouri peut-être finirais-je par regarder mon cœur et ma conscience débarrassés de leurs excroissances corrosives.

J'y crois. D'ailleurs je n'ai plus le choix, la relecture de l'exercice « perte de maîtrise » que je dois rendre à Janet me rappelle opportunément l'étendue des dégâts. Le voici brut de décoffrage.

Répercussion de la progression de la maladie sur ta mémoire et ta capacité de jugement :

Ma mémoire est de plus en plus défaillante. Chaque jour. Je redemande souvent à mes collaborateurs des informations qu'ils m'ont déjà données. Je perds fréquemment mes notes. J'en viens à ne plus sélectionner que les rendez-vous les plus importants pour leur réserver mes capacités de concentration.

Faire la liste des comportements traduisant ton souci constant et obsessionnel d'assurer ta consommation. Cachettes, tricheries, manipulations, prétextes, réserves, etc. Écris quelques exemples concrets :

J'ai toujours bu plutôt ouvertement. Au début, si le bar de la maison était vide, j'allais au bistro. Maintenant je veille à ne jamais manquer de vin chez moi et je vais plusieurs fois par jour dans les troquets. J'ai des bouteilles de blanc et de rosé dans le minibar de mon bureau. Je triche peu sur la réalité de ma consommation mais je l'organise – nuance – pour ne jamais avoir l'air pressé d'aller boire. Deux ou trois fois, après des soirées très arrosées à mon domicile, mon épouse s'est énervée : « Maintenant, ça suffit, va te coucher. Tu as bien assez bu. » Dans la nuit, je me suis relevé, j'ai vidé aux trois quarts la bouteille de condrieu (excellent côtes-du-rhône) qui restait au frigo. Pour ne pas avoir à me justifier le lendemain, j'ai rempli la partie vidée avec de l'eau.

Donne des exemples montrant comment la progression de ta maladie a altéré le fonctionnement de ton corps :

Depuis plus de deux ans, j'ai un sommeil séquencé. L'Alcool me permet de m'endormir vite et tôt. Une façon de m'extraire de ce qui se passe « en bas ». J'habite un duplex, ma chambre est en haut, celle de Lucas en dessous. Quand il crie très fort, je l'entends. Sommeil, prends-moi. Je ne peux rien. Je n'y peux rien. Lorsque j'essaie de lui parler, il me mitraille : « Dégage pédé, connard, gros lard. » Il n'y peut rien, lui non plus. Je me réveille souvent vert 1 heure, puis 3 heures, et encore 5 heures du matin. Si l'Alcool ne suffit pas à soulager angoisses et anxiétés avant de m'assoupir, j'avale du Tranxène ou du Lexomil.

Mes troubles digestifs ne cessent de s'aggraver. Mon œsophage fait la gueule à mon estomac. Le clapet qui les sépare bat comme une porte folle. Je ne parviens pas à déglutir normalement. Lorsque ça coince trop longtemps, je me fais vomir. Je ne panique plus lorsque ça ne passe pas. Depuis cinq ans, j'ai l'habitude ! Le vin irrigue tout le système et l'irrite douloureusement. Une semaine après mon arrivée à la Métairie, j'ai commencé à avaler sans problème. Quel pied ! Je continue à prendre du Lanzor.

J'ai fait quelques chutes en descendant les escaliers de mon duplex. Sans dommages et sans mémoire. Seuls des bleus découverts le lendemain sur mes bras ou mes jambes m'ont permis d'imaginer les chocs. Cela n'est arrivé que très rarement. En général, je trouve la clef de la porte de mon appartement, et je vise plutôt correctement pour l'introduire dans la serrure. Une nuit je me suis réveillé, étalé sur le palier. J'ai dû m'affaler en douceur, personne n'a pointé son nez.

En 2000, véritable black out. En partant pour l'agence, je ne trouve pas ma voiture devant l'immeuble. Je fais le tour du quartier, après tout je l'ai peut-être garée plus loin. Rien. Je téléphone à la fourrière : pas d'enlèvement signalé dans le secteur. Je fais donc une déclaration de vol au commissariat de mon quartier. Dans l'après-midi, un copain – qui me connaît bien – à qui je raconte l'histoire me demande où j'ai passé la nuit. Au Baron (une boîte à putes). Vérifions, au cas où ! La berline bleu marine trônait devant le porche du night-club. J'ai pris peur. Aucun souvenir, perte de mémoire absolue. Dès le soir même, j'ai voulu comprendre. Derrière le zinc en faux acajou, la patronne sourit : « Nous avons préféré te mettre dans un taxi, et tu as donné ton adresse. — Rien de plus ? — Non. » Cuite présentable. « Tu bois quoi ? — Une vodka tonic, je refais les niveaux. »

Sur une feuille libre, j'ai ajouté un petit commentaire à l'intention de Janet : « Plutôt malin de faire marquer sur le papier les aventures, incidents, accidents, liés à l'alcoolisme. Merci pour le coup de massue. Les écrits restent. J'espère et j'ajoute un PS : Je viens de me rendre compte en me relisant que j'utilise le A majuscule lorsque j'écris Alcool. Un signe de déférence. On ne se refait pas ! Amitiés. Bonne lecture. »

La nouvelle vient de tomber. Depuis trois semaines, nous vivons au rythme des tressaillements de son ventre et de ses humeurs à la fois volatiles et plombantes causées par son syndrome prémenstruel, détaillé à l'envi. Kris a eu ses règles cette nuit. Les « anglais » ont débarqué à 2 h 12 du matin. Dès l'annonce faite à quelques privilégiés du groupe, Jean-Marie court, le garnement, vers la salle de réunion. Sous la pensée du jour : « Dans la vie spirituelle, il y a un principe voulant que tout malaise, quelle qu'en soit la cause, soit l'indice qu'en nous-même quelque chose ne va pas. » Il écrit : « Kris a eu ses règles. Félicitations. » Dès l'ouverture de la séance de 9 heures, Éric le thérapeute qualifie l'information de « triviale » et l'initiative de « déplacée ». On se fait taper sur les doigts. Le manque d'élégance – réel au fond – lui paraît d'autant plus indélicat qu'il ne connaît rien des relations qui s'établissent hors thérapie entre les pensionnaires. En nous livrant chaque matin son bulletin ovarien, Kris méritait bien que l'on salue par un flash de l'agence Métairie l'arrivée de ses règles.

Une jeunette qui frise la trentaine et nous a rejoints depuis quarante-huit heures s'insurge : « C'est dégueulasse, c'est privé, ça vous fait marrer. Moi qui ne vous connais pas, je trouve ça indécent. » Régine ne soigne pas sa popularité. Menue, le regard triste, le ventre flanqué d'une bouillotte que ses deux mains appliquent sur un pull en laine torsadé, elle s'apitoie sans cesse. Elle n'a pas la chance de cacher sa souffrance sous une bonne couche d'humour, comme nous le faisons, nous les plus vieux. Elle se lamente, on se booste à coups de blagues de potache. Du style : « C'est Gainsbourg qui rentre chez lui avec un pneu dans chaque main. Birkin : — Qu'est-ce que tu fais avec ça ? Tu ne sais même pas conduire. Serge : — Tu achètes bien des soutiens-gorge, toi. » Régine a décidé qu'elle ne s'en sortirait pas, nous militons pour le contraire. Elle se bat sur deux fronts, l'un conjoncturel mais tenace : constipation aiguë, depuis cinq jours. Crainte d'une occlusion intestinale. L'autre, structurel, beaucoup plus dramatique : dépendance sévère aux benzos. Elle souffre de la même maladie que la plupart d'entre nous, mais elle consomme un autre poison. Elle accuse la Métairie de sa toxicomanie. Voilà une douzaine d'années, Régine, frêle adolescente, déjà très affectée par des problèmes d'humeur, malade anorexique, y fit un premier séjour, mais dans un autre pavillon que le nôtre et qui se trouve à une encablure du Jura.

À l'époque, elle fut soignée de son déséquilibre, de ses crises boulimiques, de ses vomissements provoqués et recherchés, de son mal-être, de ses pulsions suicidaires, grâce aux... benzodiazépines ! Les régulateurs chimiques prirent possession d'elle. Elle devint accro aux médocs. Douze ans plus tard, totalement guérie de son anorexie, mais désormais esclave maltraitée par les pilules découvertes dans notre bonne clinique, elle y revient pour s'en débarrasser. Régine réclame réparation. Mais elle geint plus qu'elle ne menace. Ses jérémiades nous énervent et nous renvoient à nos insuffisances, à notre flagrante absence de compassion. Je pensais avoir progressé. Mon attitude face à la « petite maigrichonne plaintive » m'indique clairement qu'il reste du chemin !

À 14 heures, égal à lui-même, formidable donc, le Dr Barnasconi se présente pour ceux qui ne le connaissent pas. « Je suis le Dr Barnasconi, alcoolique et toxicodépendant, psychiatre à Versoix et intervenant à la

Métairie. Aujourd'hui je veux vous parler des symptômes de la maladie de l'alcoolisme. » Janet, Daniella, Michel, Éric s'y sont déjà collés, chacun à sa manière. Comment va s'en sortir Barnasconi ? Que nous réserve-t-il ? Un long télégramme !

À lire avec modération :

Phase de début :

1. Perte de mémoire. 2. Boire en cachette (honte). 3. Penser à l'alcool (faire des courses, etc.) 4. Boire vite le premier verre. 5. Ressentir de la culpabilité. 6. Déni (je peux arrêter quand je veux), phrase critique. 7. Perte de contrôle. 8. Alibi pour boire. 9. Comportement agressif (changement de la personnalité). 10. Dépression (l'alcool rend dépressif). 11. Tentative d'abstinence. 12. Changer le système de boire (pas avant 18 heures, du vin plutôt que du whisky, etc. 13. Style de vie en fonction de la prise d'alcool. 14. Perte d'intérêt. 15. Problèmes dans la famille. 16. Problèmes dans le travail. 17. Apitoiement sur soi. 18. Négligence de la nourriture. 19. Problèmes de réserve d'alcool. 20. Boire régulièrement dès le matin.

Phase avancée :

21. Ivresse prolongée. 22. Absorption d'alcool industriel (alcool à brûler, eau de Cologne, etc.) – Il nous regarde, le marqueur en l'air et dit : « Je l'ai fait », avant de poursuivre son inventaire d'une voie monocorde. – 23. Perte de valeur (vêtements négligés, mensonges, vols, délinquance...). 24. Déchéance sociale (aller avec des personnes tombées plus bas que moi). 25. Tolérance à l'alcool qui baisse. 26. Tremblements constants (signe de polynévrite). 27. Troubles de la

pensée. 28. Delirium tremens (hallucinations). « Pas de questions ?... À la semaine prochaine. »

Ainsi s'en repart de son pas nonchalant le Dr Barnasconi, tournant le dos à la salle qui pouffe jaune. En vingt-huit points dont chacun provoque une foison d'images, le psychiatre de Versoix déclenche un flip collectif, a posteriori. Son inventaire sans fard – Barnasconi ne connaît pas les gants – nous a glacés. De cette douche gelée, chacun sort à sa manière. Je lance benoîtement à la cantonade : « Je n'ai jamais pris d'alcool industriel, je n'ai pas volé, je n'ai jamais eu de crise de delirium tremens. » Ah mais ! Cet inventaire permanent auquel le programme me (nous) soumet devrait me désespérer. Fautes, erreurs, dysfonctionnements, ressentiments... Tableau exécrable, bilan dévastateur. Comment survivre à ce champ de bataille, labouré de mines explosées, de cratères d'obus, de tranchées éventrées, que fut ma vie ces toutes dernières années ? J'en souligne la gravité à l'envi, j'honore mon alcoolisme en restant excessif jusque dans ma contrition !

La Métairie m'apporte une réponse, *la* réponse. Immense trouvaille, affirmation salvatrice que je ne peux ni surtout ne veux contester : je suis malade, mon alcoolisme s'est développé sur un terrain favorable, préétabli, où interviennent des facteurs neurochimiques et un héritage génétique, subi donc ! Si je comprends bien – et d'ailleurs même si je ne pige pas tout, je l'admets, oh ! oui, je l'admets – ; mon goût immodéré, ma consommation ingérable de l'alcool, ne s'expliquent pas par une volonté maléfique insufflée par un cerveau pervers, mais par une activation dès mes premiers contacts avec la bibine d'un système compliqué qui affecte des neurotransmetteurs, des neurorécepteurs GABAA, des cellules nerveuses, et créé selon les cas une dépendance plus ou moins rapide. Autrement dit : comme la Belle au bois dormant, la partie alcoolophile de mon système nerveux s'est réveillée sous l'effet du baiser, lors de mes premières prises d'éthanol. Mes petites cellules n'attendaient que lui. Ce fut un putain de coup de foudre. Longtemps, elles se sont satisfaites de rencontres espacées, et tout doucement, progressivement, elles – les cellules qui remplissent ma tête, mon corps, mon moi – ont réclamé des rendez-vous plus fréquents. On s'aimait tant que l'on a fini par ne plus se séparer, du lever au coucher. Histoire d'amour exclusive, exigeante, démesurée, programmée pour finir dans le drame, le déchirement des entrailles ou l'enfermement. Soumis, je devais être aux ordres à la première injonction. Deux fois j'ai essayé de ruer dans les brancards, de dire stop. En vain, il fut le plus fort... jusqu'à ce fameux jour, inexplicable, magique, où, de la Lozère, je décidais la séparation, un divorce sec et sans conciliation, direction la Métairie.

Pour l'instant, je tiens bon. Je m'interdis de penser à ses drames, à ses caresses apaisantes, à son parfum envoûtant – enivrant –, à ses éclats de rire. Je ne regarde que l'autre côté de la montagne, l'autre versant, celui où le soleil trompeur a disparu pour ne laisser que l'ombre persistante. Je veux ignorer l'ubac du mont alcool, je ne veux voir que l'adret.

Mais enfin ! Ici à raviver mes souvenirs, les étapes noires de ma descente, je ne me trouve plus monstrueux. Je suis malade. Dit-on d'un cancéreux qu'il est un monstre ? Comme le tuberculeux, je suis malade. Dit-on d'un phtisique qu'il est un scélérat ? Je suis malade alcoolique. Je ne mérite pas cette connotation infamante que provoque d'ordinaire l'identification de mon mal : alcoolique. Je subis comme un malade cardiaque, un malade mental, un malade asthmatique, un malade épileptique. Je subis, mais je me soigne. Moi aussi. Mon grand nettoyage d'automne sur les rives du lac Léman, le lavage de cerveau consenti, réclamé même, doit m'aider à devenir abstinent. Je le sais, Eva Sékera avec ses mots d'acier soufflés par ses lèvres de velours ne me laisse aucun espoir. Je pourrai arrêter de boire, mais jamais je ne guérirai, jamais ne s'effacera au plus profond de mon cerveau la mémoire de la dépendance de ma personnalité à l'alcool. « Un verre c'est trop, vingt c'est trop peu », affirme la brochure *Vivre sobre* publiée par les Alcooliques anonymes.

Ce vendredi soir sous ma couette, je chasse difficilement une évidence accablante : Lucas et moi souffrons de maladies qu'à ce jour aucune connaissance médicale ne sait guérir. Le grand ordonnateur, s'il existe, a drôlement battu les cartes. Dans la famille Chabalier, je demande... Pierre vient opportunément de rentrer dans la chambre, il s'esclaffe : « J'ai une grande nouvelle : Régine a fait caca ! » Je tire la chasse et je m'endors.

2 novembre

Le week-end est là. Pour plusieurs de mes camarades, il sonne l'épreuve « du dehors ». Insensiblement le groupe se resserre, pour mieux protéger chacun de ses membres. Franchir les grilles de la Métairie pour ces vingt-quatre heures où les sortants, après trois ou quatre semaines de cure, doivent mettre à l'épreuve leur abstinence, résister aux appels des cafés, aux clins d'œil des bouteilles, à l'alcool qui – on le redoute – minaudera, racolera, se parera de rouge à lèvres, de faux cils et de bas résille... oui, sortir de la Métairie c'est plonger en enfer, passer les rives du Styx, affronter l'autre monde, celui de toutes les tentations. *Vade retro vinum*, pour conjurer le mauvais sort nous disposons bien rangés, dans la tête, les outils que petit à petit, de séances en exercices, les thérapeutes nous ont suggérés et proposés. Jean-Marie ira chez sa sœur qui tient une pâtisserie à Genève, il s'installera dans un fauteuil, les pieds sur une petite table d'acajou et regardera la télé. Jean-Marie n'a plus de logement. Il aime plus ou moins cette sœur qui l'assiste et l'entretient, mais il sait déjà que cela aura un prix, un jour. Tant qu'il n'aura pas remboursé sa dette, elle dictera sa manière, ses certitudes, ses codes et ses convenances.

Grâce à elle Jean-Marie vit, mais il étouffe. Vite il doit se reconstruire : un boulot, un studio. Indépendance égale liberté. Autonomie égale responsabilité. Jean-Marie sait tout cela. Y parviendra-t-il ? Ce vieux jeune homme m'émeut.

Notre groupe qui affronte des difficultés communes fait front, mais des affinités apparaissent, des liens privilégiés se tissent, me touchent et m'intéressent. Gunther m'intrigue. Il appartient à cette catégorie de gens dont on ne parvient pas, malgré une attention appliquée, à comprendre le fonctionnement. Gunther a décidé de passer ses vingt-quatre heures à vérifier les comptes domestiques. Son métier n'explique pas complètement ses réflexes d'Harpagon. Il ne fait confiance à personne et surtout pas à son épouse ! Entré précipitamment à la Métairie, Gunther a dû laisser à sa belle sa carte de crédit. Il craint le pire. Madame n'en est pas à son premier coup. Elle apprécie particulièrement les belles voitures. En d'autres temps, elle a su lui soutirer en douce de quoi acheter une Rover, puis une BMW. Gunther : « Elle me dépouille. » Le chœur des curistes : « Quitte-la, Gunther ! — Je reste pour mon fils qui a quinze ans. Si elle me fait chier, j'abrège mes vingt-quatre heures et je reviens. » Gunther éclate d'un rire métallique, fermé. Que cache-t-il ? Il partage, malgré tout son mystère, la même peur que les autres qui partent faire leurs vingt-quatre heures. Et nous, nous avons peur aussi. Eux c'est nous, dehors.

Quel week-end ! Je n'ai pas eu le temps de faire mes exercices, ni le loisir de prendre quelques notes. Un vent de folie semble s'être abattu sur la Métairie. Comme prévu, mes amis Mikel et Nathalie m'ont rendu visite samedi après-midi. L'automne les a fêtés avec un beau soleil, quoique frisquet. Je les ai accueillis avec toute la joie que procure une rencontre avec les hommes et les femmes que l'on aime vraiment. Ils ont fait le voyage ensemble depuis Paris. Ils se connaissent peu, mais savent les liens solides et fraternels qui m'unissent à chacun d'eux. Ils partagent, je le crois, et chacun à sa manière, une profonde affection. L'amour, l'amitié dont ils m'honorent me rassurent, me donnent confiance, leur tolérance, cette manière qu'ils ont l'un et l'autre de ne jamais juger et de toujours me soutenir m'a souvent aidé à reprendre pied. Nathalie s'est relookée, bottes pointues, jean moulant. Bel effort, elle qui refuse de dévoiler son corps épanoui. Mikel m'a apporté, de la part de sa Nathalie, son épouse, le dernier bouquin de Christine Angot *Pourquoi le Brésil ?* ; j'ai lu une critique, plutôt bonne. Il paraît que cette romancière très tendance est tourneboulée par le Tout-Paris et les charges liées à sa notoriété naissante.

Visite du Jura, comme pour Bulle, mais avec un peu moins de naïveté – bientôt quatre semaines de cure. Je déroule mon emploi du temps, décris mes activités, affirme mes espérances, partage mes découvertes, aligne mes interrogations et argumente enfin lorsque Mikel, sans l'exprimer, me fait comprendre qu'il ne croit guère à la maladie alcoolique. « Tu as poussé le bouchon un peu trop loin, tu te refais une santé, mais après tu pourras boire avec modération. » Je lui explique le terrain favorable, les facteurs génétiques, la dépendance, Mikel écoute avec dans le bleu profond de ses yeux cet avertissement muet : « Cause toujours mon coco. L'essentiel c'est que tu y crois toi. » Je ne le convaincrai pas. Je perçois un avant-goût de la méconnaissance généralisée qui entoure l'alcoolisme, pourtant si répandu. La semaine dernière j'ai entendu, à la séance hebdomadaire du groupe AA de la ferme, – je m'y sens toujours aussi mal – un « ami » – terme uniforme – avouer qu'il avait rejoint la fraternité AA en pensant que ces réunions rassemblaient des gens qui voulaient apprendre à consommer modérément. Si le « qui a bu boira » ne s'applique pas – et tant mieux pour eux – à tous les gros buveurs, il concerne les malades alcooliques. Autre version : « Alcoolique un jour, alcoolique toujours ! » Les AA fonctionnent aussi à coups de slogans. Simples mais efficaces. Nathalie se réjouit de mon rétablissement : « Ce n'est que le début. — Tu verras, ça marchera. » Et le voile triste, fulgurant, éphémère qui traverse son regard : « Je n'ai pas pu sauver mon père, je suis heureuse de t'aider, toi. »

Mikel et Nathalie sont repartis à l'heure du dîner. Eux rejoignent un restau de Nyon, moi la cantine de la Métairie. Le groupe, raccourci – comme on dit d'une touche au rugby –, se retrouve autour de Radio Nostalgie. Les plus jeunes, qui lèvent les yeux au ciel lorsqu'on allume le poste minable du salon sur cette station, sont encore dans leur chambre. Aznavour, Joe Dassin, Richard Anthony... Régine déboule, furieuse. Elle fulmine et pour une fois nous partageons sa frénésie : « Magali a fumé du hasch dans le parc. C'est son con de mec qui le lui a filé cet après-midi. Magali est totalement barrée. Elle est allongée dans sa chambre. Il ne faut pas qu'elle sorte. Elle va se faire piquer. Ce type, c'est un salaud. Un vieux dégueulasse (il a au moins trente ans), il se fout d'elle ; il aime la chair fraîche, c'est tout. » Que faire ? Rien. Magali profite de sa défonce. Je n'ai plus rien à découvrir depuis longtemps de la perversité des dealers. Il est urgent d'attendre le lendemain.

Et qu'a fait Magali à son réveil ? Elle a refumé un joint, bien gros, exprès. Ça pue dans sa piaule, elle trouve un prétexte pour aller à l'infirmerie. Magali voulait se faire virer. C'est réussi. Ses parents avertis ne veulent plus rien savoir, silence radio. Son mec, le « vieux » de trente ans, l'a enlevée, avec autant d'égards qu'une poubelle. Régine me souffle à l'oreille : « Elle finira sur le trottoir. » L'incident nous perturbe. Autant que ce nouvel échec, la manière choisie par Magali pour détaler nous angoisse. Tristesse, impuissance, peur encore.

L'un de nous a fini par lâcher – qui ? je ne m'en souviens plus, peu importe nous le pensions tous : « Je compatis, mais je suis ici pour moi, pour me sortir de la merde, le reste, je n'y peux rien. Le départ de Magali m'empoisonne, me pénalise. »

À 10 heures, avant la séance télé qui, chaque dimanche, nous offre une fiction ou un doc autour de l'alcool et de ses conséquences, Céline, la jeune infirmière chef, prend un air solennel : « Magali vient d'être exclue. Mais nous savons que des médicaments circulent dans le groupe, chez les alcoolos et chez les benzos. Dites qui ! » J'ai presque crié. Ou « ils » bluffent ou « ils » savent et « ils » désignent, mais ils ne doivent pas jeter la suspicion sur chacun d'entre nous quitte à lézarder l'harmonie du groupe. Ma colère monte. J'explose. Je déteste l'injustice. Céline se recroqueville, ma violence verbale l'a surprise. Pas encore blindée la brunette. Que pouvait-elle attendre d'autre d'un alcoolique malade en rétablissement ? Trop de véhémence, sûrement.

Je dois travailler le chapitre « colère et maîtrise de soi ». Je découvre un goût amer dans ma bouche, le temps d'une étincelle, l'envie de boire... « La colère te prend par la main pour te conduire directement au goulot d'une bouteille. » Janet m'avait prévenu, je viens, sans risque – l'établissement est désalcoolisé comme on dirait désinfecté dans une clinique ordinaire –, de vérifier – une fois de plus – sa clairvoyance. « Maladie des émotions », m'a-t'on répété, « déséquilibre du système émotif », m'a-t'on averti. Céline reconnaîtra quelques heures plus tard, à l'heure de la becquée d'Efexor 50, que l'information – le renseignement ? – était erronée. Double *check* Céline, double *check* ! Je lui ai demandé de faire « amende honorable » (pour employer le pathos local) devant tout le groupe. « Oui, je le ferai. » Elle ne l'a pas fait. Normalement les bonnes infirmières ont du courage.

Et ce n'était pas fini pour le week-end. Dimanche après-midi, Magali, partie depuis moins de vingt-quatre heures, téléphone totalement défoncée. Elle lance un SOS. Elle veut revenir. « Patiente, Magali. Jusqu'à demain. Seuls les thérapeutes peuvent te réadmettre. » Et un thérapeute, même quand il a du talent, doit se reposer le dimanche. N'y aurait-il pas un peu d'amertume, de salissure dans mes propos ? Attention, après la colère, à nouveau le ressentiment. Hervé, tu files un mauvais coton...

Elle tombe à pic, l'escadrille, de retour des vingt-quatre heures. Mission accomplie. Pas une perte. Bulletin de victoire : quatre atterrissages parfaits sur la piste du Jura. Sandra, Pierre, Gunther, Jean-Marie. Clean ils sont, mes amis. Sandra a joué avec sa petite-fille, Pierre et Gunther ont évité les sujets qui fâchent avec leur épouse, Jean-Marie a survécu en se shootant aux programmes télé.

La fête continue. À 21 heures, l'infirmier de nuit apporte un petit gâteau. Régine a vingt-neuf ans. Régine sourit. Elle est pas belle la vie ?

4 novembre

J'écris tôt, ce lundi matin ; à l'heure du petit déjeuner, des toasts, du café et du lait. J'ai observé l'un après l'autre mes camarades qui entraient dans le salon-salle à manger : tête baissée, grognements en guise de salut, les plus vaillants font un signe de la main. Gueule de bois collective causée par cuite sèche de la veille. Voilà mon diagnostic ! Trop de perturbations, d'imprévus, trop d'émotions ce week-end. Nous nous sommes enivrés, les uns dehors pour les vingt-quatre heures, les autres ici entre les visites, les sanctions, les accusations, les anniversaires. Il s'agirait d'arrêter tous ces excès. Vivement le train-train et les rites de la Métairie, le grelin grelin de la clochette, la prière : « Mon Dieu, donne-moi la sérénité, etc. » Les « bonjour, je m'appelle X et je suis alcoolique ou malade alcoolique, ou alcoolodépendant ». Vite, vite le « comment te sens-tu aujourd'hui ? » qui ouvre nos séances. Nous avons nos habitudes, nous tenons à nos aises de curistes... Alcoolos, toxicos, sûrement, mais grégaires aussi.

Kris annonce qu'elle va rencontrer la doctoresse « pour mettre les choses au point ». Une lubie de plus. Régine se confesse à l'infirmier : de quoi ? Une nouvelle tête pousse la porte du pavillon Jura, elle porte un pantalon en cuir noir, un manteau de vison, des mules à talons hauts et fins, des bagouzes à tous les doigts, un foulard panthère ; elle tire une valise énorme, à roulettes, et tient un vanity Vuitton à la main droite. Je pense – trop vite – « une pute de haut vol en fin de parcours, une mondaine en préretraite ». Elle a l'air contrarié, mais son agacement ne flétrit pas son visage ovale à la peau lissée par l'internationale de la cosmétique haut de gamme ; ses yeux en amande et ses cheveux de jais indiquent un léger métissage, asiatique. Avec son attirail et ses marques en bandoulière, elle devrait être vulgaire, elle ne l'est pas. Cette inconnue, qui a douze paires d'yeux effarés braqués sur elle, se bouge et se remue avec l'aisance que donne une longue pratique de l'argent, de beaucoup d'argent. Elle se rend compte de l'incongruité de la situation : une gravure de mode – plutôt *Vogue* que *Elle* – plantée face à la confrérie des buveurs repentis, vêtus de robes de chambre, chaussés de charentaises ou de baskets, abrutis par leur abstinence toute neuve. Elle éclate de rire : « Je m'appelle Alex. Mon médecin de Marbella m'a dit qu'il s'agissait d'un super-hôtel, avec un formidable centre de remise en forme. Pas un concierge, personne pour me porter la valise et il paraît que c'est ce qu'il y a de mieux en Suisse. *My God !* » Son humour et son accent – celui de la jet-set polyglotte et décontractée – nous redonnent le sourire. Pierre s'arrache : « Salut, hello, holà, bienvenue au "club Met" chez les alcoolos, les pharmacodépendants et les toxicos. — Mais je n'ai rien à voir avec tout ça ! — Si ton médecin t'envoie, peut-être que... » ose la discrète Sandra. À seconde vue, elle me plaît bien Alex. Je la sens bonne fille et généreuse, et rigolote. Je la questionne :

« Tu bois souvent ? — Enfin normalement. — Tu prends de la drogue ? — Tous les gens que je fréquente prennent de la coke. — Tu abuses des médicaments ? (Petit silence.) — Ça, d'accord, je me suis habituée aux anxiolytiques. » Et encore une victime du Lexomil, une ! « Mais je suis juste venue me reposer quelques jours, je n'ai aucune envie de m'arrêter de rien. C'est triste ici. Faudrait mettre des fleurs. On a le droit ? — Adresse-toi aux infirmiers. » Pierre, dans une mimique censée en dire long sur notre manque de liberté, désigne la porte fermée de l'infirmerie, derrière laquelle comme chaque matin nos soignants font le bilan de la nuit et dressent les plans de la journée dans un conciliabule à huis clos. « Prends un café, Alex ! »

Cet intermède nous a remis d'équerre. Je grimpe voir Janet dans son pigeonnier où elle doit me recevoir avec Nathalie, laquelle a prolongé son séjour à Nyon pour évoquer les conséquences de mon alcoolisme dans ma vie professionnelle et, puisque PDG je suis, dans mon entreprise. La bise tendue, d'une Nathalie par ailleurs secrétaire générale de Capa, me fait aussitôt regretter de l'entraîner dans cet exercice bien difficile : mettre devant le nez d'un ami, qui est aussi son patron, ses dérapages et ses dysfonctionnements.

Son expérience de l'alcoolisme de l'autre – père, proche, ami – l'a convaincue depuis plusieurs années que l'alcoolique est un malade, elle évoque donc avec beaucoup de tact et de clarté l'essentiel : rendez-vous annulés, réunions reportées, messages répétitifs et comminatoires. Elle évoque la crainte qui a gagné le cercle le plus proche de mes collaborateurs : « Te décrédibiliser auprès des gens, clients ou partenaires qui n'ont ni la même connaissance ni la même affection que nous avons pour toi. » Elle explique combien, ces derniers mois surtout, mon comportement nécessitait une protection rapprochée qui devait en même temps rester discrète pour ne pas froisser le fondateur, propriétaire et directeur opérationnel de Capa. Elle dit ainsi, émue, la larme à l'œil, que la tribu que j'ai rassemblée, à laquelle j'ai beaucoup apporté et qui m'a tant donné, a peur tout simplement de perdre son berger. Berger, ce mot dévoile la bonté, le respect, la sollicitude, la tendresse que m'offrent depuis quatorze ans mes collaborateurs les plus proches. En dehors des « Hervé, ne picole pas trop, ralentis, fais gaffe », les filles – Babette et Nathalie – comme mes camarades de l'agence se sont abstenus de toute remarque par timidité ou par respect pour les circonvolutions tumultueuses de ma vie privée. Pour l'un d'entre eux, je fus même un bon compagnon de bistro et de délires. Un jour pourtant, je m'en souviens et lui en serai éternellement reconnaissant, Claude Chelli, l'un de mes plus vieux complices dans le métier télévisuel d'Antenne 2 à Capa en passant par Sygma TV, m'a lâché, alors que nous étions seuls dans mon bureau et que nous finissions de discuter de la préparation d'un téléfilm de la série *Combat de femmes* : « Hervé, il faut que tu arrêtes de boire. » Il a eu une grimace comme si sa propre audace l'apeurait soudain mais son ton trahissait une immense tendresse. Il s'est mis à reculer vers la porte, prêt à esquiver une réplique cinglante du patron. Désarçonné et touché, j'ai répondu : « Oui, je bois. Je dois m'en occuper. Je vais faire quelque chose. » La phrase de Claude est l'un des signaux d'alarme qui ont pesé véritablement sur ma décision de déclarer la guerre à mon vénéré seigneur, l'alcool. Chelli fait partie de ces hommes qui ne parlent pas pour ne rien dire. Tunisien d'origine, pourtant peu communicatif, il est aux antipodes des héros de *La vérité si je mens*. Il affecte un certain snobisme, rappelle volontiers qu'en Mai 68 il a préféré se tirer en Scandinavie. « À moi les petites Suédoises. » Il étale, plutôt à bon escient, sa connaissance de l'Amérique – la vraie –, celle de Boston, *of course*. Et s'il cultive une sorte d'*aficion* (le mot le ferait bondir... « ces espagnolades ! ») pour le cinéma et l'audiovisuel US, il est plutôt branché indépendants et HBO. Moi aussi ! Ses sports préférés se pratiquent outre-Atlantique. Il en connaît tout : les équipes de base-ball, les tactiques et l'historique. Son goût pour le foot américain repose sur du solide, comme tout ce à quoi il s'intéresse. Il ne loupe ni le Super Bowl, ni Kippour, seule concession à la religion juive. Nos personnalités sont très différentes, et pourtant – par quelle alchimie ? – nous avons su bâtir ensemble, en gardant une certaine distance.

Avant de quitter la Métairie, je raccompagne Nathalie à la porte du domaine, un peu secoué par cette nouvelle épreuve du miroir qui ne déforme plus. En partant, elle prononce les mots les plus encourageants, les plus lourds aussi : « Continue. Si tu vas bien, Capa ira bien et ceux qui y travaillent aussi. »

En retournant vers mon pavillon, je croise une Kris très excitée : « Je m'en vais et ils vont entendre parler de moi. » Le groupe hausse les épaules. Elle n'a pas eu le courage d'affronter la vérité de sa maladie. Elle a menacé de faire intervenir sa sœur, ministre de la Santé dans son lointain pays du Nord. Nous ne saurons jamais ce que Kris reproche à l'institution avec tant de véhémence. La Métairie doit payer l'échec de Kris !

Kris fuit, une fois de plus. Sa vie, elle nous le confiait dans ses partages, se résume à une série de fuites. Kris ne se bat pas, elle se casse, et vilipende aussitôt ceux qui l'ont accueillie. Kris triche. Elle quitte la Métairie avec autant de bruit que les candidats malheureux du *Loft*, cette émission d'irréalité qui cartonne jusque dans les foyers suisses. Elle part sans un au revoir – les embrassades des vaincus, c'est pour le spectacle à la télé, pas dans la vie en vrai. Pour elle, la Métairie c'était un caprice de plus dans sa vie, une couche du plus mauvais ciment dont elle a masqué, manipulatrice, les fissures intimes.

Daniella traite aujourd'hui de son sujet favori : la codépendance. A priori, j'y vois un thème mineur, secondaire. Un nouveau stratagème pour nous mobiliser. J'apprends donc que l'alcoolique induit le comportement de sa compagne, de ses enfants, voire de ses amis très proches. Bref, vivre avec un alcoolique conduit souvent à devenir par la force des choses dépendant de sa consommation. Cette attitude peut s'avérer obsessionnelle au point de se pourrir autant la vie que l'alcoolique lui-même et mène parfois à l'alcoolisme. De Dieu ! Nous voici responsables sinon coupables de nouveaux méfaits. Nous sommes des piles atomiques avec réactions malfaisantes en chaîne.

Daniella nous met aussitôt à l'aise : « Les codépendants doivent se remettre en question et apprendre à se désintoxiquer de l'alcool de leur partenaire, vous n'y pouvez rien. »

Je prends beaucoup de notes. Je découvre une facette de ma maladie que je n'avais pas imaginée. On plaint toujours les femmes ou les enfants d'alcooliques. Je comprends bien que vivre avec ou aux côtés d'un alcoolo ne provoque ni joie ni enthousiasme... Mais de là à imaginer toutes les modifications, tous les assujettissements, les craintes que l'alcoolisme finit par imposer au mari, à l'épouse, au fils, à la fille, il y a un no man's land d'ignorance que d'une voix implacable Daniella se charge de nous faire découvrir.

Première phase, l'entourage manifeste de la bonne volonté et tente, par mille stratégies – pas de vin à table, repousser l'heure de l'apéritif, éviter de passer devant les bistros en faisant le shopping familial, crier, menacer, etc. –, de diminuer la consommation d'alcool du partenaire. Échec assuré en ce qui concerne les malades alcooliques qui trouvent toujours de nouveaux subterfuges pour se procurer leurs doses. L'alcoolique, comme le toxicomane ou le pharmacodépendant, recherche son produit avec encore plus de hargne. Face à son échec, celui qui va devenir codépendant mobilise sa pensée à contrôler la consommation de l'autre, à vérifier combien, comment et quand il consomme. Tout doucement, incapable d'imposer une modération et a fortiori une abstinence passagère, le codépendant va construire des scénarios pour cacher aux voisins, aux collègues de travail, à sa propre famille même, la réalité de la situation. Il finit par entretenir un sentiment de honte.

Daniella affirme : « La personne codépendante est de plus en plus obsédée par le comportement du malade dépendant. Elle devient malade également. Elle ne cesse de se sentir responsable des actions et des propos du dépendant. Une vraie fusion s'installe. Si, sous l'effet des substances psychotropes – alcool, drogues, médics –, la personne dépendante agresse des gens, la personne codépendante présente des excuses à sa place.

Elle se sent aussi gênée que si ce comportement était le sien. Elle culpabilise. Elle commence à croire que tout relève d'elle. En se responsabilisant davantage elle déresponsabilise le malade dépendant et alimente ainsi involontairement une certaine passivité dans laquelle celui-ci risque de s'installer progressivement.

« À ce stade, la personne codépendante est tombée dans le plus grand piège : pourquoi le malade dépendant changerait-il si le chemin lui est ainsi facilité ? Les codépendants ont une très grande capacité à encaisser. Ils deviennent « supermen », « superwomen », superfils, superparents. L'amertume et les reproches s'accumulent. Mais ils essaient de tout gérer. Ils ne délèguent pas. Ils ne demandent pas de l'aide. » Daniella et son équipe ont enquêté auprès de proches d'alcooliques traités depuis plusieurs années à la Métairie. Elle affirme qu'eux aussi tombent souvent malades, connaissent des troubles du sommeil, des problèmes sexuels et de concentration. Daniella nous cite l'exemple de Jennifer, compagne de John, alcoolique, devenue elle-même malade de l'alcool à force de finir les verres de son ami dans les bistros où il l'entraînait, pour le faire décrocher plus vite du comptoir !

La discrétion, le dévouement, la simulation... tel est donc le lot de nos partenaires ou de nos enfants. Bulle a toujours été très discrète, mais pas uniquement sur ma consommation, sur tous les événements de notre vie commune. J'ai souvent pris sa retenue pour une marque d'indifférence. Je crois aujourd'hui que l'une de ses constantes, l'un de ses fondamentaux, est la protection à tout prix de sa dignité. C'est sa façon d'être, et de tenir droite, malgré tout. Sans le savoir, elle a commis, comme tant d'autres, bien des erreurs en me secourant lorsque l'alcool me jetait à terre. Elle m'a relevé, soigné. Elle a apaisé ma douleur, mon désespoir et ma culpabilité. Les thérapeutes de la Métairie, lors des réunions de proches organisées toutes les semaines, préconisent le contraire. Tout ce qui retarde le moment où l'alcoolique touche le fond, tout ce qui repousse cet instant où il n'en peut plus, « j'en ai marre d'en avoir marre », prolonge sa consommation.

Daniella affirme que l'alcoolique qui s'effondre sur le sol chez lui doit y rester jusqu'à son réveil pour ne pas oublier son état. Clo, l'autre Parisienne du groupe, d'ordinaire si effacée, intervient : « Une fois, j'ai roulé dans l'escalier de la maison et je me suis endormie sur le parquet, couverte de bleus. Mon mari a simplement sorti son Polaroid, pris quelques clichés, les a déposés autour de moi et a quitté les lieux. Effet garanti ».

« Ton mari a bien fait », conclut Daniella, qui nous invite à former le cercle pour la prière de la sérénité. Je prononce mécaniquement les trois versets. Mon esprit, toute mon attention sont ailleurs, du côté de mon paillasson, sur lequel je me suis endormi, on me l'a affirmé, car au réveil, moi, j'étais bien au chaud dans mon lit, en ayant totalement oublié mes frasques de la veille. La compassion pour un alcoolique doit connaître ses limites.

Après-midi pluvieux. Le temps, celui du ciel et celui de l'horloge, m'importe peu. Je me concentre sur cette éducation-rééducation qui entre dans sa phase terminale pour me déposer tout beau, tout nouveau, refait du dedans et du dehors, sur le palier d'une autre vie. Je ne piaffe pas. J'ai au moins appris à épouser la durée, ses accélérations et ses ralentissements. Ce qui doit se faire se fera. Je pense comme un sage, ou comme un vieux ? Peu m'importe, je me sens en harmonie.

Janet reprend les rênes. Elle demande à chacun des membres du groupe de lire la lettre suscitée par mon récit de vie. Après chaque lettre, je me lève, remercie et embrasse le récitant. Il y a beaucoup d'émotion et de gêne. Ces lettres sont toujours encourageantes, positives. Elles soulignent les forces plutôt que les faiblesses, préfèrent magnifier les qualités et gommer les défauts.

Lettre d'Hélène :

« Cher Hervé,

Ton récit de vie m'a émue. Quel parcours ! Travailleur tu étais, voyager, monter une entreprise qui roule, entouré de bons collaborateurs. Tu as parcouru le monde, vu du pays, des pays. Bon vivant aussi, accueillant avec les amis qui frappent à ta porte. Généreux. Les peines ne t'ont pas épargné.

J'ai eu beaucoup de plaisir à passer ces deux semaines en ta compagnie. Tu es tellement reposant et souriant : toujours à l'écoute et prêt à donner un conseil avisé, c'est un régal que de t'écouter.

Tu es obstiné et têtu. Quand quelque chose ne va pas, tu le dis franchement. Tu t'énerves aussi et as horreur de l'injustice.

L'abus d'alcool t'a conduit à la Métairie où tu suis les programmes avec beaucoup de conscience. On sent que tu veux vraiment t'en sortir. Je souhaite du fond du cœur que tu réussisses et que tu tiennes les bonnes résolutions prises ici.

Alors bonne chance, et courage.

Hélène. »

Lettre de Jean-Marie :

« Cher Hervé,

Ton parcours est celui d'un vrai baroudeur, ces années à parcourir le monde, à toujours aller plus loin, à entreprendre, à créer, t'ont certainement empêché d'entourer au plus près ta famille. Et là, en t'écoutant, j'ai en face de moi un homme en colère, une colère qui me fait penser à l'Etna prêt à exploser. Alors laisse cette colère enfouie éclater, elle fera certainement moins de mal que le volcan à tes proches, et à toi beaucoup de bien. Hervé, tu es quelqu'un de sincère vis-à-vis de toi et des autres, quelqu'un de responsable, quand tu évoques et que tu parles des gens qui t'entourent. Tu te considères comme le papa de ton équipe. Je pense que tu as énormément besoin d'eux et eux de leur père spirituel.

Hervé, je crois que tu as encore beaucoup de belles choses à faire connaître aux gens en général. Alors, merde ! Bouge-toi ! Tout le monde t'attend !

NB : Au lieu de prendre l'avion pour un reportage, prends vite le métro et retrouve madame, elle en a besoin.

Un ami. »

Lettre de Sandra :

« Cher Hervé,

Ce que je ressens après ton récit de vie c'est que tu es très honnête envers toi et tes problèmes.

Tu es un homme très sincère, sûr de toi. Tu dis ce que tu penses, tu es prêt à aider les autres.

Tu es bien conscient de ton importance, de ton autorité sans les faire peser sur les autres.

Il y a plusieurs faits dans ta vie qui t'ont beaucoup éprouvé.

Ton orgueil et ton amour pour la vie t'ont fait accepter ces moments si malheureux. Ton pire ennemi a été la consommation, et à un certain point cela n'était plus supportable.

Te voilà ici à la Métairie, bien fait !

Tu t'es bien intégré.

Tu as accepté de suivre le programme avec des personnes simples, mais dans la même situation que toi.

Nous sommes des compagnons.

Je vois les progrès que tu as faits jour après jour, bientôt tu seras prêt à affronter ta nouvelle vie de la meilleure façon.

Dédie plus de ton temps à ta famille, et tu seras « parfait ».

Bon courage, Hervé.

Avec affection, Sandra. »

Lettre de Pierre :

« Cher RV,

Quelle bonne idée de t'avoir appelé RV, un R et un V, comme rendez-vous, celui que tu t'es enfin donné à toi-même en cet automne 2002. Trente-quatre ans après 1968, tu sembles à même de cohabiter avec tes illusions perdues. L'injustice te fait toujours frémir, mais tu l'admets, tu la regardes et tu l'enseignes, dans tous les compartiments de ta vie.

Sur le feuilleton *Alcool and Co* que tu as coproduit depuis de nombreuses années, j'aimerais que tu en fasses un peu moins. Que tu lâches la caméra qui te sert à filmer, que tu abandonnes la plume qui te sert à décrire, que tu supprimes le filtre entre toi, le journaliste, et toi, Hervé, alcoolique.

Je suis sûr que les mots sont impuissants à rendre ta douleur, par contre ils demeurent très utiles pour décrire la réalité de tes pertes de maîtrise, et, sur ce point, je suis resté un peu sur ma faim. Mais bon, je sais que tu sais. Ton lâcher-prise, ta capitulation sont spectaculaires. Ta maturité, ta générosité, que tu dois appliquer à toi-même, et ton intelligence de la vie feront le reste. Pour le problème que tu as évoqué devant le groupe, concernant l'âge, rassure-toi, sortir de l'adolescence ne signifie pas être vieux.

Allez, Hervé, tu as été de tous les combats, digne et efficace. Et le plus glorieux, nécessaire et vital, c'est celui que tu mènes en ce moment.

Hasta la victoria siempre.

Ton ami Pierre. »

Tous ces billets envoyés par mes compagnons sont des paroles d'encouragement, de compassion, de fraternité.

Janet m'aide à faire le bilan. Quelles sont les ressources détectées par le groupe pour aider à ton rétablissement, quels sont les obstacles qu'ils ont contournés et pourraient te freiner dans ta progression ?

Ressources : l'ouverture aux autres, l'honnêteté et la sincérité. À ne pas brader. Obstacles : la colère, l'impatience, la minimisation des dégâts que j'ai provoqués. Encore un effort, Hervé.

Les départs et les arrivées s'accélèrent au Jura. Je pense, mais cela semble incongru ici – et pourtant –, aux clubs de vacances lors du chassé-croisé entre ceux qui ont fini leur séjour et ceux qui le commencent. D'un côté ceux qui ont pris des couleurs, une bonne petite mine, qui connaissent tout de l'inconnu dans lequel les autres s'apprêtent à plonger, qui affichent, même sans ostentation, les traits – petits sourires, légers hochements de tête – des initiés, des aînés, des sages, presque ! Les arrivants, les arrivées comme les désignent les tour-opérateurs, tentent eux, le regard furtif, de deviner leur avenir immédiat sur les visages des « anciens ».

À la Métairie, nos déficiences communes, l'enjeu de notre séjour – c'est du lourd ! vivre ou mourir – établissent très vite une fraternité, un partage, nés d'un profond sentiment d'appartenance.

Ceux qui restent croisent sincèrement les doigts pour que ceux qui repartent réussissent leur abstinence, ils accueillent avec une compassion active, positive et totalement sincère les nouveaux venus.

Il me reste entre huit et quinze jours de cure, l'équipe thérapeutique fixe seule la fin du traitement en structure fermée. Mes copains ont presque tous quitté la Métairie. Accolades viriles avec Pierre et Jean-Marie, tendre baiser dans le cou de Sandra. Faisant désormais figure d'ancien dans l'institution, il m'échoit d'aider les nouveaux à s'adapter. Je le fais avec conviction parce que je sens les effets bénéfiques de la révolution intime déclenchée par le programme que j'ai maintenant complètement adopté. J'y crois. Pourtant je commence à éprouver des signes d'impatience. Le départ de mes amis me donne envie de franchir moi aussi le Rubicon et de les rejoindre dans cette bataille qui s'annonce rude et quotidienne et dont les soignants de la Métairie ne minimisent jamais la difficulté. Vivre abstinent sans doute, mais vivre autrement.

J'attends avec appréhension mais aussi avec une belle fringale les moments forts qui précéderont mon départ : les conseils, tous les petits trucs pratiques pour réussir sa sobriété, les fameux outils que la Métairie nous offre contre la rechute. Je me rends compte que depuis vingt-cinq jours je n'ai pas franchi l'enceinte du parc, pas regardé la télévision non plus. Aucun manque. Cela m'inquiète. Je dois bientôt sortir dans Nyon avec le groupe, puis effectuer mes vingt-quatre heures... Les derniers jours seront denses. Sans hâte, je pense au moment des retrouvailles avec les miens, la famille, les amis. Ils vont découvrir un mec ! Je souris de ma naïveté. Aujourd'hui elle me fait du bien.

Je croise Régine dans les couloirs. Elle traîne péniblement une valise énorme. Comment quelqu'un d'aussi menu peut-il avoir un aussi gros bagage ? Que transporte-t-elle de si volumineux et de si lourd, elle qui est si frêle, si dépourvue ? Elle affiche sa mine de chaton échaudé, apeuré, elle rouscaille : « Ici, les gens qui ne veulent pas rester, on les garde, et ceux qui veulent rester, on les vire. » Régine, éternelle victime, souffre-douleur d'un monde mal défini. Et Régine souffre, sûr. L'équipe thérapeutique vient de décider son transfert de l'autre côté du corps de bâtiment, côté Léman, aile réservée aux dépressifs suicidaires. Elle paie sa dernière intervention en réunion. Elle s'est déclarée fatiguée, paumée, comme tous les jours, et elle a évoqué des envies de suicide. Le clignotant rouge s'est aussitôt allumé. La Métairie ne prend pas de risques. Éric nous dira que Régine n'avait pas l'énergie suffisante pour suivre notre thérapie : les devoirs à rendre, les feuilles à remplir et l'effeuillage qui nous fout tous à poil dans ce pavillon du Jura, où chaque chaise, chaque meuble, chaque centimètre carré de mur croule sous les tonnes de mal-être déversé, d'aveux passés, de trésors dévoilés, d'encouragements partagés, de prières murmurées, de soupirs étouffés, d'espérances timides, d'orages, d'averses, de pâles rayons de soleil qui se fortifient et s'illuminent doucement. Pour Régine, le temps de l'éclaircie ne vient pas, pas encore. Elle n'est qu'un nuage épais qui ne circule pas. Plombée, Régine ; sans boulot, sans appart, sans ami, sa seule envie : ne plus avoir de vie. « Régine part, dit Éric, parce qu'elle a des idées noires. Elle n'est pas adaptée au Jura, il faut la protéger. »

Ambiance morose ; dans la salle de réunion, la population du Jura a bien changé en soixante-douze heures. Voici Paul, la cinquantaine, troisième rechute, ancien pompier de Paris, gros problèmes de dos, gros foie, gros ventre, gros gentil. Madeleine, mémère commerçante reconvertie dans le tricot ; un ouvrage dans les mains, des aiguilles grosses et fines, longues, des pelotes, rangées dans un sac en plastique aux couleurs de la Migro, la version locale de Monoprix, qu'elle serre entre ses pieds. Entre deux mailles, Madeleine a fini par ne plus supporter de se torcher devant ses petits-enfants. Ils se passeront de ses pulls et de ses écharpes pendant quelques semaines.

Karl, descendu de ses montagnes du côté de Lezen. Néerlandais d'origine, grande ficelle, l'esprit aussi tordu que sa longue silhouette est droite, crâne rasé, une gueule qui rappelle Philippulus, le prophète fou de Tintin dans *L'Étoile mystérieuse*, annonciateur de la fin du monde. Karl, professeur d'économie, réfugié à l'université après des années tumultueuses dans le privé, et dans l'alcool, à force, prétend-il, de ne pas pouvoir vivre pleinement son amour fou pour sa femme, indépendante, distante, volage. Karl, cocu et pas content, qui évoque volontiers ses origines aristocratiques ; ne suscite pas la sympathie, croule sous un ego cyclopéen et une susceptibilité « kolossale ». Germanophone, Karl parle un français correct, mais pas *fluent.* Il ne supporte pas que nous lui rectifiions une expression, un accord, que nous lui fassions une remarque – bienveillante – sur sa prononciation. Il réagit en poursuivant aussitôt sa phrase dans sa langue, le néerlandais. C'est drôle. Il agace très vite. À cinquante-cinq ans, il tient à la fois du hobereau et de l'illuminé. Sa noblesse généalogique le situe d'emblée au-dessus. Nous n'avons pas le cœur à grimper jusqu'à ses hauteurs.

Voici encore Karine, toxicomane, la trentaine mal entamée, la carcasse efflanquée, la dentition noircie et érodée, les mains agitées qui s'escriment à calmer les « putains » de démangeaisons sur les bras, les clavicules, le cou. Karine porte tous les stigmates de la « blanche. » À vingt ans chez le Patriarche, à trente-cinq à la Métairie. Pendant quinze ans, une seule vie : la pompe. Des parents bourgcois, hôteliers et sereinement suisses. Elle, bringuebalée sur la route, un enfant son espoir, trois cures, trois défaites. L'héroïne plus la cocaïne et, en signe de rédemption, la méthadone qu'elle utilise depuis peu comme drogue de « complément supplémentaire » ! Elle dit : « La méthadone, c'est la même merde que le reste. » Elle dégueule les pseudothérapeutes : « Lucien (le Patriarche) il a voulu me sauter. À New York, le chef de son centre continuait allègrement à se défoncer à la poudre, tout en nous obligeant à arrêter. La Métairie c'est ma dernière chance, pour ma fille. » Les paupières de Karine clignent, sa tête dodeline, le début du sevrage l'a vidée, elle quitte le groupe, rejoint sa chambre, pour dormir.

Alex n'est là que depuis quarante-huit heures mais déjà nous copinons, nous échangeons des regards complices. Elle m'apporte une partie de la légèreté, de l'humour et de la simplicité que je trouvais auprès de Pierre, Jean-Marie, Soledad ou Gunther. À peine débarquée Alex s'est emparée de la Métairie avec l'aisance des gens qui ne doutent de rien et installent leurs bonnes manières, chics et décontractées.

Le système mis en place par la Métairie veut que l'on assiste et participe aux mêmes thèmes du jour que l'on vienne de débarquer ou que l'on soit à la veille de quitter l'établissement. Il n'existe pas un cursus du curiste. La progression se fait par la réflexion, les réponses aux questions qui s'imposent jour après jour, le travail individuel avec son thérapeute autour de quelques thèmes fondamentaux : « Tu es alcoolique, malade alcoolique. » « L'alcool est plus fort que toi. » « Regarde comment il t'a dominé, les dégâts qu'il a provoqués chez toi, dans ta famille, ton entourage, ton boulot, ta santé. » « Apprends à maîtriser tes émotions. » « Travaille sur toutes les situations qui te fragilisent et te conduisent vers le verre. » Une attention particulière – grâce aux livres, textes, exercices – est portée à la colère. Je me suis déjà rendu compte qu'elle est le déclencheur de nombre de mes dérives, et je vais plancher là-dessus avec Janet ces jours qui précèdent ma sortie.

Ainsi, au cours des thérapies de groupe, la codépendance peut être abordée avant le déni, l'estime de soi peut précéder la maladie de la dépendance ou les effets de l'alcool sur l'organisme. Les éléments du puzzle finissent par s'assembler, les interrogations, les réactions, par s'interconnecter. Tout est bon à prendre. Chacun monte la mayonnaise à sa main.

Mais en parcourant du regard, une fois encore, cette salle de réunion, où l'on se dévêt, où l'on s'épluche, où l'on boit des yeux, comme une potion magique, les slogans pourtant lus et relus : « vingt-quatre heures à la fois », « l'important d'abord », « vivre et laisser vivre », « agir aisément », je me demande ce que les bizuths vont penser du thème du jour : inventaire des situations à risque, et les parades possibles, bref, comment éviter la rechute. Mon esprit cartésien me souffle que pour les néophytes, cette manière de mettre la charrue avant les bœufs, d'évoquer les dangers de reconsommer avant même d'admettre son alcoolisme doit désorienter, mais y a-t-il finalement une hiérarchie dans tout ce qui décrit et explique l'alcoolisme ? Tout est tellement lié, mêlé ; l'approche globale se justifie. Il suffit de regarder les visages concentrés, attentifs, graves des nouveaux venus. Mes préoccupations pédagogiques me paraissent inadaptées, hors de propos, injustifiées.

Daniella nous regarde tous en souriant. Elle a l'œil complice, marque ce temps de silence, préambule à chacune de ses séances. Elle exprime la fraternité, elle appelle l'attention, elle réclame la concentration, elle se déclare solidaire, nous avertit que la pente est rude mais le sommet à notre portée. Et tout cela sans prononcer un seul mot !

Elle lâche enfin : « Un verre c'est trop, vingt c'est trop peu. » Donc, il ne faut pas boire le premier verre. Moi qui suis un vieux de la Métairie maintenant, je suis persuadé que le premier, le plus important de nos challenges se résume à ce simple avertissement. À nous d'en faire un diktat personnel, une obligation non négociable. Et si cela paraît impensable de ne plus jamais boire – *plus jamais*, comment même l'imaginer ? Alors il ne faut pas projeter cette servitude dans le temps. Je ne bois pas aujourd'hui, je ne bois pas pour les douze heures ou les vingt-quatre heures à venir et, quand cette première journée d'abstinence s'achèvera, je me persuaderai de nouveau de la nécessité de continuer à ne pas boire vingt-quatre heures encore. Vivre vingt-quatre heures par vingt-quatre heures, et basta. Daniella : « Tu dois essayer de ne jamais perdre le caractère irréversible de ton alcoolisme. Apprendre à ne pas en faire un sujet de ruminations, de rengaines ou de lamentations. Tu dois l'accepter comme une particularité de ton organisme au même titre que ton poids, ta myopie ou tes allergies. Tu ne dois pas avoir honte d'être atteint d'une maladie, ce n'est pas un déshonneur. Nul ne sait exactement pourquoi certaines personnes deviennent alcooliques et d'autres pas. Ce n'est pas ta faute. Tu n'as pas désiré devenir alcoolique. Tu n'as rien fait en vue de contracter cette maladie ».

Ainsi parle Daniella qui, en mordant légèrement sa lèvre inférieure, mesure l'effet de ces affirmations sur les nouveaux. J'ai déjà entendu Janet et Éric tenir des propos similaires. Et je ne m'en lasse pas. Ils agissent sur moi comme un détergent magique, une tornade qui balaie la culpabilité. Et, dans mon cas, la culpabilité est doublement maléfique, elle me perturbe émotionnellement et déclenche le besoin de consommer qui engendre aussitôt un sentiment de culpabilité. Impossible de briser ce cercle infernal et meurtrier, sauf à admettre que notre dépendance à l'alcool est exogène à une quelconque déviance personnelle. Qu'il ne s'agit donc pas de conscience.

En attendant de s'en convaincre – cela réclame un long travail – il faut s'exercer au gymkhana de l'alcoolique en rétablissement. Connaître tous les « trucs », petits et grands, qui vont nous permettre d'évoluer et d'avancer dans un milieu extérieur qui n'aura pas changé durant la cure. Tel Ulysse sur son radeau, nous devrons résister au chant des sirènes à l'haleine fétide. La Métairie nous offre la parfaite panoplie du petit abstinent. Nous quittons les vastes domaines des théories sur la dépendance, des travaux sur la maîtrise des émotions, les champs savants des neurorécepteurs et autres neurotransmetteurs ; nous devons apprendre à bricoler notre nouveau quotidien. Voilà un chantier qu'il est beau !

C'est une grande lessive : frotter, décaper, décoller ce vieux papier peint qui colle aux amygdales. Les symboliques, les rituels d'une intronisation. Tout est bon pour magnifier l'entrée dans un monde nouveau, celui des abstinents. Comme un serpent qui mue, je dois perdre mon ancienne peau, imprégnée de goûts et d'arrière-goûts d'alcool. De dégoûts. Daniella énumère les antidotes : « Changez de marque de dentifrice, trouvez une haleine, une fraîcheur nouvelle. » La gueule de bois, la langue pâteuse, la salive épaisse, l'humiliation du réveil, toutes les scories laissées par l'alcool de la veille et déposées sur ce paillasson pourri et puant qu'est ma gueule du matin, une gueule qui reproche, qui déclenche l'incantation du jour, de tous les jours, entre le lavabo et la douche : « Faut que j'arrête. » Et de me donner au plus vite le courage de le faire, en reprenant de la vigueur, de la tonicité, de la détermination – parce qu'il va bien falloir de l'énergie... avec le premier verre ! Changer d'haleine, ça semble dérisoire, c'est essentiel. Car il s'agit bien, nous dit Daniella, d'effacer, d'éloigner et finalement d'oublier tout ce qui dans nos sens porte la marque de l'alcool. Pour ne pas raviver l'envie et le besoin. Le pire ennemi – pourquoi le pire puisque tout ce qui rouvre les portes de l'alcoolisation et réactive la maladie a exactement la même gravité ? – c'est cette partie de notre mémoire, définitivement aux aguets, qui comme un automate de foire se déclenche, se met en mouvement, en musique, dès que l'on y introduit une pièce. Comme ces pierrots mécaniques qui, longtemps victimes de désaffection, retrouvent avec la même vigueur, comme si de rien n'était, les mêmes gestes, dès le jeton avalé. Le premier verre, c'est notre jeton. Alléluia, l'alcool est ressuscité ! Il est revenu parmi nous, il est redescendu pour prendre le volant de notre vie ! Au coffre, cette mémoire-là ! Laissons-la dormir, enfermée à double tour.

Daniella reconnaît que changer nos habitudes liées à l'alcool relève du processus révolutionnaire, puisqu'il a, seconde après seconde et depuis des dizaines d'années, conquis et soumis tous les territoires de notre existence. Tout a fini par porter sa marque. Il a été – surtout ces derniers mois où j'ai dégringolé et dévalé de plus en plus vite, jusqu'à toucher le fond, mon fond – ma raison d'être, mon véritable besoin.

Donc, conseil nous est donné de changer d'itinéraires, de modes de transport, de bien « cibler » le théâtre favori de nos libations, pour les éviter. « Pour certains, ça ne sera pas nécessaire, à vous de tester, à chacun de voir. » Doit-on faire disparaître toutes les bouteilles d'alcool à la maison, vider son bar autrement qu'en l'engloutissant ? « Au début, oui, et puis selon l'abstinence de chacun, on adapte. » José, un cinquantenaire sans aspérité qui nous a rejoints pour ses trois jours de postcure devient pour le coup le témoin numéro un du groupe. José n'a pas changé ses itinéraires, il a évité tous les bars pendant trois mois, il y retourne maintenant pour boire du Coca light. Du Coca light ? Oui, du Coca light. La question est loin d'être secondaire, mineure. Que boire lorsqu'on ne boit plus d'alcool ? Je n'ai pas cessé de l'imaginer. Daniella : « Tant que vous pensez à une boisson qui pourrait vous procurer autant de plaisir que l'alcool, vous avez tout faux. Il faut boire pour se désaltérer, pour partager un moment convivial, pas pour s'exploser. » Et avec son sourire doux et espiègle, elle ajoute : « Vous allez découvrir les plaisirs de l'eau. » José est devenu accro au décaféiné et goûteur de thé. Il commence à connaître les différentes cultures, leurs origines ; le vert, le noir de Chine, l'earl grey, le darjeeling. L'étude sérieuse du thé satisfait son perfectionnisme d'alcoolique et il trouve dans sa diversité la technique et le savoir-faire indispensables aux bonnes récoltes, un intérêt qui ressemble – « un peu », précise-t-il honnêtement – à la connaissance des cépages, des terroirs, des crus, des millésimes du vin. Il connaît mieux les bordeaux – surtout ceux de la région de Saint-Émilion – ah ! le pomerol – mais bon, il progresse. La première fois que José a invité ses meilleurs copains à dîner après sa cure, ils ont sonné à la porte et pénétré dans son appartement comme dans la chambre d'hôpital d'un grand malade, tétanisés par la frousse – « c'était vraiment mignon, touchant » – de perturber un convalescent en longue maladie. À l'heure de l'apéro, tous réclamaient sodas et jus de fruit, du bout des lèvres, le regard interrogateur et inquiet. José, qui avait essayé ses nouveaux comportements, se savait à l'abri de la tentation face à des consommateurs d'alcool. « Je n'ai pas eu besoin de me conduire comme ces gens qui, venant d'arrêter de fumer, ne supportent plus du tout la fumée et finissent par devenir hystériques, intolérants, mal léchés. J'ai sorti les bouteilles d'alcool, j'ai simplement averti : je ne débouche pas, je ne sers pas. » Daniella, responsable : « Tant mieux pour José. Mais sachez que, pour certains d'entre vous, il ne faudra plus du tout avoir d'alcool à la maison. »

On continue. « Évitez les aliments qui se marient trop bien avec l'alcool. » Tous ces mets dont on imagine, au simple énoncé de leur nom, la boisson qui « le fera bien ». Un fromage sans un bon petit rouge ? Difficile. Je me souviens d'une conversation avec mon ami Alain de Greef, alors chef d'orchestre des programmes à Canal +, au San Franscico, l'un de ces restaurants où « l'audiovisuel », manifestement pas lassé de travailler ensemble, se retrouve encore pour déjeuner. De Greef venait d'être opéré d'une pancréatite qui, à quelques heures près et sans le talent du Pr Gayet (merci, Gayet) aurait pu le conduire *ad patres*. Sanction immédiate, sous peine de mort imminente : plus une goutte d'alcool. De Greef, qui n'est pas homme à se plaindre, apprenait – il n'avait pas droit à l'erreur – à vivre autrement. Il buvait alors trois bouteilles de Coca light par repas. J'étais très intéressé par son nouveau régime de vie. Dans un de ces borborygmes qui ont fait sa gloire aux *Guignols de l'Info*, il a minimisé la difficulté de l'exercice mais lâché, tout à trac : « Les huîtres, finies. Impossible. Huîtres, sans vin blanc, peux pas. Impossible. Voilà. »

Le groupe s'échauffe. Parler de bouffe, même ici, provoque une excitation qui délie les langues. Pour l'alcoolique, l'assiette sert de couverture à la bouteille. Ce n'est plus le vin qui accompagne le mets mais l'inverse. À table comme partout ailleurs, l'alcool est roi. Il dicte ses envies. J'ai depuis longtemps désappris le plaisir de manger. Mon métier me force à fréquenter quotidiennement les restaurants, mes moyens – dans le sens « il a les moyens » – me permettent de bien me nourrir, de manger peu, équilibré et bon. Je survole la carte des entrées, poissons, viandes, desserts ; je connais par cœur les aliments qui conviennent à mon obsession de maigrir. Je me sustente sans fantaisie : viandes grillées d'Aubrac, poissons de Méditerranée et d'Atlantique, *no* dessert, *no sweeties*. L'été, melon, asperges, l'hiver, courgettes et brocolis. Je me fiche de savourer, de goûter. J'économise le plaisir côté bouffe, prétextant une rigueur diététique et bienfaitrice, je claque tout côté vin. Là, je ne parcours plus la carte, je détaille, j'étudie, je suis maniaque ; j'ai mes habitudes : les coteaux-du-languedoc et, plus au nord encore, les côtes-du-rhône. L'été, je prends mes quartiers du côté de Cassis et d'Aix-en-Provence, je perce aussi sur la rive gauche de la Gironde, avant que la Garonne ne soit mangée par l'Atlantique, je batifole sur les terres royales et blanches de Loire, je m'aventure, mais uniquement avec un bon pisteur et par temps clair, sur les vallons d'Alsace. J'aime mon pays. Je l'aime tant que je l'engloutis. Avec bonheur. Sans crainte et sans économie. Je n'imagine pas les trésors de calories que je ramène de ces balades dont je ne me lasse jamais. Ma curiosité d'œnologue va bien à ma dépendance. Je grossis, je m'empâte, je me « bouffise », et pourtant, bon Dieu, je n'arrête pas de faire attention à ce que je mange. C'est dégueulasse.

« De la fondue sans vin blanc, c'est pas possible ». Le cri de Madeleine interrompt avec brusquerie ma tournée dans les provinces de France. J'étais à Nuits-Saint-Georges : je me réveille dans le Valais. « Pas de fondue sans vin blanc, impossible », affirme donc Madeleine dont la vie s'organise autour du fourneau, du tricot, du goulot. Le débat est lancé. Il y a les « quand le vin blanc chauffe longtemps, l'alcool s'évapore », les qui s'en foutent, comme moi et les quelques étrangers de la bande : Alex, sans patrie, Paul, sans envie, Karl, sans goût.

Daniella écoute avec bienveillance ce palabre qui dément l'amorphie helvète et ne s'étonne pas : la question capitale de fondue ou pas fondue revient comme une ritournelle. Et Daniella, qui maîtrise sa partition, de révéler : « On peut faire de la fondue à l'eau et c'est excellent. » Oh, le cirque ! Iconoclaste Daniella. Le coup est énorme. Nous hésitons à choisir notre camp ; je pense – je tiens à partager – coq au vin sans bourgogne ? Baba au rhum sans Négrita ? Moules marinière sans vin blanc ? Inimaginable. Le débat se corse, s'approfondit tout en prenant de la hauteur : doit-on définitivement renoncer à cuisiner tous les plats qui mijotent dans l'alcool ? Opportuniste et pour entrer dans le match, je rapporte les propos tenus par le chef de la Métairie, envoyé en mission la semaine précédente au Jura pour conférer sur le thème « Alcool et gastronomie » : « Plus l'alcool cuit longtemps, plus il devient inoffensif. » Suis-je porteur d'espérance ? Daniella me casse : « Pendant les premières années d'abstinence, évitez, refusez tout plat cuisiné avec de l'alcool. » Et il est fourbe, le bougre, il se cache partout, même dans le vinaigre de vin. « Dans le doute, demandez toujours si la sauce contient de l'alcool. Renvoyez le plat s'il y en a. Ne prenez aucun risque. Passez pour un emmerdeur, c'est une broutille comparée à une rechute. Les fêtes arrivent, attention aux chocolats, réservoirs à liqueur. »

« Le réveillon ! Putain, le réveillon ! » La Madeleine vient de découvrir l'ampleur du problème. Et nous allons tous devoir l'affronter dans quelques semaines. « Si vous avez envie d'alcool, sucez des bonbons. — Et les kilos ? Daniella vipérine : « Connaissez-vous quelqu'un arrêté pour conduite en état d'obésité ? »

La leçon se poursuit. Comme une mère soucieuse de ses enfants, Daniella, à sa manière, nous dit des « tu marcheras dans les clous », « ne parle pas aux inconnus, sois poli, n'oublie pas ton écharpe, tu as suffisamment d'argent de poche ? ton ticket de métro ? téléphone au moindre problème ». En langage alcoolique, ça donne : ne te laisse pas gagner par la fatigue, par la faim ou par la solitude, avale un sandwich avant de te rendre à une soirée même si tu dois y dîner ou y buffeter. Les tentations sont moins grandes quand on a l'estomac rempli. La boîte à outils continue de se remplir. « Dès que vous arrivez à une soirée, foncez vers le bar, prenez de l'eau, du jus de fruits, du soda et mêlez-vous, verre à la main, aux invités. Vous avez la panoplie du convive passe-partout. Personne, en principe, ne va s'enquérir de votre boisson. Peut-être un alcoolique pratiquant qui cherche une contenance en partageant sa connaissance du cocktail. » Daniella nous lit quelques passages de *Vivre sobre* : « Beaucoup d'entre nous avaient continué de croire et de soutenir que tout le monde boit, nous en concluions que nous étions tous dans la norme. Normal puisque, au fil des années de beuveries, nous fréquentions de moins en moins de non-buveurs. Sobres, nous porterons, paraît-il, un regard objectif et nous aurons la surprise de constater que le fait de boire n'est nullement général et que les buveurs ne consomment guère autant que nous le supposions. »

Mais que répondre à ces questions, à ces invitations que la vie sociale et notre culture ont fini par intégrer dans un code de bonne conduite : « Viens donc prendre un verre ! Que bois-tu ? Comment ? Toi, tu es alcoolique ? Allez, un seul verre ne peut pas te faire de tort, etc. » Lors de mes nombreuses tentatives pour arrêter de boire, j'avais mis au point des réponses à opposer en cas de proposition d'alcool. Mon manque de conviction à décliner les invitations et les multiples sollicitations a surtout laissé croire que je voulais me faire prier ; mes compagnons de table ou de comptoir ont rarement pris au sérieux cette décision de ne pas prendre de verre. Et il suffisait de bien peu d'insistance de leur part pour que mes bonnes résolutions fondent à la vitesse d'un glaçon précipité dans un verre de J & B. Le « non merci, je regrette, je suis sous antibiotiques, c'est con » ne peut être renouvelé régulièrement au risque d'être suspecté de santé très fragile. Il expose de surcroît à des « tu as des problèmes ? », « tu souffres ? », « tu as de la fièvre ? », « c'est venu comment ? », qui réclament de bonnes connaissances en pathologie. La version vaseusement humoristique : « ordre de la Faculté » attise dangereusement l'intérêt de l'interlocuteur. Les « j'ai eu ma part », « j'ai donné pour toute ma vie », « de ce côté-là j'ai des réserves » clouent le bec des indifférents ou des très bien élevés, mais déclenchent aussitôt chez les autres une rafale d'intérêt où l'on s'enlise à trop vouloir simplifier l'histoire. Le « je fais un régime » est convaincant, il suffit de me regarder, mais le « allez, une petite entorse, tu resserreras les boulons ce soir » qu'il suscite une fois sur deux est fatal ! Je n'avais jamais pensé au « je suis allergique » pour qui l'équipe de la Métairie milite. Elle prétend que le mot allergie offre une excellente figure de style pour décrire notre condition puisque, si nous imbibons nos tissus d'alcool, des complications s'ensuivront automatiquement. Selon le bon Dr Barnasconi, l'alcoolisme n'est pas vraiment une allergie, mais l'utiliser confère à notre refus, « non merci, je suis allergique », suffisamment d'originalité et de mystère pour décourager toute velléité de suite. L'exercice commence à me plaire, mais j'ai l'intuition qu'un simple « non merci » dit avec une véritable conviction devrait suffire. Si je sors du Jura, comme je le pressens, avec la croyance ferme d'être atteint à la fois d'une maladie incurable et d'une envie tout aussi radicale de vivre, je me tirerai de tous les mauvais pas de chacune des chausse-trappes que la convivialité déroule sous un tapis de gentillesse et de bonnes intentions.

Il faudra aussi, Daniella le note pour mémoire, supporter les attentions involontairement lourdes des proches et des amis vigilants, le genre « pour toi c'est avec ou sans bulles ? » L'avenir me contredira peut-être, mais je n'ai aucune envie de dissimuler mon alcoolisme, de le cacher, de le gommer ou de l'atténuer. Je vais l'assumer. Cette cure m'a doté des connaissances essentielles à l'explication de mon état. En écrivant ces lignes, je suis émerveillé par l'assurance et la simplicité qui s'imposent, me pénètrent, me dotent d'une nouvelle peau. Je garde en même temps prudence et circonspection. Quelles bouffées d'air, d'odeurs, quelles brassées de sons et quel diaporama vont me péter à la figure en poussant la porte de la Métairie ? Au-dehors, vais-je plier, résister, discerner le chemin ? Vais-je exploser, être balayé, bousculé, entraîné brutalement par mes penchants naturels ?

Tous les thérapeutes le martèlent : arrêtez de raisonner avec des si. *Vivre sobre* le proclame, le souligne à son tour, en écho : « L'alcoolisme ne tient compte d'aucun si. Il ne disparaît pas l'espace d'une semaine, d'une journée ou d'une heure pour nous changer en non-alcoolique et nous rendre capable de boire en des occasions spéciales ou pour des motifs extraordinaires, qu'il s'agisse même d'une célébration n'ayant lieu qu'une fois dans la vie, d'un profond chagrin, d'une averse sur l'Andalousie ou de la chute des étoiles sur l'Alabama. Notre alcoolisme est inexorable. Point. »

José, promu conteur de l'autre monde, celui de l'extérieur, nous rapporte comment l'un de ses amis, instruit et fortuné, mais ignorant tout sur l'alcoolisme, à l'instar de la presque totalité de la population, lui avait déclaré, applaudissant ses deux mois d'abstinence : « Bravo, maintenant que tu es soigné, tu vas pouvoir boire de temps en temps. » Le célèbre « avec modération », expression meurtrière de l'hypocrisie des autorités sanitaires, prisonnières des lobbies de l'alcool, des pinardiers et autres bouilleurs de cru, représente pour les malades alcooliques un non-sens absolu, un modèle d'absurdité. Daniella affirme que nous entendrons souvent des médecins préconiser un petit verre de vin ou un whisky excellents pour les artères. Ce discours omet totalement – par méconnaissance – les ravages qu'il provoque chez nous.

Dernier ennemi passé en revue : la mémoire dite de contexte. Nous y serons tous confrontés. Notre esprit est comme un puissant ordinateur. Il relie des choses que nous voyons, que nous entendons, que nous sentons, que nous touchons et que nous goûtons, à des sentiments, à des pensées et à des souvenirs. Il nous relie à nos sens et nous nous en souvenons. En d'autres termes et, plus terriblement, l'alcool, l'envie d'alcool, resurgissent chaque fois que l'on se retrouve dans une situation ou un lieu fortement marqué par notre liaison avec l'alcool. Soit on se sent capable de l'affronter en s'imposant une nouvelle grille de lecture intérieure, soit on dégage, on plie bagage, on fuit sans complexe. Tout plutôt que la rechute. Je m'imagine déjà à la Féria de Nîmes, au Festival de Cannes, en été sur le pont d'un bateau, du côté de Calvi, assis dans le fauteuil d'un long, d'un moyen – en fait, de n'importe quel courrier, quelques minutes après le décollage, lorsque le personnel navigant commercial qui n'est plus à ses portes et a libéré les toboggans s'affaire dans les *galleys* et prépare le chariot, qui va s'arrêter bientôt, à mes côtés, avec sur la tablette les petites bouteilles de rouge et de blanc, et dans le tiroir du dessous, juste à la hauteur de mes yeux, les mignonnettes de vodka, gin, scotch, Martini, cognac, armagnac et rhum. Je m'imagine surtout que je n'imagine pas comment je vais pouvoir résister. La Féria, je vais zapper cette année, le Festival, j'y travaille, incontournable. Le bateau, pas de bateau. L'avion... « Lorsque vous savez que vous allez commander à boire, décidez avant d'être sollicité ; pris au dépourvu, vous retrouverez naturellement vos réflexes d'avant. Pensez café, thé, Perrier, Badoit, Vittel, Volvic, orange pressée, cocktail sans alcool, jus de pomme, de poire, menthe à l'eau et choisissez vite. Affirmez votre choix d'abstinence. » *Inch'Allah...*

Avant qu'on ne lève la séance, José, fort de son prestige de pionnier, lance un affectueux avertissement : « Surtout ne vous fatiguez pas. Il faut se ménager. Prenez du repos. S'épuiser, c'est s'exposer à la rechute. » J'ai déjà lu et entendu cette mise en garde. Je la comprends mal. Je ne me souviens pas d'avoir bu parce que j'étais fatigué. En revanche, à force de boire, je me suis souvent effondré. Daniella : « Quand tu bois, tu ne perçois pas ton degré de fatigue. D'abord, tu fais le plein de calories, même si elles ne sont pas terribles, elles procurent de l'énergie. L'alcool engourdit en même temps ton système nerveux central, masque tes déficiences physiques puis, en se dissipant, élimine les effets anesthésiants et te donne l'impression de retrouver une nouvelle énergie. » José de surenchérir : « Les premières semaines d'abstinence, j'étais à la fois crevé comme jamais et pourtant je ne parvenais pas à dormir, je n'avais plus l'alcool pour m'assommer. » Daniella : « Un, personne n'est jamais mort de manque de sommeil (sauf ceux qui en sont empêchés par la torture, me dis-je). Deux, ça finit toujours par se stabiliser. Trois, je n'ai pas d'explication scientifique mais la sensation de fatigue donne envie de consommer de l'alcool. Donc, dorlotez-vous. »

Prendre soin de soi ; leitmotiv de la Métairie. Pour moi, une posologie inattendue mais douce et bienvenue. La prière débute : « Mon Dieu, donnez-moi la sérénité... » Je quitte la salle de réunion ma caisse à outils bien remplie. Ça sent l'écurie.

Je grimpe voir Janet dans son pigeonnier. Elle a lu l'un de mes derniers exercices sur les risques de consommer. La pire des situations, celle où tout va mal ; tout en même temps. J'ai dressé une sorte d'état des lieux plus noir que noir, publicité coluchienne détournée pour vanter l'efficacité d'un détergent qui au lieu d'en enlever en rajoute. C'est quoi, « quand tout va mal ? » Hier. Je lis : Un boulot qui ne m'intéresse pas, ou beaucoup moins. La peur d'affronter la souffrance de Lucas à la maison. L'impossibilité de dialoguer avec lui, moi qui avais pourtant tant de choses à lui transmettre. Cette douleur qui me tenaille le ventre en pensant à l'accueil qui m'attend chez moi. Cette impression d'impuissance. Zapper l'heure où Lucas dîne pour éviter ses tocs et ses tics. Boire et boire encore pour arriver chez moi, manger sans parler, se coucher sans traîner. Plus d'envie. La couette, la télé au pied du lit. Ni lire, ni écrire, ni dire. À la question « quelles stratégies mettras-tu en place à ta sortie » j'ai répondu :

1. Travailler encore et encore avec ma psy pour me distancer du problème Lucas. Trouver des forces dans les réunions AA. (Ça je l'ai écrit sans en être convaincu pour l'instant, mais ça fait partie du programme. On ne sait jamais.)

2. Essayer de réfléchir honnêtement. Tout n'est pas si terrible. Capa reste une boîte merveilleuse et prenante. Mais oui, il reste des moments heureux dans une journée. Je dois bannir l'apitoiement.

3. Trouver entre le bureau et la maison un sas de décompression qui ne soit pas le bistro. Je dois aller

au cinéma, au théâtre, sortir, peut-être militer dans l'humanitaire.

Je ressens une impression de naïveté en relisant l'exercice. Des bonnes intentions, à la pelle. Janet m'encourage : « Tu sais, Hervé, c'est peut-être aussi simple que ça. Penses-y. »

5 novembre

Il fait un temps de Toussaint, un temps de cimetière. La presse des derniers jours annonce la crise du tombeau. Il en manque et vu la nature de l'occupation, il ne faut pas s'attendre à un *turn-over* naturel, le macchabée s'incruste. Les autorités s'apprêtent à prendre les cadavres en main. L'éternité oui, la perpétuité non ! L'âme et l'esprit peuvent gambader sans contrainte, les reliques, elles, sont bonnes à jeter dans les fosses communes après quelques années. Toute concession a désormais un terme. Que le squelette soit issu de l'aristocratie, du patronat, de la corbeille, de la ville, des champs ou de la plèbe, les humérus, les cubitus, les coccyx, les colonnes ou les occiputs, tous finiront mélangés, entremêlés, dans une grande partouze d'osselets.

L'un de mes plus grands souvenirs de cimetière, c'était à Montparnasse, pour les obsèques du camarade Jean-Paul Sartre. Je travaillais pour *Le Matin*, et l'expérience des manifs, des attroupements, des ondulations de foule m'avait donné ce petit plus qui, sans trop jouer des coudes ou des épaules « enfin monsieur, un peu de retenue, ce sont des obsèques », me plaçait au bord de la fosse. Les tombes voisines soutenaient des grappes de photographes, d'admirateurs, de disciples, mais aussi de mondains. Je distinguais même un groupe de dames âgées, qui vu le mort ne pouvaient être patronnesses, mais appartenaient sûrement à cette catégorie de personnes dont un de mes vieux copains, Louis, dit qu'elles sont très gentilles parce qu'elles pleurent à tous les enterrements.

Je me rappelle – l'expression fit florès dès le lendemain, lorsque mon chef d'édition décida d'en titrer mon papier – d'un homme au manteau élimé qui se hissant sur la pointe des pieds, et après un 180 degrés de droite à gauche, chuchota : « Monsieur, c'est le peuple de Sartre. » J'évoque ce 1er novembre, un cimetière parisien, de visites, de rencontres, de culture parce que parler du caveau familial me plombe ; la grisaille, l'air glacial, cette Maylis qui a accompagné sept ans de ma vie, ou cette Marie qui m'a fait tout juste un petit coucou, à peine trois petits tours. Et puis mon père qui les garde maintenant ; *Hic jacent expectantes*, au cimetière, semble-t-il, on s'attend tous. J'imagine mal le « plus rien » après la mort. Je rêve d'une nécropole où seraient rassemblés tous ceux que j'aime pour discuter et prendre du plaisir à l'infini. Ce sont l'amitié et l'amour qui devraient dicter les regroupements de cadavres. Lorsque je rends visite, depuis dix ans, à mon ami Georges Menager, donc à Montparnasse, je souhaite être enterré dans ses parages – mais me voici aussitôt en plein dilemme : « Et les tiens qui sont à Langogne ? C'est ta famille. » Oui, mais Georges ce fut aussi un frère, un père, un fils ; grand reporter à *Paris-Match*, voyageur, baroudeur et bringueur, simple, drôle, il fut celui qui a rendu ma vie plus joyeuse, plus légère. Et il n'a jamais rechigné à la peine pour m'extraire de ma tristesse, de ma mélancolie. Georges, tué par les grands rivaux de l'alcool, le goudron et la nicotine.

Tous mes échafaudages mortifères, en ce début novembre, s'écroulent donc ici, assis dans ce fauteuil, toujours aussi verdasse, du salon Jura, puisque désormais le squelette ne peut plus prendre racine. Écrire et relire ces quelques lignes me met en joie. L'abstinence me rendrait-elle morbide ? Je ressens une excitation semblable à celle des enfants avant le passage du Père Noël. Tout me paraît sympa. J'ai envie d'aimer tout le monde, même l'infirmière inquisitrice. Je déborde de reconnaissance pour la Métairie, le jardinier qui ramasse les feuilles, l'écureuil qui fait l'ascenseur sur les troncs, les oiseaux perchés sur le mur et toujours aussi cons, mais gentiment cons, la réceptionniste, celle du matin, le corps svelte soutenu par un tailleur impeccablement classique, la tête bien prise par la laque, la grosse Maria, aussi, généreuse et rieuse, qui nettoie les chambres et accepte de faire les lits des curistes les plus mal en point – le règlement n'interdit pas la compassion. Je trouve à Karl un profil – le droit – sympathique ; Alex dont le pognon n'a pourri ni la simplicité ni la sincérité me ravit ; Madeleine la tricoteuse m'émeut ; je suis sûr que la jeune comptable, petite souris du Jura, discrète et invisible, m'a regardé de ses yeux indigo. Je pète la forme. Youp la boum ! Je suis le roi du monde... Je suis bourré ! Cuite sèche. Résonne ce texte distribué à une des réunions des Narcotiques anonymes de l'Ancre à Genève : « Nous reconnaissons la nécessité de changer. Notre maladie implique bien plus que la consommation de drogue. Notre rétablissement doit donc impliquer bien plus que la simple abstinence. Se rétablir, c'est agir pour changer nos idées et notre manière de nous comporter. » Je n'ai pas mentionné cette séance chez les NA. Copie conforme des AA, mais drogue de prédilection, l'héroïne, assistance beaucoup plus jeune, vocabulaire moins docte qu'au groupe AA de la ferme.

Je le sais, je me le suis déjà dit, je l'ai écrit, ce travail d'abstinence – ne plus boire – qui peut-être me conduira à la sobriété – ne plus penser à boire – doit se poursuivre hors de la Métairie si je veux éviter la rechute. Rien dans les quatre ou cinq séances AA auxquelles j'ai assisté ne m'a sérieusement intéressé. Mais je crains de ne pas avoir le choix. L'importance, l'impact de ces quatre premières semaines à la Métairie que je ressens très profondément me poussent à penser : « Si la Met' conseille les AA qui utilisent un programme voisin, ça doit marcher. » Je me persuade. Peut-être n'ai-je vu et retenu des séances AA que le rituel, le vocabulaire des membres. Peut-être suis-je dans la situation de l'étudiant qui prenant des cours particuliers trouve bien fade le retour en amphi.

« Faire preuve de bonne volonté. » Cet autre enseignement va m'aider à rester ouvert et positif ce soir dans le petit bus qui nous conduit à Renens, banlieue sud de Lausanne, pour une autre réunion AA. Quarante minutes d'autoroute. Encore une salle de paroisse, mais – oh miracle ! – la grisaille calviniste qui peint murs et visages à la Ferme de Nyon a pris des couleurs, et les solides gaillards installés sans chichis autour d'une immense table carrée, creuse en son centre et composée de bureaux d'écolier, irradient une joie, un bonheur, un plaisir, une fraternité, qui rappellent bien davantage la troisième mi-temps d'un match de rugby qu'une confrérie AA. Du moins telle que je les connais à ce jour. Gros pulls, bonnes tronches, rubiconds – le froid, pas l'alcool. Le modérateur à la faconde méditerranéenne accueille « les amis de la Met' ». Sa simplicité – il possède le don d'aller directement aux faits et n'imagine pas s'embarrasser de préambules – me séduit, mais, surtout, j'ai l'impression d'être ici chez moi, dans ce local pourtant inconnu, auprès de gens qui m'étaient totalement étrangers il y a dix minutes. Ici je suis à ma place, parmi les miens. En une fraction de seconde, je ressens une profonde appartenance à ce groupe d'alcooliques dont chacun a sans doute des origines et des vies très différentes, mais avec qui je partage une maladie et son cortège de symptômes. Les ego sont restés au vestiaire avec les plastrons. Je ressens enfin cette identification fusionnelle sans laquelle ma fréquentation future aux séances AA aurait été compromise et menacée. L'adhésion a pris le pas sur la raison. Me voici rassuré, j'ai tellement envie de suivre les conseils de la Métairie, je me rends compte de cette chance – mais à qui la dois-je ? – de prendre très au sérieux ma cure. Une « puissance supérieure », autre notion que j'ai du mal à accepter, me dit qu'il faut foncer, y aller, tout prendre, tout croire. Et qu'il sera bien temps, plus tard, de faire le tri. Oui, j'utiliserai ces outils que je tiens encore à distance, la méditation et la spiritualité.

Les liens se tissent, les fibres se resserrent et s'ajustent. Entre mes outils, le travail sur les émotions, les retours douloureux sur les comment et les pourquoi de la consommation, les portes ouvertes par Janet pour une meilleure relation entre moi et moi, je me sens prêt à grimper l'Himalaya malgré un sac à dos hyperbourré. Car il s'agit bien de grimper en haut des cimes, non pas celles du succès ou de la fortune, mais celles de la sérénité et du bon esprit. La particularité de la Métairie, son talent aussi, c'est de nous aider à mieux vivre avec ce que nous sommes aujourd'hui. Foin de psychanalyse : du bon sens, du bon amour, du bon parler, du bon vécu, du bon respect, un bon programme. Il n'est jamais trop tard pour découvrir l'intelligence du cœur et se confier à elle. Décidément cette réunion de Renens m'a secoué. Comment tenir dehors de tels propos sans essuyer des « tu parles comme un cureton », « l'a pété les plombs l'Hervé ! », « raconte toutes les conneries que tu veux, du moment que tu ne bois pas... ». Franchement ce soir, je m'en fiche, je goûte à des petits bonheurs jusque-là inconnus. Je ressens. J'écoute sans intervenir un « partage » sur l'honnêteté vis-à-vis de soi-même. Je vis un état de grâce. Je flotte sur un petit nuage rose.

En partant de Renens, après une récitation fervente de la prière de la sérénité, ma main droite tenait celle, calleuse, d'un ouvrier et ma gauche pressait celle, fluette et fine, d'une vendeuse de cadeaux souvenirs – elle me l'a dit – nous nous sommes quittés multipliant les accolades, les tapes dans le dos, les empoignades fraternelles. J'ai vécu à Renens un moment d'exception, avec une plénitude rarement ressentie dans ma vie. J'ai communié, j'ai appris et ressenti ce qu'est être en union spirituelle avec d'autres.

Ce voyage de Renens, banlieue sud de Lausanne, dans un quartier quelconque, m'a touché comme on pourrait dire être touché par la foi. Je commence tout doucement à ressentir toutes les heures passées à raconter et à se raconter à la Métairie, à apprendre à s'aimer soi-même davantage, à choisir les bonnes attitudes pour ne plus être balayé, tourneboulé, chahuté par ces émotions débridées, incontrôlées, porteuses – pour nous alcooliques qui en sommes malades – de déceptions, de désespoirs, de regrets, de culpabilités meurtrières. Se maîtriser n'est pas s'anesthésier – Janet veut m'en reparler avant mon départ, elle se méfie de mon hypersensibilité – mais, bien au contraire, profiter le mieux possible des sentiments que l'on ressent, pour les vivre et ne plus les gâcher. Janet m'a dit : « Une terrible colère bien maîtrisée, d'abord elle est moins terrible, et puis tu peux en tirer bénéfice si tu sais la guider. »

Ce soir, dans ma chambre à deux lits, dont un seul est occupé, Pierre n'a pas été remplacé, je sifflote, je me vois dans le miroir, je souris et je m'attarde. Incroyable, moi qui hais tous les miroirs. Je suis passé souvent pour un malotru au restaurant, en m'installant d'office sur la banquette, faisant fi de la bienséance qui réserve cette moleskine à l'autre sexe. « Excusez-moi, mais je ne supporte pas de me voir ! » Ça aide pour entamer un repas business ou un repas flirt !

« Content de vous voir ». Le général de Gaulle, au parler si direct et épuré, usait avec conviction de la formule. Ce soir, ce sera pour moi : « Content de te voir, Hervé. »

Lausanne m'a dopé. En m'esclaffant intérieurement, je me remémore un dîner très parisien, voici une vingtaine d'années, où un réalisateur encarté (groupie de Stello Lorenzi et de Marcel Bluwal) qui passait l'essentiel de ses Assedic à imiter la démarche et la gestuelle de Marlon Brando, m'avait convié. À ma droite se trouvait une femme, la quarantaine lustrée et satinée, à l'accent slave qui, apprenant mon métier, me déclara qu'elle adorait Lausanne, qu'elle connaissait mal par ailleurs, même si elle s'y rendait souvent. « Quand je suis fatiguée, que je n'en peux plus, je vais dormir à Lausanne. C'est la ville au monde où l'on dort le mieux. »

Je m'y suis si bien réveillé moi, chère amie ! Il est minuit et je profite de ma chambre pour commencer à ranger les bouquins, ces lucarnes qui m'ont, soir après soir, permis de m'évader des « comment tu te sens aujourd'hui ? ». *Le Tigre de papier* de Rolin – donc ; *Les Nouv'Elles* de Jacques Attali – agile, astucieux ; Attali, ça lui va bien aussi la légèreté ! *La Connivence des lâches* de Richard Canavo : magnifique ; *Dans l'enfer des tournantes* de Samira Bellil : inqualifiable ; *Pourquoi le Brésil ?* de Christine Angot : fatigant. Merci à eux de m'avoir sans le savoir redonné le goût de la lecture. Ces dernières années, ouvrir un livre et piquer du nez se jouait à quelques secondes. J'ai retrouvé l'envie de manger les lignes et les mots, les pages et les chapitres, la couverture et le texte de quatrième.

7 novembre

Dans trois jours, je fais mes vingt-quatre heures, dans cinq, si tout roule, je suis libéré de mes obligations alcooliques. Aujourd'hui, je sors avec le groupe à Nyon. J'ai remplacé Gunther et, chaque matin, je donne à manger aux étourneaux. Avec application. Ce préau, malgré tout, sous la grisaille, la bruine, le froid, piétiné par des pèlerins recouverts de plaids, de chapeaux, la clope en perfusion, ça a des airs de courette de prison ! La vie est un combat pour l'étourneau ! Le petit bout de pain à peine jeté au sol, le plus rapide ou le moins rassasié amorce une magnifique figure, croche son bec sur la croûte et refait une chandelle digne de la Patrouille de France pour se poser à l'écart de ses congénères et avaler.

La balade à Nyon – j'en reviens – fut grandiose ! D'abord, trois taxis pour conduire le petit groupe devant l'entrée principale de la Migro. Consignes de Martin, alors que nous sommes rassemblés, gelés et mouillés devant le bâtiment : « Vous devez circuler par deux ou trois pour prévenir si l'un d'entre vous a un malaise. » Martin devrait brandir une pancarte « Les alcoolos de la Métairie » ou nous devrions porter un brassard marqué « Alcooliques », ce serait plus discret. La crainte du malaise, c'est l'arme de l'infirmier quand il se transforme en flic. Nous nous tenons tous par la barbichette, non ? Personne n'osera aller au bistro ou à la pharmacie. Nous voici alcoolos chaperons. Les groupes se font : Alex, qui développe une autre dépendance, le shopping compulsif, rachète tout le coin fleurs du grand magasin : « C'est pas interdit de mettre un peu de gaieté chez nous, non ? » Des passants regardent, nous ne portons pas de cloches autour du cou, mais il y a dans notre démarche un beuglement de défi : « Nous sommes différents, allez vous faire voir ! » Je m'éclipse, je cherche dans les rues pavées et glissantes le Rapp, un salon de thé où doit s'opérer le regroupement du retour. Le salon de thé : nouvelle destination ! Celui-là est suisse, bien laiteux et chocolaté, très fréquenté, service assuré par des jeunes filles, coiffe, houppette et tablier blanc, personnel coloré, indien ou sri-lankais. Je lis le *Canard* et *Charlie*, je m'interdis de penser que ce genre d'établissement va faire partie de mon nouveau PAF (paysage alcoolicovisuel français) : *terra incognita*. Pas complètement, pourtant... Euréka ! Ça clope de partout. Une plaque de cuivre, astiquée et politiquement incorrecte, indique : « Aucune loi n'interdit de fumer. » La clientèle suisse du Rapp obéit. La doctoresse Sékera m'a, elle, très fermement conseillé de poser la cigarette, une fois le verre posé... En me rendant mes derniers résultats d'analyse qui indiquaient une très nette tendance à l'amélioration, Sékera avait ajouté : « Vous verrez bien plus tard. Il y a deux écoles : ceux qui pensent tout pouvoir arrêter en même temps, et les autres. » « J'arrête de manger, j'arrête de baiser ! Je pose tout, quoi ! » Surprise mais suave, elle m'a répliqué : « Vous réapprendrez à déguster, vous redécouvrirez l'hédonisme. »

Devant chez Rapp, aidée par toute l'équipe, Alex a dressé sur le trottoir pots et vasques, plantes et fleurs. Elle pose comme un mannequin en celluloïd dans une vitrine de printemps. Elle rit. À l'aise. Les friqués avec de l'humour c'est mieux que sans ! La belle a pris ses quartiers à la Métairie, elle copine avec le personnel tout en balançant sur la qualité du service. Son aplomb et sa grâce ont attiré vers elle les plus craintives des curistes. Sur sa présence à la Métairie, elle dit, mélangeant ses trois langues maternelles (allez comprendre !) : « J'ai tout pris. Dans mon milieu, l'alcool, le shit, la coke, les popers, l'acide, l'ecsta vivent très bien ensemble. Il faut de temps en temps un petit break dans le rush. C'est mon break. Après, je remets la gomme. » Désarmante Alex dont j'aurais bien aimé percer les véritables secrets. Trop intelligente, trop blindée, pour soulever ne serait-ce qu'un voile de cette soie précieuse dont elle s'enveloppe.

L'entrée des chars fleuris dans la Métairie fut comme un immense rayon de lumière irradiant le parc, les pavillons et pour finir notre courette du Jura.

Avant mes vingt-quatre heures, Janet décide de reparler de la colère avec moi. Si je n'apprends pas à la canaliser, elle peut provoquer une rechute. Gueulard, soupe au lait : j'acquiesce. Rancunier : sûrement pas. « Hervé, il ne s'agit pas d'étouffer ta colère, mais de l'identifier, de la dominer, pour que ce qui en est la cause puisse être traité par un comportement et des actions qui ne te créeront pas de désordres affectifs supplémentaires. » Le concessionnaire Métairie me conseille du retard à l'allumage plutôt qu'un démarrage au quart de tour. Dans les exercices précédents, Janet demandait de décrire les situations qui avaient provoqué de fortes colères de ma part. J'ai évoqué la trahison, l'injustice, la peur, l'orgueil blessé. Il faut que je travaille. Ressentir la colère, oui. La laisser m'emporter, non. Carole, ma fille aînée, dit à ses enfants lorsqu'ils ne sont pas sages et que je revêts – tu parles d'un cadeau – l'uniforme de l'autorité : « Attention, Hervé a les narines qui gonflent. » Est-ce mon goût pour le *toro* de combat, mais ma colère me sort d'abord par les trous de nez. D'autres pâlissent, rougissent ou verdissent, des visages se creusent et d'autres se boursouflent, des yeux s'exorbitent et d'autres deviennent des sémaphores.

Moi, j'active mon pot d'échappement nasal.

Bref, quand la moutarde commence à monter, je dois acquérir un automatisme qui me permet de poser quatre questions et d'y répondre : Qu'est-ce que je ressens ? Pourquoi est-ce que je me sens comme ça ? Que puis-je faire ? Que vais-je faire ? Et il ne s'agit pas de la très tendance « zen attitude » : le temps compte, pas question de manquer de réactivité, il suffit d'en développer une nouvelle. Janet prétend que ça marche. José dit que ça ne marche pas toujours et qu'une déferlante peut chasser nos bonnes intentions. Selon une brochure distribuée à la Métairie, j'appartiens à la catégorie « colérique-bulldozer ». Une bonne gueulante, ça me fait du bien sur le coup, comme l'alcool. Mais ça ne règle rien, malgré les apparences – terrain dégagé, camouflage et calfeutrage parfaits pour éviter la bordée. Fulminer, exploser, tonner, tempêter, aggravent toujours les situations, laissent des stigmates injustifiés, blessent et finissent par provoquer chez le colérique alcoolique, au moment du reflux, un sentiment de culpabilité qui le mine et le conduit au comptoir le plus proche. Résultat : tout faux.

Jusqu'au bout Janet ne me lâchera pas. Dans mon combat, elle est ma partenaire. Elle ne juge pas, ne moralise pas, insiste souvent – trop ? – sur les vertus de la vie de couple et de famille. Avec moi, elle se bagarre pour trouver dans les décombres de cette partie de mon existence que j'ai décidé de déblayer les matériaux qui vont me permettre de rebâtir. Elle est mon chef de travaux, m'aide à pousser la brouette et travaille comme moi, sans casque. Elle croit à son chantier, elle connaît les normes antialcooliques de construction, celles qui permettent de résister à des secousses 6 ou 7 sur l'échelle des émotions. Elle y est passée. C'est une rescapée. Son cœur, sa tête, son esprit donnent envie. Rien de ce qu'elle fait, dit, conseille ne m'a semblé poussiéreux.

Janet me demande encore une fois ce que je pense faire de mes vingt-quatre heures qui commencent demain soir. J'ai envie de retourner sur les traces de Charlotte à Yvoire. « Mais Charlotte y a rechuté. »

« Ce n'est pas toi qui m'as dit et répété : où que tu ailles, te voilà ? » Elle sourit. « J'ai envie de prendre le bateau sur le Léman pour croiser côté français. Un vieux truc, faire du bateau sur un lac alpin. Je pensais plutôt au lac de Côme, au lac Majeur. Mais, tu sais, Janet, je n'aime pas trop les lacs, j'aime l'eau vive. "Ma petite est comme l'eau, elle est comme l'eau vive." C'était la dernière chanson que Maylis, ma petite sœur, entonna un jour en public, dans un rassemblement du dimanche après-midi où en Afrique comme ailleurs on tue le temps à plusieurs, familles, amis. C'est Guy Béart qui l'interprétait, il ressemblait à mon père, Guy Béart. L'année suivant la mort de Pépé, ma tante et mon oncle m'ont accueilli et hébergé à Nîmes. Ils vivaient une belle histoire d'amour, avaient trois enfants plus jeunes que moi. Je devins, parce que j'étais là, présent, une sorte de grand frère. J'étais en première au lycée National – devenu Alphonse-Daudet –, Pierre, Magali et Catherine, mes cousins, fréquentaient le collège et le primaire. Ma tante s'appelait Abeille, et mon oncle Bourdon. Ces diminutifs leur allaient merveilleusement tant leur ruche produisait le meilleur des miels, une gelée républicaine composée de tolérance, d'engagements, d'une générosité sans limites dont je profitais. Et, s'ils défendaient la culture occitane, ils étaient avant tout citoyens du monde. Bourdon lisait *France-Observateur*, militait à l'UGS – l'une des composantes qui constitua plus tard le PSU. Abeille se dépensait pour un concept pédagogique alors – toujours ? – d'avant-garde, la méthode Freinet. C'est ici que j'ai commencé à apprendre à penser. Mais pourquoi je te raconte tout ça, Janet ? — Tu dois savoir... — Ah, oui ! cette histoire d'eau vive ; en juillet, quand mes parents rentrant d'Afrique s'arrêtèrent au 17, rue Bonfa à Nîmes, pour récupérer leur rejeton prodige – eux qui, les malheureux, en avaient définitivement perdu un l'année précédente –, un incident me mit, et très durablement, à terre. Pour accueillir ma sœur Claire et mes parents, leur montrer que j'avais appris à me servir du magnétophone Grundig bleu et gris qu'ils m'avaient offert à Noël, je déclenchais l'enregistrement d'un morceau diffusé à la radio et c'était... *L'Eau vive*. Cris, larmes, ma mère à la théâtralité sincère frisa le malaise... « Pas cela, Pépé, pas cela. » Le climat dramatique dans lequel au bout du compte je n'avais pas cessé de vivre depuis le départ de Maylis a pris sa place aux premières loges.

Depuis j'ai multiplié et inventé stratégies et expériences, écarté les oiseaux de malheur qui tournent et dansent autour de moi. »

Janet est psychothérapeute, pas analyste. Elle ne commente pas mes réflexions. Ici, nous sommes pris en l'état et l'équipe fait en sorte de nous apprendre à mieux vivre avec ce que nous sommes plutôt qu'à rechercher les origines enfouies, profondes, mystérieuses de nos traumatismes et de nos fragilités. À la Métairie, les équipes apportent tous les moyens et toutes les connaissances pour permettre au malade d'arrêter sa consommation, pour changer son comportement, son mode de vie et sa manière de réfléchir. Plus proche de la recherche appliquée que fondamentale, en quelque sorte. Ce pragmatisme me convient. Je le souhaiterais pour Lucas. Son psy actuel s'emploie à le faire plonger dans un passé qui le plombe sans lui donner les armes qu'il mérite pour trouver les moyens de vivre mieux en acceptant sa maladie. D'où viennent les tics et les tocs ? Bonne question, certes. Plus important : que peut-on faire pour qu'un malade parvienne, sinon à éliminer ses tocs, du moins à les maîtriser au mieux ?

Janet : « Hervé, il faut que tu lâches prise pour Lucas. » Janet me parle souvent du lâcher-prise, cette technique que résume si bien notre prière (tiens, j'écris « notre » !) de la sérénité : « Mon Dieu, donnez-moi la sérénité d'accepter les choses que je ne peux changer, le courage de changer les choses que je peux et la sagesse d'en connaître la différence. »

Elle me tend un texte, me demande de le lire. Insiste. Je commence :

« Chaque personne est responsable d'elle-même. Il est impossible de résoudre les problèmes d'autrui. Se tourmenter ne sert à rien. Il suffit d'adopter une politique de distance par rapport aux problèmes des autres afin de s'occuper des siens. Nous devons vivre du mieux que nous pouvons, nous efforcer de définir ce qui peut être changé. Alors on cesse de vouloir changer l'inchangeable. On s'applique à résoudre les difficultés et on ne passe plus son temps à se mettre dans tous ses états. Si malgré tout on n'arrive pas à trouver la solution, alors on apprend à vivre avec son problème ou en dépit de lui. Et on essaie de vivre heureux, en gardant héroïquement à l'esprit ce qu'il y a de bon dans sa vie actuelle et en éprouvant de la reconnaissance. Lâcher prise implique de vivre dans l'instant, dans l'ici et maintenant. Lâcher prise ne signifie pas désintérêt. C'est au contraire apprendre à aimer les gens, à instaurer des rapports avec eux sans se rendre fou. On cesse de semer le chaos dans son esprit et dans son entourage. Et parce qu'on cesse de se débattre anxieusement, compulsivement, on devient capable de prendre des décisions saines quant à la meilleure façon d'aimer et de résoudre ses épreuves. Le jeu en vaut la chandelle ; en récompense, on trouve la sérénité, une profonde sensation de paix, la capacité de donner et de recevoir de l'amour. On reçoit le loisir de vivre sa vie sans culpabilité excessive envers les autres.

« Lâcher prise est à la fois un acte et un art. C'est un mode de vie. C'est aussi un don. Un don que recevront ceux qui le chercheront. Avec un peu d'humilité, la volonté de céder et quelques efforts, chacun peut y arriver. »

Je pars demain mercredi, dans trois jours. Oui, je rentre. J'ai terminé. Je ne trépigne pas. Je viens de vivre cinq semaines et demie dans ces pièces sans charme du pavillon Jura une immense aventure et un bouleversement total. J'ai appris tout simplement que je pouvais vivre autrement et que cela dépendait de moi seul. Je ne veux plus affronter l'alcool, mon premier ennemi, et je veux apprendre à m'aimer pour partager avec les autres. Quand les portes de la Métairie s'ouvriront demain, c'est un long voyage vers une nouvelle philosophie de vie qui commencera.

J'écris ces phrases et en redoute le pathos. Mais puisque ce carnet de notes fut toujours marqué par la sincérité, la transparence, pourquoi refuser l'emphase si elle décrit mieux ma réalité ? Le mot spiritualité ne m'effraie plus et celui d'âme non plus. Trente-deux jours plus tôt, aurais-je pu seulement lire ces quelques phrases sur la spiritualité ? : « Nous avons chacun une âme. Notre âme est la partie invisible en nous qui nous donne vie et énergie. Lorsque quelqu'un est déprimé, nous disons qu'il a l'âme blessée. Lorsqu'une personne est morte nous disons que son âme l'a quittée, lorsque nous sommes vraiment heureux, nous disons avoir l'âme joyeuse. Nos sentiments, nos croyances et notre humeur sont issus de notre âme. La spiritualité est le moyen par lequel nous aidons notre âme à s'animer et à être heureuse. Nous accomplissons tous des actes qui ont une dimension spirituelle.

Nous avons utilisé l'alcool pour nous sentir mieux et au lieu de cela notre âme a trouvé détresse et épuisement. »

12 novembre

Samedi et dimanche derniers. J'ai donc démarré mes vingt-quatre heures. Un non-événement, finalement. À force de vivre les sorties des copains et d'écouter leurs récits, j'avais épuisé virtuellement les plus fortes émotions.

L'hôtel Beau Rivage de Nyon, sur les bords du Léman, est charmant mais dormant, même de jour. Belles tentures, parquets massifs, pas de minibar ! Je le savais. Par téléphone, sur les conseils de José, j'avais demandé que l'on retire tout l'alcool du minibar : « Pas de problème, monsieur, de minibar, il n'y a point. » Hôtel de standing, certes, mais rococo, le Beau Rivage. J'imagine ma colère autrefois – autrefois, oh ! le joli mot ! – découvrant une chambre sans petit frigo. Plus dramatique encore qu'un désert sans oasis ! J'aurais certainement monté les tours, pris un coup de sang, déjà chauffé par le petit verre d'avant mon arrivée, et planté là le personnel stylé et stoïque pour sauter dans un taxi : « Trouvez-moi un hôtel avec des minibars dans les chambres, n'importe où ! »

Temps d'automne normal, pluvieux. Crachin pendant la traversée du lac, sur un bateau inqualifiable pour un amoureux de la Méditerranée. Débarquement sans douane à Yvoire. Le bistro fatal, celui où Charlotte, ensorcelée par le soleil, le démon de midi et une brise de liberté, succomba à l'appel de la terrasse et du whisky, ne m'aguiche pas. Il pleut, les parasols ont baissé les bras, et les serveuses cachent leur minois derrière des petites vitres carrées et embuées. Yvoire c'est, en tout petit, tout frileux, mais tout fleuri Saint-Paul-de-Vence. Artisanat, restaurant, poterie, restaurant, travail sur bois, restaurant et ainsi de suite jusqu'au bout des ruelles. Le village en compte deux. De beaux remparts, des enseignes en fer, comme avant, et qui grincent, ballottées par le vent. Yvoire, valeur sûre du patrimoine haut-savoyard et éden de la perche. Filets de perche donc ! bien arrosés de... beurre, dans un restaurant dont je découvrirai, en réglant l'addition, qu'il se nommait *Le Bateau ivre* ! Du coup, j'ai gardé le ticket. J'ai salué les quelques clients qui en ce dimanche sinistrosé digéraient, affalés sur leurs tables, cette fameuse « molle », autre spécialité du Léman qui désigne un état nonchalant, mou, paresseux, une sorte de *fiu*, mêmes symptômes mais version polychrome d'origine polynésienne. Rien dans cette expédition lugubre n'a entamé mon moral. Je pète le feu. Je n'ai jamais eu besoin d'alcool.

Profiter de chacune des secondes que dure la petite cérémonie qui marque mon départ. Les bagages sont déjà prêts dans le hall, à côté. Il y a deux nouveaux visages dans cette salle de réunion où je n'ai jamais perdu de temps. Deux nouveaux donc, que je ne connaîtrai a priori jamais, entendent tous les encouragements que me donne Janet qui croit à mon rétablissement, les vœux de bonne chance des curistes. Je pense à Jean-Marie, Soledad, Pierre, Gunther, Hélène, Sandra. Les Suisses me disent « tout de bon », les autres « ça va aller, on y croit ». Alex, ma complice hispanisante, me lance un *que te lo pases bien*. Je remercie sobrement. Un infirmier de l'unité médicale des dépendances me tend un diplôme cartonné crème, d'un côté est écrit :

> Ce document certifie qu'Hervé
> a fait les trente-trois premiers pas
> vers une vie libre
> sereine, heureuse, en entreprenant
> la première phase d'un programme
> qui permet à travers la sobriété
> un bien-être réel et nouveau
> vingt-quatre heures à la fois

De l'autre, trente visages qui illustrent les états dans lesquels chaque matin j'ai choisi la réponse à « Comment te sens-tu aujourd'hui ? ». Je parcours : épuisé, confus, euphorique, coupable, méfiant, en colère, tous ces qualificatifs qui chaque matin m'ont aidé à donner ma température émotionnelle. Je poursuis : hystérique, frustré, triste, confiant, gêné, heureux, rancunier, dégoûté, angoissé, furieux, honteux, prudent, suffisant, démoralisé, bouleversé, rêveur, esseulé, amoureux, jaloux, blasé, époustouflé, anxieux, effrayé, timide... J'ai fait le tour de la page, je ne me décide pas. Il me faut un terme qui colle mieux. Comment je me sens aujourd'hui ? Je me sens neuf !

Épilogue

Mai 2004, dix-huit mois d'abstinence. Il pleut sur Paris. J'ai quitté les NAP (Neuilly-Auteuil-Passy), mon appartement du 16e rassurant et anesthésiant, pour rejoindre le tumulte et les turpitudes du ventre de Paris. Les bourgeois ici sont bohèmes et les bars, cafés, bistros, restos rythment leurs balades déhanchées et joyeuses. Dans ce tourbillon chic où les éclats de rires, les mots de liberté et les credos de tolérance donnent l'illusion d'un monde insouciant mais concerné, je tiens le coup, sans en boire un seul.

Dix-huit mois ! Mes camarades de la Métairie, dont je prends régulièrement des nouvelles, ont connu des rétablissements chaotiques. Pierre a fait une rechute après ses trois premiers mois d'abstinence. Il est retourné, toute honte bue, à la Métairie ; son humilité l'a sauvé. Il vit depuis quatorze mois sans toucher au verre et prépare son exil en Argentine. Ce changement de continent et de vie qu'il a tant souhaité, saura-t-il le déguster, en jouir, à sec ? Je le lui souhaite de tout cœur.

Soledad noircit des pages pour retrouver la lumière. Elle résiste ; son armoire à pharmacie n'a plus été approvisionnée en « benzo » depuis sa sortie de cure. Elle ne boit pas, sort beaucoup. Les enfants sont grands. Elle imagine mal son avenir. Sa fragilité se trouve dans cette incertitude.

Jean-Marie, mon ami maudit, n'a vécu son rêve que quelques semaines. Adieu la rédemption d'un père devenu serein, pacifié, heureux et fier, prêt à accueillir enfin ses enfants, cette fois rassurés. L'alcool a repris Jean-Marie très vite. Il le guettait. Il se frottait les mains chaque fois que Jean-Marie faisait chou blanc dans la recherche d'un emploi. Jean-Marie a bien essayé de résister. À deux reprises, il m'a téléphoné pour m'annoncer sa venue à Paris, sa décision de retrouver les chemins de l'abstinence. Paroles d'ivrogne... Si les gens savaient l'immense souffrance que cache cette expression triviale, méchante et pourtant si juste. Jean-Marie ne répond plus.

Des autres compagnons de cure, je sais peu de chose. Lors des postcures, de trois jours chacune, qui m'ont entraîné à trois reprises au bord du Léman, les thérapeutes par souci d'anonymat ont été avares d'informations. Je les comprends. C'est la règle. Une fois, j'ai croisé Sandra qui en était à sa deuxième rechute. Belle et cristalline Sandra, incroyablement élégante dans sa dépression chronique. Comment sa grâce peut-elle encore résister aux coups de boutoir de l'alcool ?

De ma promotion Métairie – octobre-novembre 2002 –, je dirai qu'elle s'inscrit dans les performances moyennes de l'institution, un tiers sorti d'affaires, un tiers incertain, un tiers au tapis.

Dix-huit mois donc. Je me suis conduit en convalescent appliqué. Pour une fois, je n'ai pas fait le malin, trop content de redécouvrir à chaque minute le bonheur de ne pas être en manque, de ne plus être obsédé par l'envie et le besoin d'alcool. J'ai tenu – jusqu'à aujourd'hui – jour après jour parce que, chaque matin, je m'émerveille encore de me lever le cœur où il faut et non plus au bord des lèvres, le cerveau dissipé d'un brouillard noir, tenace et épais.

J'ai découvert et apprécié jusqu'à ne plus pouvoir m'en passer les vertus des lectures et méditations matinales, celles qui permettent de se regarder, de se recadrer, de prendre conscience de sa dimension personnelle en toute humilité avant de partir vers une journée qui ne sera ni pire ni meilleure que celles vécues au temps de mon alcoolisme actif mais dont le ressenti sera si différent.

J'ai appris à identifier les émotions qui continuent de m'assaillir, j'apprends – et ça marche souvent – à en profiter, à les guider plutôt que de les laisser me submerger et me diriger. Je m'exerce au lâcher-prise et commence à en goûter tous les bienfaits. Ce travail qui m'occupe presque autant de temps que celui passé autrefois à picoler, m'ouvre – avec parcimonie certes mais quand même – des espaces nouveaux. Ils viennent se superposer puis recouvrir les terrains trop labourés pour être encore fertiles. Je me débarrasse de mes peaux mortes.

Deux ou trois fois par semaine, je retrouve la fraternité des Alcooliques anonymes. Je m'y sens bien, chez moi, parmi les miens. Profond sentiment d'appartenance à un groupe humain qui souffre de la même maladie. J'y ai découvert une communauté sans hiérarchie, sans contrainte, avec comme règle unique le désir d'arrêter de boire. Je prends la parole, je partage de temps en temps, j'écoute beaucoup : les nouveaux venus parce qu'ils sont autant de piqûres de rappel sur ma souffrance « d'avant », les plus anciens parce qu'ils m'aident à comprendre ce combat de l'abstinence. Il ne s'achève jamais, passe par la spiritualité et la pratique d'une nouvelle philosophie de vie.

Je tente d'être un peu plus bienveillant, un peu plus lent à me mettre en colère, un peu plus aimant.

Lucas a eu vingt et un ans. S'il me gratifie le plus souvent d'une généreuse indifférence, il se (me) surprend par quelques signes qui trahissent au fond l'affection. Il avance. Je peux l'observer. Je ne peux rien faire d'autre. J'ai fini par accepter. Je chasse culpabilité et angoisse. C'est mon fils. Je serai son père s'il le souhaite un jour.

J'ai envie de boire parfois. Ce sont des flashs, pas des obsessions. L'image du verre de rosé ou de blanc surgit plutôt quand je suis content, qu'il fait beau, que j'ai envie de fêter un événement heureux, un bon moment : le ciel bleu, la chaleur des amis, un succès de Capa.

Je me méfie de l'alcool festif. J'ai payé pour savoir. Après l'alcool plaisir, vient l'alcool béquille puis l'alcool guillotine. C'est la loi, du moins pour ceux qui, comme moi, sont des malades alcooliques. À vous tous, mes frères qui connaissez – ou pas encore – l'incurable nature de votre infirmité, je dis haut et fort : être impuissant devant l'alcool n'est pas la fin du monde. Rangez les gants et descendez du ring. Le bonheur ne peut être qu'ailleurs.

À ceux qui, une fois ce livre lu, voudraient poursuivre ce divorce d'avec l'alcool à titre personnel ou aider des proches à le faire, je donne à titre d'information les quelques contacts et ouvrages qui m'ont soutenu sur les chemins du rétablissement. Il ne s'agit là en aucune manière d'un guide exhaustif ni d'un vademecum de la désintoxication.

La méthode dite du Minnesota dont mon « établissement de cure » en Suisse, la Métairie, applique les règles, est également pratiquée aux États-Unis et en Grande-Bretagne. Certains centres français s'en rapprochent. À Nyon, l'équipe du docteur Sékera n'est jamais avare de renseignements et de conseils.

La Métairie
Avenue De Bois-Bougy
CH-1260 NYON
Tel : + 41 (0)22 363 20 20
Fax : + 41 (0)22 363 20 21
Courriel : contact@lametairie.ch

Pour trouver le centre d'alcoologie qui vous convient, consultez :

Numéro vert :
Alcool Info Service
113

Ou

http ://www.sante.gouv.fr
(Allez à : renseignements pratiques – annuaire – index mots clés – tapez : alcool – dépendance alcool – tapez : votre région).

Les Alcooliques anonymes, dont je ne vanterai jamais assez les mérites pour qui a la volonté d'arrêter de boire, constituent la structure la moins contraignante et la plus fraternelle. Les groupes AA présents partout en France et à l'étranger accueillent avec une étonnante complicité et une incomparable chaleur les nouveaux arrivants.

http ://www.alcooliques-anonymes.fr

Enfin, quelques livres qui continuent de m'accompagner dans mon rétablissement :

- *Vivre sobre*, Éditions des AA, 11, rue du Boulet, 1000 Bruxelles, Belgique ;
- *Une réflexion par jour* (même éditeur) ;
- *Alcooliques anonymes : le Big book* (même éditeur) ;
- *Le Mode de vie des AA (le point de vue de Bill)* (même éditeur) ;
- *Le Lâcher-prise* (tomes 1 et 2) de Melody Beattie, Science et culture, Montréal, 2002.

Cela n'est qu'un socle à partir duquel chacun trouvera dans les nombreux ouvrages consacrés au développement personnel, de quoi rechercher l'indispensable sérénité à une abstinence définitive.

www.pocket.fr
Le site qui se lit comme un bon livre
Informer
Toute l'actualité de Pocket, les dernières parutions collection par collection, les auteurs, des articles, des interviews, des exclusivités.
Découvrir
Des 1ers chapitres et extraits à lire.
Choisissez vos livres selon vos envies :
thriller, policier, roman, terroir, science-fiction...
Il y a toujours un Pocket à découvrir sur www.pocket.fr
POCKET

Achevé d'imprimer sur les presses de

BUSSIÈRE

GROUPE CPI

à Saint-Amand-Montrond (Cher)
en février 2006

POCKET - 12, avenue d'Italie - 75627 Paris Cedex 13
Tél. : 01-44-16-05-00

— N° d'imp. : 60183. —
Dépôt légal : février 2006.

Imprimé en France

POCKET - 12, avenue d'Italie - 75627 Paris Cedex 13
Tél. : 01-44-16-05-00

— N° d'imp. 70138. —
Dépôt légal : juin 2007

Imprimé en France